KB138679

부디 저를 드셔 주세요

사룡님

레코

동굴 기슭에 있는 마을에서 '산 제물'로
바쳐진 소녀. 눈앞의 거대 드래곤을
「사룡 레벤디아」라고 믿어 의심치 않는다.

아, 이건

죽었다

내 이름은 알리안테 솔드 실비에

마왕님의 충실한 검 한 자루

목숨은 이곳에서 바칠지라도,

상처 하나는 각오하여라, 노룡!!

알리안테
모험가가 모이는 마을
「페류도나」를
통솔하는 여기사

나는 상냥하고 순수하며 친절한 마을 아이니까,

설령 길안내라도 전혀 문제없어!

물의 성녀

수로로 둘러싸인 마을
「세렌」에서 만난 여자아이.
소녀의 모습을 하고 있지만
그 정체는——?

곤란한 일이 있다면
뭐든 들어줄게

CONTENTS

A gentle dragon of
5000 years old,
it was recognized
as an evil dragon without any cause.

5◯◯◯살 먹은
초식 드래곤,
억울한

사룡남인

~싫다 이 산 제물,
남의 이야기를 안 들어 줘~

{ 에노모토
카이세이 }
illust. 슈가오

A gentle dragon of
5000 years old, it was recognized
as an evil dragon
without any cause.

제1장 갑자기 산 제물 소녀가 찾아왔다

"부디 저를 드셔 주세요, 사룡님."

"아니, 그렇게 말해도 곤란하구나. 나는 초식인데."

종유석이 이어진 산속의 동굴에서 횃불 하나만이 불을 밝히고 있었다. 머리 위에 불을 밝혀든 사람은 얇은 천 홑옷을 걸친 열 살 정도의 소녀였다.

"──저로는 마음에 들지 않으신다는 말씀이신가요."

"마음에 드니 마니 그런 말이 아니라…… 나, 고기는 기본적으로 안 먹거든. 생선도 거의 안 먹어. 부드러운 나무 새싹 같은 걸 좋아하고."

"불초하옵니다만, 저도 살은 부드러운 편이 아닐까 자부하고 있습니다. 부디 한번 맛을 보시길."

"아니아니아니. 너, 이상하지 않느냐? 어째서 그렇게나 먹히고 싶은 건데? 먹히면 당연히 죽어 버린다고?"

"처음부터 각오한 바예요."

"어어……. 왜 그런 각오를 한 거냐. 나한테 먹혀 봐야 딱히 좋을 것도 없잖아."

소녀는 무릎을 꿇은 채로 머리를 깊이 숙였다.

"겸손이라도 그런 말씀은 하지 마시지요. 사룡님. 사룡님만큼 위대한 분께 먹힐 수 있기를 저는 바라마지 않아요. 하오나 —— 부디 제 목숨과 맞바꾸어 마왕을 토벌하는 데 조력을 부탁드려요. 지금 사룡님은 마왕군의 최고 간부로 군림하고 있지만, 진정한 힘은 마왕마저 능가한다는 평판이 있어요. 제 목숨을 취하고 당신의 힘을 인류에게 빌려주셨으면 해요."

"어? 내가 마왕군의 간부라고?"

금시초문이었다. 나는 5000년 정도의 생애 동안 계속 풀과 나무를 먹었을 뿐인데.

그야 몸집은 커다라니까 동물이나 인간을 만나면 엄청 겁먹게 만들어 버리지만, 딱히 굉장한 힘을 가진 것은 아니었다. 이런 나이까지 무사히 지낼 수 있었던 것도 강함이 아니라 겁이 많은 성격과 단순한 행운 덕분이었다.

굳이 말하자면 오랜 경험 덕분에 상대의 강약 등을 간파하는 안력만큼은 조금 갈고닦게 되었을지도 모르겠다. 하지만 자랑할 게 정말 그 정도밖에 없다.

"부탁드려요. 부디 힘을 빌려주세요. 제 몸은 어찌 되어도 아깝지 않아요."

"음……. 그 마음가짐은 훌륭하다고 생각하지만 말이지. 나는 그런 대단한 존재가 아니라고. 드래곤이라기보다는 몸집이 크고 오래 산 도마뱀 같은 존재라서. 어찌어찌 소문으로 살짝 들은 적이 있는데, 마왕군이라면 강하잖아? 나는 그런 것과 싸우면 금세 저세상이니까. 너도 아직 젊으니 그렇게 목숨을 소홀히 하지 말고 빨리 집으로 돌아가거라. 부모님도 걱정하시잖아."

"천생고아인 몸이오니 슬퍼할 사람은 없어요. 설령 마을로 돌아가더라도 역할을 다하지 못하고 도망친 제물의 미래 따윈 뻔하겠죠. 어차피 죽음밖에 길이 없다면 이곳에서 사룡님의 양식이 되고자 해요."

"그러니까 나는 사룡도 아니거니와 애당초 고기는 안 먹는다니까. 음식이라면 달콤한 수액을 항아리에라도 모아서 가져다주는 편이 훨씬 기쁘겠는데."

"그리고 항아리 안에 제가 들어가면 한입에 삼켜 주시겠다──이 말씀이시군요."

"어째서 마지막에 망쳐 버리는 거냐. 그런 식으로 맛을 내더라도 못 먹는다고."

"송구스럽사오나 여쭈어보고 싶은데, 드셔 보시지도 않고 싫어하는 건 좋지 않다고 생각해요."

"대체 무슨 심경으로 말하는 거냐, 그거? 그보다도 너, 어쩐지 수단이랑 목적이 뒤집히지 않았느냐?"

애당초 산 제물이 되는 것은 비위를 맞추는 수단일 텐데, 먹히는 것 자체가 이 아이에게는 최종 목표인 모양이다.

나는 동굴 안에서 크게 몸을 움직여, 근처에 쌓여 있던 나무 새싹을 소녀 앞에 쌓았다.

"자. 내가 좋아하는 음식은 이런 거. 널 먹을 만한 취향이 아니라고."

"제 몸은 드시지 않겠다는 건가요……."

실물을 보고 그제야 납득해 준 듯했다.

"그래. 그런 뜻이다. 혹시 이대로 돌아갔다가 혼이 날 것 같다면 내가 같이 가 줄까? 나는 싸움 같은 건 못 하니까──."

"그럼 몸이 아니라 영혼을 드시겠다는 말씀이시군요."

"네 발상, 상당히 엉뚱하구나. 영혼이라는 건 대체 어떻게 하면 먹을 수 있는지 상상도 안 가는데."

이때 나는 횃불의 빛으로 드러난 소녀의 얼굴을 다시금 자세히 봤다.

산 제물로 취급되어서 그런지 하얀 피부는 청결하고 향내가 감돌았다. 다만 눈에는 어쩐지 공허한 어둠이 깃들어 있었다. 천생고아라는 처지가 그렇게 만들었을까.

단순히 근처에 있는 고아를 고른 것은 아닌 듯했다. 오랫동안 기른 안력으로 알 수 있었는데, 어렴풋하지만 마력의 기운을 두르고 있었다. 마도(魔導)의 소질을 가진 인간은 그렇게 많지 않다. 산 제물에 걸맞은 자질이 있는 아이를 골라서 이곳으로 보냈을 테지.

내가 쳐다보자 소녀는 옷 속에서 보석 장식이 달린 단검을 꺼내어 천천히 자기 목덜미에 들이댔다.

"지금 제 영혼을 바치겠어요. 잠시만 기다려 주시길."

"으악, 잠깐만. 잠깐만 기다려 봐라. 그런 짓은 안 해도 되니까. 아니, 그냥 하지 말거라."

"하지만 목숨을 끊지 않고서는 영혼을 바칠 수 있어요."

"몇 번이나 말하지만 나는 그런 거 안 먹으니까. 네가 죽어 봐야 그저 곤란하기만 할 뿐이라고."

"걱정 마시길. 그러시다면 뒤처리 수고를 더실 수 있도록 무덤을 판 다음에 그 안에서 죽을게요."

"어째서 그렇게 죽는 걸 전제로 이야기를 진행하는 거냐. 나, 5000년을 살면서 지금이 제일 곤혹스러운데."

"저는 무슨 일이 있어도 산 제물로서 책임을 다해야만 해요. 그것이 마을 사람들에게 부여받은 역할이오니. 어떻게든 먹혀야만 해요."

이것 참 엄청난 꼬맹이네.

나는 완전히 질려 버렸다. 물론 먹을 생각 따윈 털끝만큼도 없다. 그렇다고 이대로 이 자리에서 자살해 버리는 것도 싫다.

어쩌면 좋을지 생각한 끝에, 나는 묘안에 다다랐다.

"……그래, 알았어 알았다고. 그럼 지금 이미 먹었다. 나 정도의 용이라면 산 채로도 영혼을 먹을 수 있지. 네 영혼을 지금 살짝 먹고 만족했다고."

소녀는 어리둥절해서 눈을 동그랗게 뜨고는,

"정말인가요? 먹을 수 있는 건가요?"

"응. 그래. 아, 하지만 별로 걱정할 건 없으니까. 수명이 이틀 줄어들 정도밖에 안 먹었으니까. 네 영혼은 어마어마하게 맛있어서 그것만으로 만족해 버렸다."

"먹혔다……. 그럼 저는 사룡님의 권속이 된 거로군요."

"응?"

나는 고개를 갸웃거렸다. 이 소녀의 논리 구조를 제대로 이해할 수가 없었다.

"뭐, 그런 걸로 해도 될까. 어쨌든 너를 마을로 돌려보내지. 맨발로는 다칠 수도 있으니까 내 등에 타는 건 어떠냐?"

"세상에. 사룡님께 수고를 끼치다니……. 헉. 그렇군요. 권속이 되었으니 저와 사룡님은 일심동체. 제 몸은 사룡님의 것이기에 걱정할 필요는 없다는 거로군요."

"잘은 모르겠지만 그런 걸로 해 두자."

타기 편하도록 몸을 낮추고 꼬리를 계단처럼 내밀자 소녀는 깡총깡총 가벼운 몸놀림으로 내 등에 올라탔다. 그대로 탈싹 무릎을 꿇고,

"그럼 가죠, 사룡님."

"마을은 어느 쪽이지? 난 최근에 산에서 나가질 않아서 길을 잘 몰라. 적당하게 안내를 부탁하마."

쿵쿵 발소리를 울리며 동굴을 빠져나와, 비교적 걷기 편한 길을 통해서 느긋하게 사람이 사는 마을로 내려갔다. 초목을 새로이 베어낸 흔적이 있는데, 이 소녀를 이곳으로 보낸 마을 사람들이 그런 것일지도 모르겠다.

산길에서 마주친 짐승들은 나를 보자마자 도망쳤다. 그중에는 공물을 바치려는 것인지 잡은 사냥감을 두고 가는 육식동물도 있었다.

나, 그런 거 못 먹는데.

발소리는 거의 땅울림처럼 들리겠지. 나무 방벽으로 둘러싸인 마을이 보일 무렵에는, 유일한 입구로 여겨지는 문 옆에 마을 남자들이 마중을 나온 듯 집결해 있었다.

 실제로는 마중이라기보다도 사룡인(것으로 여겨지는) 나를 경계하여 임전태세를 갖춘 거겠지. 다들 허리춤이나 등에 활과 화살을 감추고 있는 것이 보였다.

 저것을 일제히 쏜다면 아마도 나는 죽든지, 운이 좋아도 크게 다치고 말 것이다. 겁먹은 모습을 드러내는 것도 위험할 터라 애써 몸을 젖혀 자신만만하게 마을로 들어섰다.

 "너희가 이 제물을 가져온 마을 사람들인가?"

 내가 마을 사람들에게 얼굴을 가져다 대자 촌장으로 보이는 백발 노인이 공손히 내게 인사를 했다. 그리고는 내 등에 있는 소녀를 쭈뼛쭈뼛 올려다보고,

 "그, 그렇사옵니다, 사룡님. 아직 드시지 않으셨다 하심은, 무언가 부족한 점이 있었다는 것이옵니까. 그렇다면 시급히 다른 산 제물을 준비하겠사옵니다만……."

 더없이 겁먹은 모습으로 말했다. 나는 그 말에 즉답했다.

 "쓸모없다. 이자의 영혼은 산 채로 이미 먹었다. 세상에 둘도 없을 진미였다. 나는 한동안 이 진미의 여운에 잠기고 싶다. 그러니 이 이상은 미천한 맛을 가져오지 않도록 하여라."

 "아, 알겠사옵니다. 그럼 마왕 토벌에 힘을 빌려주셨으면 하는 이야기는──."

 아, 진짜 문제를 떠올리고 내 표정은 굳어졌다. 비늘로 덮여

있으니 인간들은 알아차리지 못한 모양이지만 마음속으로는 엄청나게 당황했다.

"으, 음. 그런 일은 천천히 생각하기로 하고, 적어도 내가 너희에게 위해를 가하는 일은 없을 거라 약속하지."

자칫 위해라도 가했다가는 오히려 토벌당할 테니까.

마을 사람들은 한동안 서로 얼굴을 마주 보며 술렁였지만, 적어도 산 제물이 다소나마 성과를 올렸다는 사실을 이해하고는 차례차례 안도의 표정이 번졌다.

그때였다.

어디서 날아왔는지 모를 돌이 '퍽' 하고 내 옆머리에 명중했다. 상당히 아팠기에 눈물을 글썽일 뻔했지만, 여기서 틈을 보였다가는 벌집을 쑤신 것처럼 소동이 벌어진 것이 뻔했기에 꾹 참고 돌이 날아온 방향을 돌아봤다.

"이 괴물! 잘도 레코를 먹었구나! 각오해라!"

각목 같은 나무막대기를 검처럼 들고 이쪽으로 돌진하는 소년의 모습이 있었다. 체격은 훌륭하고 금색 머리카락은 잘 정돈되어 있었다. 마을 안에서도 상류층 집안의 자제겠지.

하지만 지금은 소년의 집안 운운보다도 저 각목이 문제였다. 맞는다면 틀림없이 겁먹을 테지. 겁을 먹으면 끝이다. 화살의 폭풍이 기다릴 뿐이다.

어떻게 하지. 싸운다는 선택지는 겁쟁이인 내게 존재하지 않는다. 그렇다면 어떻게든 위엄을 지키면서 도망쳐야──.

하지만 내가 도망치는 것보다도 먼저 마을 어른들이 차례차례

덮쳐들어 소년을 땅바닥에 엎어눌렀다.

"저, 정말 죄송하옵니다, 사룡님! 이 무례한 꼬맹이는 당장에라도 참수하겠사오니 부디 용서를……!"

"괜찮다, 괜찮다. 정말로 괜찮으니까. 그렇게 낫을 휘둘러대는 건 그만두거라. 나는 전혀 화나지 않았다. 그런 돌멩이를 맞은 정도야 산들바람 정도로 느껴지지도 않으니까."

사실은 상당히 아팠지만.

"그런데 거기 소년, 레코라는 건 이 산 제물의 이름인가?"

내가 묻자 소년은 바닥에 억눌린 채로 대답했다.

"그래! 네놈은 용서치 않을 테니까! 레코의 영혼을 먹고 빈껍데기로 만들어 버렸잖아!"

"아니아니, 정말로 조금밖에 안 먹었다. 수명 이틀 정도. 전혀 대단한 그런 게 아니니까 그리 걱정할 것 없다. 자, 레코라고 했나. 내려와서 건강한 모습을 보여 주도록 해라."

"외람되지만 그리 할게요."

산 제물 아이는 내 꼬리를 타고 내려와서 땅으로 내려섰다. 이것으로 그야말로 어깨의 짐을 내려놓았다.

"그럼 나는 이것으로 이만 가 보겠다. 그 아이도 산 제물로서의 역할을 충분히 하였으니 결코 냉대하지 마라. 마왕 토벌에 대해서는 생각이 정리된다면 그때 이야기하지."

그렇게 말하며 나는 집을 옮길 계획을 세웠다. 이야기가 구체적으로 진행되기 전에 다른 장소로 도망쳐서 은둔하자. 지금 사는 동굴처럼 내 거구가 그대로 들어가는 적당한 거처는 좀처럼 찾을 수 없겠지만, 지금 이야기를 넘기려면 그 방법밖에 없다.

마을에서 떠날 때 기습적으로 화살이 날아오지는 않을지 걱정하며 살짝 돌아보니── 어른들을 뿌리친 소년이 레코를 향해 달려갔다. 흐뭇한 우정이었다.

"괜찮아? 다친 데 없어? 저 괴물한테 지독한 짓을 당하지는 않았어?"

"안 돼. 라이엇."

너무나도 엉뚱한 움직임이었다. 레코는 동굴에서 꺼냈던 보석 단검을 소년에게 내민 것이었다.

"괴물이 아니야. 사룡님. 또 그렇게 부르면 나는 널 베어야만 해."

"레, 레코?"

"이 몸은 이미 사룡님의 권속. 저분을 우롱한다면 누구일지라도 용서하지 않겠어."

폭풍 같은 노도의 수라장을 그만 참지 못하고 몸을 돌렸다.

쿵쿵거리며 돌아오는 땅울림에 마을 사람들이 전율했다.

"잠깐만. 으음, 레코라고 했나? 나한테 그렇게 마음을 쓸 필요는 없으니까."

"무슨 말씀이세요. 저와 당신은 일심동체예요. 사룡님을 모독하는 것은 다시 말해 저를 모독하는 것이기도 해요. 간과할 수 없어요."

이 아이는 대체 무슨 말을 하는 걸까. 아니, 산 제물이라는 입장에 엄청나게 몰입한 시점에서 이상한 아이라고는 생각했지만, 예상 이상이었다.

　나는 기이한 언동의 근간을 찾고자, 오랫동안 갈고닦은 안력을 최대한 발휘해 레코를 바라봤다. 간파할 수 있는 것은 강함만이 아니었다. 개개인의 성격이나 특성 같은 것도 어느 정도는 추측할 수 있었다. 표정의 움직임. 음색. 호흡. 눈빛. 그것들 모두를 바탕으로 하여 종합적으로 판단한 레코의 특성은———.

한 가지 생각에 너무 몰입한다.

　실수했다. 그렇게 진심으로 생각했다. 무척 개성적인 아이라는 것은 깨달았을 텐데, 이상하게 이야기를 맞춰 준 탓에 여러모로 악화되기 시작했다.

　거봐, 금발 소년은 증오에 가득 찬 눈으로 나를 보고 있었다.

　나, 그런 식으로 인간을 조종한다든지 그러지는 못하니까. 자발적으로 그 아이가 자기 멋대로 이상해졌을 뿐이니까. 부탁이니까 용서해 줘.

　적개심을 훤히 드러내고는 또다시 어른들에게 억눌린 소녀은 목을 울리며 소리쳤다.

　"그 괴물만이 아니야! 아버지도 할아버지도, 레코한테만 힘든 짓을 강요했어! 산 제물이라면 나를 보내면 됐잖아!"

　"무슨 바보 같은 소리냐! 후계자인 너를 산 제물로 바칠 수 있겠냐! 게다가 사룡님도 레코의 영혼이 마음에 들었다고 하시지 않았느냐. 저 아이는 산 제물로 가장 좋은 걸 비싸게 사들였어.

그걸 쓰지 않을 이유가 어디 있겠어."

"뭐가 '산 제물로 가장 좋다'는 거야! 가축도 아니고, 그런 인간이 있을 거 같아!"

계속해서 소년과 어른들은 마구 소리쳐댔다.

사태를 복잡하게 만들었다는 양심은 가책은 있지만, 어쩔 수 없다. 지금은 꼬리를 말고서 도망치기로 하자. 레코도 한동안 마을에서 지내면 이상한 생각에서도 벗어나겠지. 지금은 그저 분위기에 휩쓸린 한때의 착각이겠지.

"그럼 이만."

그 말을 남기자 마을 사람들은 일제히 넙죽 엎드렸다. 참고로 활을 든 마을 사람들에게서 등을 돌린 시점에서 심장은 더없이 벌렁벌렁했다.

그러니까 마을에서 경종이 '때—앵!'하고 울렸을 때에는, 나도 모르게 놀라서 펄쩍 뛰고 말았을 정도였다.

"무슨 일이냐!"

촌장 노인이 소리치자 경종이 걸려 있는 경비탑 위에서 젊은 이가 거의 비명처럼 소리를 질렀다.

"큰일입니다! 몬스터가……! 암명(暗明) 늑대 무리가 산에서 내려오고 있습니다! 이제까지 본 적도 없는 규모로…… 서른…… 마흔…… 아니, 그 이상이!"

사람들 사이에서 술렁임이 번지고, 몇 명은 황급히 문을 닫으러 달려갔다.

나도 오랜 세월을 도망쳐 다니며 살아온 몸. 몬스터에 대한 지식은 그럭저럭 가지고 있었다.

암명 늑대. 항상 여럿이 함께 행동하며 인간이나 가축을 덮치는 마족이다. 안 그래도 숫자가 많은 데다가 특수 능력은 더더욱 성가시다. 땅에 비치는 그들의 그림자는 그대로 그림자 늑대로서 의지를 가지고 기어 다니며, 발톱과 엄니로 포착한 먹잇감을 땅속 어둠으로 끌어들이는 것이었다.

즉, 마흔 마리가 상대라면 마흔 마리의 그림자도 따라온다. 상대는 실질적으로 두 배인 여든 마리다.

도망치자, 나는 즉각 결단했다.

하지만 내 등 뒤에서 잔뜩 쏟아지는 기대의 시선이 그것을 막았다.

"사룡님……!"

"부디 저희를 도와주십시오!"

도와 달라니, 나보고 어쩌라는 거야.

나는 마음속으로 잔뜩 떨고 있었다.

"이 자식! 레코의 영혼을 먹어 놓고는 도망칠 셈이냐?! 웃기지 말라고! 저런 빌어먹을 늑대 따위한테 겁먹는 주제에 뭐가 사룡이냐! 내가 쳐 죽여 줄 테니까!"

그렇구나. 여기서 도망쳐 봐야 죽는가 보다.

어제까지 느긋하게 풀을 먹을 뿐이었는데, 이 취급은 대체 뭐지. 이제는 싫어.

"그래── 마을의 수장이여."

끝내 체념한 나는 촌장을 쳐다봤다.

"녀석들에게 내가 이야기를 해 보지. 어쩌면 물러나게 할 수 있을지도 모른다."

"정말이시옵니까?!"

내게는 마왕군 간부라고 여겨질 정도로 풍격이 있다고 한다. 숲의 짐승들도 평소부터 겉모습만 보고 겁먹을 정도다. 어쩌면 위엄만으로 도망쳐…… 줬으면 좋겠는데……. 그런 희망적인 관측으로 생각했다.

도망쳐 주지 않는다면 오늘이 5000년 생애의 마지막 날이다.

암명 늑대들은 인기척을 탐지했는지 입구의 문 주위로 모여들기 시작했다. 내가 목을 내밀자 닫힌 문 위로 상황을 엿볼 수 있었다. 문 앞에 희고 검은 늑대들이 우글우글 돌아다니는 그 풍경은 그야말로 지옥도였다.

"……그럼 사룡님. 지금 바로 문을 열겠습니다. 괜찮겠습니까?"

마른침을 꿀꺽 삼킨 촌장이 긴장감 가득한 표정으로 내게 물었다.

"엇. 전혀 괜찮지 않다. 그건 위험하니까 당연히 안 되――."

하지만 내 답변을 기다리지도 않고 마을 녀석들이 빗장을 빼고 문을 열어젖혀 버렸다.

"이놈들! 사룡님 등장이시다! 물러나라, 물러나!"

정말 의기양양하다. 아까까지 겁먹고 있었으면서, 내가 같은 편이 됐다고 갑자기 기가 살아서 떠들지는 말아 줬으면 한다. 사람이 어떻게 그래.

갑자기 활기가 살아난 마을 사람들의 기척에 늑대 무리가 살짝 물러나서 거리를 벌렸다.

　──아, 하지만 이러면 잘 굴러갈지도?

　조금이나마 여유가 생겨서 나는 어렴풋이 희망을 발견했다.

　"어──…… 네놈들, 내가 누군지 알고서 행패를 부리는 거냐?"

　이야기를 걸어 봤다. 늑대들은 침을 늘어뜨리며 관찰하는 시선만 보낼 뿐 응답할 기미가 없었다.

　"나는 마왕군의 간부이다만."

　이어서 허풍을 떨었다. 하지만 기개가 되돌아왔는지 늑대들은 눈을 번쩍번쩍 빛내며 다시금 마을로 다가왔다.

　미안해, 마을 사람들. 역시 더는 안 돼. 이 녀석들한테는 이야기가 안 통하는걸.

　우두커니 서 버린 나를 향해, 마을 사람들의 뜨거운 시선은 그치지를 않았다.

　누가 나를 도와줘. 이대로는 가장 앞줄에서 가장 먼저 먹잇감이 되어 버린다.

　그때, 갑자기 내 등으로 뛰어오르는 무게감을 느꼈다.

　"그렇군요, 사룡님. 즉 이 녀석들은 우리가 마왕을 향해 반기를 든 상황을 깨닫고 습격한 거로군요."

　목소리로 알 수 있었다. 산 제물 소녀, 레코였다. 발판도 없이 대체 어떻게 올라탔지.

　"아니, 아마도 우연일 거라 생각하는데. 그보다도 이제는 안 돼. 무리무리무리. 난 한계야."

"그렇군요. 권속인 저도 마찬가지로 한계예요."

레코는 홑옷 안에서 보석 단검을 뽑았다.

"사룡님께 살기를 드러내는 이 어리석을 짐승들의 존재를 허락하는 것이―― 한계예요."

"예?"

내가 당황한 순간, 갑자기 레코의 몸에서 막대한 마력이 용솟음쳤다. 평범한 인간이라도 눈으로 볼 수 있을 만큼 농밀한 검은 마력의 소용돌이가, 휘몰아치는 바람처럼 엄청난 압력을 동반하여 주위로 퍼졌다.

어, 뭐야?

확실히 이 아이에게는 마력의 편린은 있었다. 하지만 어디까지나 편린이었다. 지금 이렇게 등에서 느껴지는 것은 5000년의 생애에서 셀 수 있을 정도로밖에 본 적이 없는, 대마도사라고 불리는 자들―― 아니, 그 이상의 압도적인 마력 덩어리였다.

안력이 부족한 마을 사람들도 레코가 발하는 범상치 않은 박력에 차례차례 주저앉았다.

어쩌면 그 기이한 착각이 잠재능력을 전부 해방한 걸까?

"내 몸과 영혼은 사룡님께 바친 것. 이미 사람의 몸이 아니다. 네놈들 같은 미천한 짐승 따위, 사룡님께서 직접 상대하실 가치도 없다. 권속인 내가 순식간에 없애 주겠다."

앗, 위험한 아이다. 어린 목소리에 살기까지 어려서는 자각도 없이 분위기를 탔다.

내 등에서 화려한 공중제비로 늑대들 앞에 내려선 레코는, 위험한 미소를 띠고서 나를 돌아봤다.

조금 전까지 평범하게 검은 눈동자였을 텐데, 내 눈동자와 똑같이 푸른색으로 변모한 상태였다.

나는 기겁했다. 진짜 식겁했다. 이제는 늑대보다도 이 아이의 돌변이 무서웠다.

"오거라, 짐승들아. 어떻게든 편하게 저세상으로 보내 주지."

레코의 도발과 동시에 암명 늑대들의 모습이 사라졌다. 아니, 사라진 것이 아니라 내 눈에 명확하게 보이지 않았을 뿐이었다.

생각해 보면 지상에서 번쩍번쩍 번뜩이는 하얀 잔상이 늑대의 본체이고, 지면을 꿈틀거리는 검은 잔상이 그림자 늑대였겠지.

하지만 나는 모든 게 정리된 뒤에야 그 사실을 깨달을 수 있었다.

내가 냉정해졌을 무렵에는, 레코가 휘두른 보석 단검에서 막대한 마력이 뿜어 나와서는 짐승 무리를 흔적조차 남기지 않고 재로 만들고 있었다.

그 후에 남은 것은 지면에 새겨진 거대한 발톱자국 같은 참격의 상흔뿐이었다.

"『용왕의 발톱』── 사룡님이 지니신 힘을 조금이라도 깨달았느냐."

내 발톱, 약 한 시간이면 아슬아슬하게 나무를 자를 수 있을 정도인데요.

내가 완전히 쫄아 있었더니 문득 레코가 무릎부터 무너져 내렸다. 황급히 달려간 것은 아까 그 소년뿐이었다. 다른 녀석들은 (나 포함) 너무나도 충격적인 사태에 움직이지도 못했다.

조금 선까지 잔뜩 떠들어 대던 남자들도 사룡의 (실제로는 레코의) 힘을 목격하고서 돌처럼 굳어 버린 표정으로 변했다.

"잠깐, 레코?! 괜찮아?"

"졸려."

"야, 괴물! 이 자식, 레코한테 뭘 한 거야?! 이런 일을 할 수 있는 아이가 아니었다고!"

할 수 있게 된 것이었다. 무시무시하게도.

나도 속마음을 털어놓을 수 있었다면 인간의 장래성이 어찌나 무서운지 이야기하고 싶었다.

"어, 어쨌든!"

손뼉을 쳐서 분위기를 수습한 사람은 촌장이었다.

"사룡님―― 아니, 신룡님께서는 이것으로 마왕과 싸우게 되신 거죠? 그렇다면 저희는 그 여정의 출발을 성대하게 축하드릴 따름입니다. 자, 다들 연회를 준비해라!"

공포의 여운을 날려 버리려는 듯 애써 기운을 담은 호령이 울리고, 마을 사람들은 허둥지둥 연회 준비를 위해 흩어졌다. 그 속도를 보면 반쯤 도망치는 분위기였던 것 같기도 했다.

나는 소년에게서 원망이 담긴 시선을 뼈저리게 느끼며, 그저 한결같이 '동굴로 돌아가고 싶구나.' 하고 생각했다.

　출발 연회는 화려하면서도 어쩐지 긴장된 분위기에 휩싸여 있었다.
　날이 저문 광장에는 불티를 흩뿌리는 화톳불과 그 주위에서 춤추는 마을 사람들의 모습이 있었다. 하지만 결코 즐거운 광경은 아니었다. 그들은 거의 다들 멀찍이서 엎드린 나를 흘끗흘끗 살피고 있었다.
　만족스러운 공연을 펼치지 못한다면 잡아먹힌다. 그런 생각이라도 하는 걸까.
　나는 그들과 시선이 마주치지 않도록 화톳불을 바라보며, 신선한 풀이 먹고 싶다고 생각했다. 낮부터 아무것도 안 먹었지만, 산 제물의 영혼으로 배가 부르다는 핑계를 대었으니 아무것도 못 먹고 이만 쑤시는 신세였다.
　멍하니 불을 바라보며 오늘 일을 돌이켜봤다.
　──내가 뭔가 잘못을 저질렀을까.
　아니, 돌이켜봐도 책망당할 짓을 저지르지는 않았다고 생각한다. 산 제물 아이가 상식을 벗어날 만큼 엉뚱했던 것이 이 지경에 처한 가장 큰 원인이었다. 아직 내 등에 정좌해 있는 레코를 향해, 나는 최대한 위엄을 담아서 말했다.
　"있잖느냐, 레코. 마왕과는 나 혼자서 싸울 테니 너는 이 마을에 남아도 된다. 그리고 마을을 지키는 거야."

"무슨 말씀이신가요, 사룡님. 권속이란 주인과 운명을 함께하는 것. 사룡님께서 마왕과 자웅을 겨루신다면 저는 날카로운 하나의 발톱으로서 역할을 다하고자 해요."

어째서 이 아이는 쓸데없이 충성심이 높은 거지?

마을에 남겨 둘 수 있다면 그대로 도망칠 수도 있을 텐데.

다만 위험한 아이라고는 해도 역시 막대한 마력의 각성에 몸이 따라가지는 못하는 듯했다. 아까부터 등에서 자꾸 무게 중심이 바뀌는 건 레코가 잠기운에 몸을 좌우로 흔들고 있기 때문이겠지.

"그만 자는 게 어떻겠느냐. 그렇게 무리해서 깨어 있을 건 없는데."

"주인을 제쳐 두고 잠드는 권속은 없어요……."

"그런 소리 말고. 자, 주인으로서 명령할 테니까 자라."

"그럼 말씀대로 하겠습니다."

털썩, 갑자기 등에서 쓰러지는 무게가 느껴지고 나는 긴장에서 해방되어 한숨 돌렸다. 그건 그렇고 성가시네. 명령을 듣게 만들려면 방편이 필요하지만 그러기 위해서는 '사룡님'이라는 가죽을 뒤집어써야만 한다. 그것은 도리어 레코의 착각이 깊어지게 만든다.

침울해서는 고민하는 사이, 연회 진행자로 보이는 장년 남성이 다가왔다.

"사룡님, 기분은 어떠십니까? 지금부터도 마을 사람들이 모두 나와서 사룡님을 위해 여흥을 바치겠사오니 모쪼록 즐겨 주십시오. 추태를 드러낸 자에게는 죽음이 기다린다고 말하였으니 사력을 다한 극한의 연기가 될 것임에 틀림없습니다."

"어어…… 됐다니까. 그렇게 결사의 각오로 임하지 말고. 그저 가여울 뿐이니까."

"세상에! 역시 마왕과 달리 자비심이 깊으십니다!"

"내 비교 대상이 마왕인 건 어떻게 좀 해 줄 수는 없을까. …… 그런데, 이 레코라는 아이 일로 이야기를 좀 하고 싶은데."

나는 꼬리를 들어, 등에서 잠든 레코를 가리켰다.

"무, 무언가 마음에 안 드시는 점이 있으십니까?"

"아니. 딱히 불만이 있는 건 아닌데. 왜, 내가 사라진다면 이 마을을 지킬 사람이 필요해지겠지? 그 대신에 이 아이를 두고 갈 생각이니, 너희도 설득을 도와주지 않겠나? 상당히 고집스럽게 나를 따라오겠다면서 내 말을 안 들어."

"마음 써 주셔서 황송합니다! 하지만 그 아이는 이미 사룡님께 바친 존재입니다. 마왕 토벌에 도움이 된다면 부디 데려가 주시기를. 마을 수비는 어떻게든 하겠사오니……."

나는 오랫동안 숙련된 안력으로 남자를 지그시 응시했다.

겉으로는 겸양을 떨고 있지만 사실 마음속으로는 레코에게 겁먹고 있다는 것이 보였다. 몬스터에게 습격을 당하는 것보다도 마을 안에 몬스터나 마찬가지인 존재를 두는 편이 훨씬 더 싫은 거겠지.

이 아이, 평범한 인간인데.

어설픈 몬스터보다 두렵다는 사실에 이의는 없지만.

"그렇다면 조금만 이야기를 하고 싶은 자가 있다. 네 아들을 불러 주겠나?"

이쪽은 안력에 의지할 것까지도 없었다. 장년 남성의 머리카락은 라이엇라고 불렸던 반항적인 소년과 같은 금색이고 행색도 어쩐지 비슷했다. 추측만으로도 충분히 부자 관계임을 알 수 있었다.

하지만 아들의 지명에 엉뚱한 추측을 했는지 남자의 얼굴이 갑자기 새파래졌다.

"제── 제 아들이 사룡님께 크나큰 무례를 저지른 것은 사실입니다. 하지만 부디 목숨만큼은 살려 주시지 않겠습니까. 뭣하면 대신에 다른 산 제물을 몇 명이라도 준비하겠사오니……."

"그런 뒤숭숭한 이야기가 아니라고. 나는 그 아들과 이야기를 좀 하고 싶을 뿐이야. 보아하니 그 아이가 가장 레코와 친했던 모양이고, 권속의 인품에 대해서는 잘 알아 두고 싶지 않겠느냐? 아, 하지만 날뛰기라도 하면 귀찮을 테니까 밧줄을 묶은 상태로 면회하도록 해 놓고."

또 나를 덮친다면 이번에야말로 약하다는 사실을 감출 수도 없을 테고.

소년의 아버지는 고민한 모양이었지만 이윽고 포기한 듯 어깨를 움츠렸다.

"그럼 이쪽으로. 지금은 마구간에 가두어 놓았습니다."

"그렇게까지 할 것 없는데. 아직 밤에는 추울 테지."

안내받은 곳은 정말로 조악한 마구간이었다. 상류 신분의 자제가 이런 곳에 감금당하다니, 마을 사람들에게 상당한 분노를 산 거겠지. 아니면 나를 상대로 반성을 어필하기 위한 걸지도 모른다.

그리고.

"아니, 무슨 일이신가요. 사룡님. 게다가 사제까지. 역시 출발 기념으로 아들을 바치는 건가요?"

마치 기다렸다는 듯, 마구간 뒤쪽에서 나오는 인물이 있었다. 놀란 심정을 감추며 얼굴을 자세히 보니, 조금 전의 촌장이었다.

"아, 아니다. 사룡님께서는 라이엇과 이야기를 하고 싶을 뿐이라고 하셨다."

"하지만 그만한 무례를 저질렀지. 설마 무사히 넘어갈 수 있을 거라고 생각하지는 않네. 사룡님, 그 아이는 이 마을 사제 일족의 후계자입니다. 거친 일면은 있습니다만 영혼은 기도를 통해 씻어 내었습니다. 혹시 연회에 싫증이 나신다면, 이런 길일의 만찬으로 부디 드셔 주십시오."

"촌장!"

"닥쳐라, 사제여. 여차하면 직접 제물이 되는 것까지가 네놈들의 역할이겠지. 그 후계자가 하필이면 사룡님께 대들었어. 속죄로 여기서 먹혀 사룡님의 피와 살이 될 수밖에 없지 않겠나?"

나잇살 지긋한 어른들의 조용한 설전 사이에서 나는 무척 거북하게 서 있었다.

"저기. 말 좀 하겠는데."

"에에잇, 듣자듣자 하니까! 당신은 우리 집안이 방해되는 것뿐이겠지! 이번 기회에 후계자를 물리치고 사룡님의 조력을 얻었다는 공적을 독점하고 싶을 뿐이야!"

"흥. 그럴지도 모르겠군. 확실히 사룡님께 돌을 던질 만큼 무능한 사제를 이 마을에 남겨 놓아 봐야 아무런 이득도 없으니까 말이야."

"부탁이야. 나 때문에 싸우지는 마."

어른 둘이서 나를 두고 멋대로 끓어올랐다. 중재하려고 해도 듣지를 않았다. 곤란해진 내가 허둥지둥하는데, 두 사람 사이로 자그마한 그림자가 내려섰다.

잠에서 깬 레코였다.

"네놈들, 사룡님 어전에서 거슬리는 벌레처럼 잡소리를 내지 마라. 그 이상 떠든다면 내 발톱으로 찢어발겨 주겠어."

몸이 굳어 버릴 정도의 살기를 온몸으로 받고 어른 둘은 시체처럼 침묵했다.

"사라져라."

그리고 맥없이 떠났다. 내가 말리려고 해도 안 됐는데, 말에서 느껴지는 압박의 차원이 달랐다.

"저기, 레코? 깼구나."

"예, 사룡님."

"그럼 그 마구간 안에 라이엇라는 소년이 있다니까 밖으로 데려와 주겠어? 나는 몸이 커서 못 들어가니까. 아, 묶인 상태 그대로. 날뛰는 건 싫으니까."

"산 채로 먹는 것도 별미라고 생각하는데요."

"너까지 먹는 걸 전제로 이야기를 진행하지 말고. 정말로 이야기를 하는 것뿐이니까."

"그렇군요……. 확실히 드신다면 순서는 제가 먼저인 게 도리니까요."

의사소통에 벌써부터 장애가 발생하고 있었다.

레코가 마구간 문으로 손을 뻗자 건드리지도 않았는데 '끼이이…….' 하고 멋대로 열렸다. 호러틱해서 무서워. 어째서 평범하게 열지 않는 거야.

달빛이 비치자 온몸에 밧줄이 칭칭 감긴 소년의 모습이 보였다.

"라이엇. 어리석은 자여. 사룡님께 반역한 죄가 그 정도로 그쳤다는 걸 행운이라고 생각해라."

"레코! 이봐! 무슨 소리야, 정신 차려!"

동감이었다. 지금 당장 눈을 떴으면 좋겠다. 나는 소년을 상대로 깊은 공감을 느꼈다.

레코는 애벌레나 마찬가지로 구속된 상태인 라이엇을 가볍게 짊어지고 내 앞으로 데구르르 굴렸다.

"……이 괴물, 날 먹을 셈이냐."

"어째서 다들 그렇게 말하는 걸까. 나는 그런 무서운 몬스터가 아니라고. 여기 온 것도 너랑 이야기를 하고 싶을 뿐인데──."

"이야기? 큭. 네놈이랑 할 이야기 따윈 없어."

"……라이엇."

레코가 몸을 웅크려 라이엇의 양쪽 뺨을 꾹꾹 꼬집기 시작했다.

"흐, 흐한해! 아흐잔하!"

"사룡님께 무례는 용서치 않아."

"히, 히 하힉! 잘도 헤코를 히런 힉으로 한들었구나!"

"사이좋구나."

솔직한 감상을 말했을 뿐이었는데, 라이엇은 부루퉁하게 고개를 돌렸다. 대신에 대답한 것은 레코 쪽이었다.

"아뇨, 사이는 안 좋아요. 이 악동은 제가 신세를 졌던 집의 자식이라 은혜를 입은 존재였어요. 하지만 개인적으로 그다지 좋은 취급을 받은 기억이 없어요."

"어, 너 이 아이를 괴롭혔다든지 그랬나?"

"안 했어!"

"거짓말은 안 돼."

또다시 레코가 꾹꾹 뺨을 잡아당겼다.

"이 악동은 저를 집에서 쫓아내려고 매일매일 흉계를 부렸어요. 산 제물이라는 명예로운 역할을 명받은 저를 번번이 감시의 틈을 노려서는 밖으로 데려가고, 악랄하게도 집에서 훔친 노잣돈까지 쥐어 주며 '두 번 다시 돌아오지 마.' 라고 차갑게 말했죠. 제가 몇 번을 집으로 돌아가자 질리지도 않고 몇 번이고 먼 마을로……."

"너도 꽤나 힘들었겠구나."

"기억나게 하지 마."

라이엇은 조금 눈물을 글썽이고 있었다. 두 사람은 거의 같은 또래였다. 둘 다 열 살 남짓이니 함께 살다 보면 동정심도 샘솟겠지.

"애당초 내가 산 제물이 될 예정이었어. 그걸 빌어먹을 우리 아버지가, 날 대신하려고 다른 곳에서 레코를 데려왔어. 이상하잖아. 내가 사제로서 편한 삶을 보내는 건, 여차할 때에 희생하기 위해서인데. 그 '여차할 때'에 대리를 세우다니 말도 안 돼."

"그랬으면 좋았을 텐데. 와 준 게 너였다면 이야기가 이렇게 뒤틀리지도 않고 넘어갔을 텐데."

하지만 지금부터라도 늦지는 않았다. 이 소년이라면 레코의 성격을 알고 있으니까 내 이야기를 믿어 줄지도 모른다.

"저기, 진정하고 들어 줄래? 사실 나, 사룡 같은 게 아니거든."

"시끄러워, 변명하지 마!"

푹, 라이엇 눈앞의 지면에 보석 단검이 들이닥쳤다.

"사룡님의 이야기를 방해하지 마. 닥치고 들어."

가능하다면 너도 입 다물었으면 좋겠다, 고는 무서워서 말할 수 없었다.

하지만 어쨌든 침묵이 찾아왔으니 이 기회를 살려, 나는 담담하게 라이엇에게 일련의 진상을 이야기했다.

그 결과.

"믿을 수 있겠냐. 뭐…… 레코가 좀 이상한 녀석이라는 건 인정하지만. 그래도 그런 굉장한 마법을 사용할 수 있겠냐고. 호오, 알겠다. 그러니까 마왕한테 거스르는 게 무서워진 거지? 레코가 멋대로 저지른 일이라고 주장할 생각이야?"

"그렇겠지."

그 부분이 문제였다. 그런 걸 눈앞에서 봤으니 '본인이 그렇다고 믿고 있을 뿐'이라는 말은 통하지 않았다.

당사자인 나도 아직 반신반의였으니까.

"어떻게 된 거야, 레코. 이 자식, 마법을 쓸 수 있게 된 건 착각 때문이라고 그러잖아."

"라이엇. 어리석은 아이 같으니. 아무것도 모르는구나."

모르겠다. 착각이라는 이야기를 계속 들었을 텐데, 어째선지 가장 득의양양한 표정을 지은 것은 다름 아닌 레코였다.

"사룡님께서는 이렇게 말씀하고 계셔. 오늘 내가 썼던 힘은 사룡님께서 가지신 힘의 그야말로 한 조각에 불과하다고. 그야말로 단순한 인간이 자기 최면만으로 발휘할 수 있는 유치한 장난이나 마찬가지인 기술에 불과하다──권속이라면 더더욱 정진이 요구된다고. 아아, 이 어찌나 감사하신 충언. 이 마음에 새기겠어요."

"네가 가장 아무것도 모른다고……."

나는 가냘픈 목소리로 한탄했다. 수백 년 만에 울고 싶었다.

어떻게 말해도 곡해에 이어서 곡해로, 포지티브한 방향으로 가져간다. 엄밀하게 말하자면 포지티브한지는 모르겠지만.

한편 레코는 양쪽 주먹을 꽉 쥐고,

"그렇다면 서두르죠, 사룡님. 이런 변경 마을에서 오래 머물러 봐야 얻을 수 있는 건 없어요. 마왕을 물리치는 수라의 여정이기에, 저도 권속으로서 한 사람 몫을 다할 수 있을 거예요."

"그렇게 서두르지 말고 좀 더 느긋하게 안 될까? 나, 오늘은 너무 피곤해."

"무슨 농담을. 하늘을 보세요, 오늘밤은 보름달 아닌가요."

"그게 어쨌는데."

"보름달이 뜨는 밤은 사룡님의 마력이 최대가 된다. 그런 특별한 밤에 피곤하시다니── 첫 출전을 막 끝낸 저를 배려해 주시는 거죠? 정말 감사해요."

"몰랐네. 나는 보름달이 뜨면 강해지는 거였어?"

전혀 알지 못했던 내 설정이 점점 늘어나고 있었다. 보름달이 뜬 밤이라 해도 조금 돌아다니기 편하다는 느낌밖에 없다.

허둥대는 사이, 레코는 새초롬한 표정으로 내 등에 올라탔다. 그대로 그녀는 누워 있는 라이엇을 향해 말했다.

"라이엇. 너희 집과 마을 사람들한테 고마웠다고 전해줘. 역할을 받아서 기뻤어. 안심해도 돼. 지금부터 나는 사룡님과 함께 세계를 정복하고 모두가 평화롭게 살 수 있도록 만들게. 거기까지가 산 제물로서의 내 역할. 그리고 지금부터 권속으로서의 역할."

"잠깐만 기다려! 젠장! 밧줄을 풀어!"

"자, 사룡님. 밤의 장막이 당신의 날개가 되어 패도의 바람이 휘몰아치도록──『그림자의 두 날개』."

레코가 달을 향해 단검을 들자 밤의 어둠이 만져질 정도로 농밀하게 응축하더니, 다음 순간에는 위엄 있는 칠흑의 날개가 내 등에 생겨났다.

"사룡님의 위대한 비상에 저도 미력하나마 조력을 드리고자."

그 한마디와 동시에 몸이 둥실 떠오르고── 태어나서 처음으로 날았다.

중력이 사라졌다. 달을 향해, 밤의 어둠에 뒤덮이며 끝없이 상승했다.

지릴 뻔했다.

달을 등에 진 내 여행을 만세 삼창으로 배웅하는 마을 사람들의 모습은 환희로 넘쳐흘렀다.

마왕 토벌을 응원한다기보다는 위험한 사룡이 무사히 사라졌다는 안도감 때문에 그러는 모양이었지만.

그렇게 뜨뜻미지근한 배웅을 받은 뒤로 얼마 후. 막 떠오르기 시작하던 달도 완전히 밤하늘 중천에 드리웠을 무렵이었다.

순식간이라고 느낀 것은 첫 비상 체험이 즐거워서 시간을 잊었기 때문이 결단코 아니었다. 공포에 빠진 나머지 반 정도 의식이 날아가 버렸기 때문이었다.

──그런데, 이건 어딜 향해 날아가는 거야?

밤바람의 공포에서 익숙해지고── 아니, 마비된 내 현재 관심은 그 부분이었다.

그렇다고 가벼이 물어보기는 꺼려졌다. 여하튼 레코는 자기 최면만으로 마법을 구사했다. 가령 이곳에서 그 믿음이 풀려 버린다면 터무니없는 비극이 벌어질 것은 자명한 일이었다.

자칫 사룡에게 어울리지 않는 한심한 태도를 취했다가는 추락한다. 기절했던 걸 레코가 깨닫지 못한 것은 행운이었다.

그렇지만 이대로 방치해 둘 수도 없었다.

자칫하면 마왕의 본거지까지 돌진할지도 모른다. 장소는 어디에 있는지 모르지만 이 아이라면 『사룡의 천리안』 같이 적당한 기술명을 생각해 내서 탐지할 수도 있다.

어떻게든 안전한 장소로 유도하지 않았다가는 지옥이 기다린다.

나는 최대한 사룡다운 음색을 만들어,

"레코여. 솔직히 말해서 내 힘은 왕년보다 쇠퇴했다. 은거했던 탓에 싸움의 감도 녹슬었지. 반대로 마왕은 힘을 비축하고 각지로 군을 보내고 있다. 지금 당장 격돌하더라도 승산은 희박할 거다."

"역시 마왕이란 사룡님으로서도 만만찮은 존재인가요."

"음. 하지만 그것이 좋은 기회이기도 하다. 과도한 지배는 반발을 낳는 법. 인간 중에도 마왕에게 저항하려는 자는 다수 있을 터이니, 나는 그들과 손을 잡고자 한다."

"……그렇군요. 사룡님께는 아득히 미치지 못하는 자들이라고는 해도 숫자가 모이면 그럭저럭 전력이 되겠죠."

"그러니 우선은 그런 전사들이 모인 마을을 찾겠다. 나는 지금의 인간계에 대해서는 잘 모르니, 괜찮은 마을을 안내해 주지 않겠느냐."

"알겠어요. 저도 세상은 거의 모르지만, 사룡님의 명령이시라면 어떠한 장소일지라도 찾아내겠어요. ──열려라, 제3의 눈『사룡의 천리안』."

이름까지 멋들어지게 정답. 나도 이 아이의 습성을 상당히 파악하게 된 듯했다.

그렇다면 이 노선으로 유도한 것이 정답이었다. 아무것도 하지 않았다면 당초 예상대로 마왕의 본거지를 향해 일직선으로 갔겠지.

"찾았어요. 여기서 북동쪽으로 가면『페류도나』라는 이름의 대규모 도시가 있어요. 상당한 실력자들이 많고 도시 자체도 성벽으로 둘러싸인 요새라 관문 심사는 무척 엄격한 것 같아요. 또한 주위에 비해 안전한 만큼 물가는 높아서, 상인 길드는 그것을 이권으로 삼아 무허가 행상이나 암시장 배제에 기를 쓰게 되었죠. 한편으로 도시에 번영을 가져다준 모험가 길드는 자신들이 무시당하는 게 아니냐는 불만이 점점 심해져서, 최근에는 대항하고자 모험가가 공공연하게 주최하는 노천 시장이 열리며 도시는 상인파와 모험가파로 양분된 상태예요. 최근 문제는 지하수로 노후화에 따른 수질 및 위생 상태 악화가 대두되어 의료계 백마도사나 수질 정화에 정통한 연금술사가 먼 곳에서 초청되었지만, 지하수로의 근본적인 개축 공사는 아직 진행되지 않는 상황이에요. 그 이유가, 지하수로의 환경을 정비하면 그 곳으로 몬스터가 침입할 수 있다는 걱정이⋯⋯."

"그런 이야기는 됐다. 장소만 찾는가 했더니 정말로 천리안이 구나."

설마 마을의 내정까지 천리안으로 볼 수 있을 줄은 몰랐다.

"주제넘은 짓을 해서 죄송해요."

"아니 아니, 괜찮다. 하지만 물가가 비싸다는 건 근심거리구 나. 이럴 거라면 마을에서 조금이라도 돈을 받아 둘 것을 그랬 어."

"그런 거라면 걱정 없어요."

그러더니 레코는 홑옷 목덜미로 손을 넣어 보석 장식 단검을 꺼냈다.

"이걸 팔아치우면 값이 꽤 되겠죠. 라이엇 가문에 전해지는 보물이라고 했어요."

"엇. 가보라니, 그런 걸 팔아도 되나? 나에게 바칠 공물이었 다면 받아도 될지도 모르겠지만――."

"공물은 아니지만 상관없어요. 마(魔)를 물리치는 힘이 있다 면서, 제가 산 제물이 되기 전에 라이엇이 '이걸로 사룡을 찌르 고 도망쳐.'라며 준 물건이에요. 그런 불경한 의도로 건넨 단검 따위, 금전으로 바꾼다고 해도 문제는 없어요."

"문제 있으니까 그만둬. 그런 거였다면 돌려줄 것을 그랬구 나. 절대로 팔면 안 된다. 천벌을 받을 것 같으니까."

게다가 이래저래 떼놓지 않고서 가지고 다니는 것을 보면, 본심으로는 친구의 추억거리로 소중하게 생각하는 것일지도 모른다. 라이엇 안 죽었지만.

"뭐, 어쨌든 가 볼까. 그리고 레코에게 하나 부탁이 있다만."

"무엇인가요?"

"내가 스스로 사룡이라 칭하며 모험가의 도시 같은 곳에 갔다가는 일단 틀림없이 몰매를 맞겠지?"

"──그리고 5초 만에 도시를 잿더미로."

"안 하니까. 그럴 거라면 마을로 가는 의미가 없잖느냐. 그러니까 온화하게 이야기를 하기 위해 사룡이라고는 밝히지 않았으면 한다. 나는 어디까지나 네 사역마라고 할 것. 용술사 마도사 같은 식으로라도 자칭해서 온건하게 동료를 모으는 거야. 알겠지?"

"제, 제가 사룡님의 주인을 연기한다고⋯⋯?"

만난 뒤로 처음으로 레코의 목소리에 동요의 기색이 섞였다.

"그래 그래. 할 수 있겠지?"

"저, 정말 죄송해요. 저 같은 게 황송하게도 사룡님 위에 서다니, 설령 연기일지라도 못 해요."

"그렇게 부담스러워할 것 없다. 이야기를 나누기 어렵다면 존댓말은 그대로 해도 되고. 다만 나를 필요 이상으로 추어올리는 것 같은 언동은 그만뒀으면 좋겠구나. 특히나 사룡님이라고 부르는 것만큼은 절대로 금지야."

이 부분에 내 자그마한 희망이 있었다.

모험가 사이에 섞여서 상식을 배우며, 사룡 취급을 그만둔 뒤로 차츰 위화감을 깨닫는다. 한동안 평화롭게 지내면 썩은 것도 떨어지고 정상으로 돌아와 줄지도 모른다. 그때는 레코를 사람들 사이로 돌려보내자.

그리고 나는 평온하게, 무사히 산속으로 돌아가는 것이다.

"……알겠어요. 사룡님의 명령이시라면 노력해 볼게요. 부족한 점이 있다면 부디 용서해 주시길."

"웬일로 자신이 없구나."

"예."

레코는 불안해했지만 어쨌든 책략은 제대로 먹혀든 듯했다. 자연스럽게 날개가 북동쪽으로 진로를 향하기 시작했다. 이대로 모험가의 도시에 도착해서 계획이 순풍에 돛 단 듯 진행되면, 의외로 금세 만사해결일지도 모르겠다.

"그러고 보니 사룡님. 좀 전에 도시의 정보를 전달할 때에 미처 깜박한 게 좀 있어서."

"응? 너무 과할 정도로 자세한 정보는 필요 없다. 어차피 기억도 못 할 테고."

"그런가요. 그럼 도착한 다음에라도 다시."

그대로 한동안 계속 날아갔다. 그러자 광대한 평원 가운데에 돌로 만든 둥그런 성벽으로 둘러싸인 도시가 보였다.

한밤중인데도 무척 밝았다. 멀리서도 눈이 부실 정도였다. 시골 벽촌과 달리 사람들이 모이는 도시는 밤에 이다지도 이상야릇한 빛을 발하는 건가.

아니. 그렇지 않았다.

"저 도시, 엄청나게 불타고 있는데?! 저거 민가의 불빛이 아니라 어찌 봐도 화염이잖아?!"

"예. 몬스터에게 한창 습격을 당하는 중이에요. 조금 전에 말씀을 드리려고 했는데요."

"나난 도시 수질 사정보다도 그쪽을 가장 먼저 가르쳐 줬으면 좋겠는데 말이야."

가까워지자 점차 귀를 찌르는 듯한 노성과 절규가 들렸다.

도시에는 사람 얼굴을 한 괴조가 섬뜩하게 웃으며 상공을 무수히 날아다녔다. 날개를 퍼덕이면서 떨어지는 깃털은 불꽃을 두른 화살이 되어 지상의 건물을 불태웠다.

물론 도시 쪽도 저항하고 있었다. 지상에서 모험가들의 공격이 날아와서 차례차례 괴조를 격추했다.

하지만 아무래도 불리해 보였다.

밤하늘을 가득 메운 괴조의 숫자는 굉장히 많았고 지상 쪽으로도 이미 다른 몬스터가 침입한 상태였다. 멀어서 잘 안 보이지만 거리를 돌아다니며 불의 손을 펼치고 있는 그림자가 여기저기 보였다.

"어떻게 하시겠어요, 사룡님. 지금은 조용히 지켜보다가 살아남은 실력자만을 부하로 선별하시는 것도 한 방법이지 않을까 생각하는데."

"너는 입만 열면 무서운 소리를 하는구나."

"그럼 역시 구원하러 나서는 건가요."

"나, 완전히 넘어가 버린 걸까나."

검은 날개를 퍼덕이며 도시 상공을 선회했다. 얼핏 보면 내가 나는 것 같지만, 실제로 움직이는 것은 레코였다.

멈춰 주세요. 절실히 그렇게 부탁했지만 이제는 어쩔 도리도 없었다. 차라리 고삐가 없는 마차라면 세울 방도가 있을 것이다. 나는 죽을 것만 같은 공포와 초조함을 억누르고 말했다.

"레코, 알겠느냐. 좀 전에 이야기했다시피 네가 주인을 연기하며 싸워 보도록 해라. 이 싸움에서 나는 사룡과는 거리가 먼── 무력하고 주인 없이는 아무것도 못 하는 용을 연기하마. 그걸 잘 몰아서 멋진 용술사답게 싸워 보는 게야. 그럴 수 있다면 도시의 사람들도 너를 받아들이겠지."

대답은 없었지만 어색하게 고개를 끄덕이는 기척이 등줄기로 전해졌다.

지금은 어떻게든 등에 태우고서 싸우게 만들지 않는다면 도시도 우리도 위험했다.

"그럼, 해 볼게요."

스읍, 레코가 숨을 들이쉬는 소리가 들렸다.

다음 순간, 단검에서 뻗은 참격이 밤하늘에 커다란 빛의 상흔을 끌고, 괴조 무리를 티끌조차 남김없이 일소했다.

딱히 상관은 없지만, 용술사다운 요소는 전혀 없었다. 하지만 레코의 특기 분야가 밀어붙이기라면 그쪽이 훨씬 더 도움이 되었다. 특별히 움직이지 않는 편이 내가 평범한 용이라는 인상을 줄 수 있을 것이다.

멀리서는 아직 새로운 무리가 날아오고 있었지만, 도시 상공의 큰 무리가 순식간에 소멸하여 아래에 있는 사람들이 술렁였다. 새로이 나타나더라도 레코가 있는 한 큰 문제는 아니겠지. 지금 일격을 봐도 실력 차이는 명백했다.

"자, 레코. 밑에 있는 도시 사람들에게 구원하러 왔노라 전하고——."

그렇게 말했을 때, 도시의 지휘관으로 보이는 갑옷 전사가 성벽 위에서 외쳤다.

"새로운 적이다! 새로운 몬스터가 왔다고! 엄청나게 꺼림칙한 마력을 가진 드래곤이다! 에에잇, 다들 겁먹지 마라! 여기서 물러난다면 도시는 함락된다! 각자 최대의 공격 수단으로 요격해라!"

갑작스러운 적 설정이었다.

그리고 그 마력, 내 게 아니라 레코 거.

꺼림칙하다고 평가받을 정도로 위험한 아우라를 발하고 있나 보다. 예상은 했지만.

"쏴라!"

변명할 틈도 없이, 지상의 전사들이 이쪽을 향해 일제히 공격을 발사했다.

빛의 마탄. 불꽃 소용돌이. 검에서 발사된 바람의 참격. 자유자재의 궤적을 그리는 화살. 하늘을 가르며 나는 투창. 역전의 용사들이 펼친 필살의 일격은 위압감만으로도 나를 반쯤 기절하게 만들 것만 같았다.

뭐, 오랫동안 살았으니 미련이라고 할 것도 별로 없나—— 내

가 그렇게 포기하려 했을 때,

<u>오오오오오오오</u>─────────────────────────!

　내 등에서 레코가 울부짖었다.

　단말마가 아니었다. 그보다도 이미 인간이 꺼낼 수 있는 목소리가 아니었다. 등에 있는 사람이 레코라는 사실을 몰랐다면 나도 '터무니없이 강하고 사악한 드래곤이 근처에서 울부짖는다.'라고 착각했을 테지.

　게다가 단순히 무시무시한 외침만이 아니었다.

　엄청난 포효는 물리적인 충격을 지니고 퍼져서는 마치 결계를 친 것처럼, 날아드는 모든 공격을 없애 버린 것이었다.

　"불한당이! 이토록 조악한 힘으로 사룡님께 적대할 생각이냐!"

　차갑고 의연한 레코의 목소리는 밤하늘에 신기하게도 잘 울렸다.

　이제는 끝이다. 완전히 악역 등장이었다.

　"잠깐만, 레코. 너, 아까 이야기를 잊은 거 아니냐? 나는 사룡이 아니라 단순한 드래곤이라고. 그리고 너는 권속이 아니라 평범한 마도사. 이미 한없이 늦어 버린 거나 마찬가지인 상황인 것 같기는 하지만, 지금부터 열심히 노선을 수정해."

　"……그랬, 죠. 죄송, 해요. 잘, 알겠, 어요. 노력, 할게요."

　엄청나게 서투른 광대의 복화술 같은 말투였다. 자기 역할에 대한 믿음은 그렇게나 격하면서도, 막상 자각한 상태에서 무언가를 연기하는 것은 어려운 모양이었다.

"착각이에요, 여러분. 저는 더없이 고결한 마음을 가진 정의의 마도사예요. 이쪽은 아무 쓸모도 없지만 무척 얌전하고 사람을 잘 따르는 안전한 드래곤이고요. 도시가 불타고 있어서 여러분을 구하러 왔어요. 환영해 주신다면 기쁠 거예요."

침묵이 밤을 지배했다.

파직파직 도시의 건물이 불타는 소리만이 느긋하게 울렸다.

"……어떻게 하지?"

"아니, 솔직히 엄청나게 수상쩍지만 싸워도 승산은 없지 않을까?"

"아까 공격, 한번 울부짖는 것만으로 흩어놨으니까 말이지. 솔직히 쇼크였어."

"정공법으로는 상대가 안 되니 함정이라도 일단 듣는 척해야겠지."

"그러네. 동료인 척하고 등 뒤에서 찌르는 방법도 있으니까."

"좋아. 일단 동료라는 걸로 취급하자고. 절대로 믿을 수는 없지만."

"그래, 결정됐네."

"──소곤소곤 그런 이야기를 하는 모양이에요. 그 정도 작은 목소리로 저희 귀를 속일 수 있다고 생각하는 걸까요."

참고로 나한테는 아무것도 안 들렸다.

"들리는가, 드래곤이여!"

제대로 들린 것은 이쪽을 향해 크게 손을 흔드는 지휘관의 말뿐이었다.

"당신이 본 상황 그대로야! 이쪽 전사는 비교적 잔챙이가 많아! 하지만 이 녀석들의 언동에 대한 책임은 앞으로 전부 내가 지겠어! 그러니 지금은 협력을 부탁하고 싶은데 내려와 주겠나!"

그렇게 외치며 손바닥으로 가리킨 곳은 성벽 위에 설치된 포대였다. 상당히 넓게 만들어져 있어서 아슬아슬하지만 나도 착지할 수 있을 듯했다.

"레코, 지금은 상황을 물어보도록 할까."

"예."

레코가 조종하는 검은 날개가 퍼덕이는 기세를 떨어뜨리고 활공하듯 허공을 내려갔다. 포대 공간에 다리를 내려놓자 지휘관 갑옷 기사가 대검을 등 뒤의 칼집에 넣고 걸어왔다.

투구를 벗자 열화처럼 선명하게 붉고 긴 머리카락이 스르륵 흘러내렸다.

"알리안테라고 해. 용과 소녀여. 부디 이 마을을 구하기 위해 우리에게 조력을 부탁할게."

여성이었다. 이런 맹자들 가운데서 여성의 몸으로 지휘관을 맡다니 상당한 실력자겠지. ──아니면 다른 사람은 인격적인 면에 문제가 있나.

그녀는 정중하게 전투용 장갑까지 벗고 레코에게 악수를 청했다.

역시나 내 쪽으로 오지는 않는 모양이었다. 맞잡을 수 있을 만큼 손의 사이즈가 맞지도 않고.

"저야말로, 잘 부탁드려요."

당당하게 악수를 청한 기사 알리안테를 상대로, 레코는 살짝 시선을 피하며 손을 건넸다. 익숙하지 않은 연기에 거동이 이상해져서 무척 수상쩍게 보였다.

"저는 레코. 그리고 이쪽은 제 주인이신 위대한 사룡님⋯⋯ 이 아니라 평범한 드래곤이에요."

"너, 일부러 그런 거 아냐?"

"사룡님의 명령을 거스르다니 당치도 않아요."

"거봐, 또 나를 사룡이라고 부르잖니."

"드래곤이여. 괜찮다면 이름을 들려주지 않겠나?"

문득 알리안테가 이쪽으로 이야기를 돌려 나는 눈을 동그랗게 떴다.

이름 따윈 없었기 때문이다. 나는 태어나서 이제껏 자신과 같은 종의 드래곤──이라고 할까, 도마뱀과 만난 적이 없었다. 그러니 당연하게도 서로를 구별하는 명칭도 필요 없었다. 어려서 몸집도 작았을 무렵에는 인간과 교류가 있었으니 무언가 명칭이 붙었다고 생각하지만── 영 기억이 나지 않았다. 어쨌든 수천 년은 더 전의 일이었다.

무어라 대답할지 머뭇거리는 사이, 엉뚱한 곳에서 불똥이 튀었다.

알리안테 등 뒤에서 술렁이는 모험가들 쪽이었다.

"있잖아, 저 검은 비늘의 거구에 푸른 눈동자…… 남쪽 마을에서 숭배하는 사룡 레벤디아 아닌가?"

"그래, 틀림없이 그럴 거야. 길드 최상급 수배서에서 딱 한 번 본 적이 있어. 틀림없어."

"날아온 것도 저쪽 방향이었으니까."

"말도 안 돼……. 마왕과 쌍벽을 이룬다는 대괴물이 깨어나다니……."

경악. 내게 어마어마한 이름이 붙어 있었다. 레벤디아 같은 식으로 자칭한 적은 한 번도 없는데.

그 대화를 듣자마자, 물을 만난 물고기처럼 레코가 팔팔해지기 시작했다.

"후. 인간들치고는 눈치가 빠르지 않나. 깨닫고 말았으니 어쩔 수 없지. 바로 이분이야말로 사룡 레벤디아 님이시다. 하지만 영광스럽게 생각해라. 사룡님께서는 네놈들 인간을 해하실 생각은 없다. 당면한 적은, 사룡님께서 통치하셔야 할 이 세계를 유린하려고 하는── 무모하고 어리석은 마왕뿐이다."

"너도 냉큼 포기하지는 말아 줄래? 좀 더 버티라고."

"처음부터 사룡님의 위광은 제 연기 따위로 숨길 수 있는 게 아니에요."

"우와, 나한테 책임을 전가했어."

알리안테는 굳은 표정으로 나를 응시했다.

"설마 싶었는데 역시 그랬나. 그건 그렇고── 힘을 숨기는 게 능숙하군. 한순간 정말로 그냥 도마뱀인가 생각했어."

"사룡님을 우롱하느냐."

레코가 날카로운 눈빛으로 보석 단검을 움켜쥐었다. 하지만 알리안테는 동요하지 않았다.

"알아. 막 권속이 된 너만 보아도 이미 내 힘을 웃돌고 있어. 그것만으로 주인인 사룡의 힘은 충분히 추측할 수 있지."

응? 나는 고개를 갸웃거렸다. 그 의문을 대변하듯 레코가 물었다.

"어떻게 내가 막 권속이 되었다는 걸 알고 있지?"

"보면 알아. 아까 괴조를 물리쳤을 때 말인데—— 힘의 크기에 비해 마력 취급이 완전 서툴렀어. 그러고서도 그런 위력이라는 게 도리어 무섭지만 말이야."

취급이 서툴렀다는 말은, 바꾸어 말하면 아직 성장할 여지가 있다는 의미였다. 이곳에 있는 누구보다도, 다름 아닌 내가 전율했다.

"하지만 지금은 느긋하게 이야기를 할 때가 아니로군. 마왕을 쓰러뜨린다는 이야기는 나중에 다시 듣기로 하고, 우선은 이 도시의 불을 진화해야 돼. 다행히도 부상자는 거의 없지만 이대로는 마을이 전부 불탈 거야."

"어? 이만큼 탔는데도 사람들의 피해는 없다고?"

"뭐냐, 드래곤이여. 불만인가?"

"아니 아니, 좋은 일이라고 생각해. 다치거나 죽거나 했다면 큰일인걸."

"……사룡치고는 꽤나 느긋한 소리를 하는군."

대화가 이상해졌다고 느낀 듯 알리안테는 헛기침을 했다.

"어쨌든 도시를 봐 줘. 현재 상황을 설명해 두고 싶어."

시키는 대로 도시를 내려다봤다.

도시의 건물을 부수고 불의 손을 펼치며 파괴를 끝을 달리는 것은── 뼈였다.

그것도 단순한 인간의 해골이 아니었다. 하얀 뼈가 무수히 조합되어 이형의 괴물 형태나 공성 병기 같은 형태로 변화하여 자유자재로 움직이는 모습이 보였다.

게다가 그것이 하나가 아니라 거리에 한가득 돌아다니고 있었다.

"상공에 있는 괴조는 봤겠지. 저걸 요격하면 시체가 지상으로 떨어지는데── 거기서 뼈만 빠져나와서는 저렇게 해골 몬스터로 변해서 날뛰는 거야. 그렇게 강하지는 않지만 완전히 무력화하려면 문자 그대로 한 조각도 남김없이 소멸시킬 필요가 있어. 하나라도 남아 있다면 다른 뼈와 조합되어 금세 재생해 버리니까 말이야. 게다가 건물에 불을 붙이고 돌아다니는 게 주목적인지 쓰러뜨리려고 해도 금세 도망쳐 버리니까 처리하기도 힘들어."

그렇구나, 단순히 힘으로 밀어붙이는 것이 아니었다. 조금 고등한 몬스터가 사용하는 약은 수법이었다.

레코는 상공을 지그시 바라보고,

"아까처럼 나랑 사룡님의 공격이라면 저 새들을 뼈도 남기지 않고 없앨 수 있어."

"그렇다는 거지. 뻔뻔스러운 소리라고는 생각하지만, 당신들에게는 상공 요격을 부탁하고 싶어. 뼈 보급이 사라진다면 시간은 걸리겠지만 지상의 녀석들도 토벌할 수 있어."

나는 싫었다. 또 하늘을 날았다가는 언제 내려오게 해 줄지 알 수 없다.

"……저기, 단련을 할 좋은 기회니까 너 혼자서 가 보도록 해라. 날 수 있겠지?"

"사룡님께는 미치지 못하겠지만요."

퍼덕, 검은 날개가 레코의 등에서 갑자기 자라났다. 이 아이, '할 수 있겠지?'라고 말하면 대부분을 해낼 것 같았다. 연기 빼고는.

"그럼 녀석들을 섬멸하고 올게요."

"피곤하면 제대로 휴식을 취하거라. 공중에서 잠들거나 그러지 않도록."

주의를 줬지만 과연 들리기는 했을지. 잔상이 남을 정도의 스피드로 레코는 하늘로 날아올라, 밤하늘에 은빛 상흔을 그리기 시작했다.

그리고 문득 떠올랐다.

나는 수많은 모험가들에게 둘러싸여서 어디로도 도망칠 곳이 없는 상태였다. 레코가 사라지면 나를 지켜 줄 존재는 없는 것이었다.

"레벤디아여, 하늘은 권속 소녀만으로 괜찮은가?"

알리안테의 눈빛이 괜히 더 날카롭게 느껴졌다.

"으, 음. 저 아이는 하면 되는 아이니까. 게다가 도와주고 싶은 마음은 굴뚝같으나 내가 싸우면 여파만으로 이 도시를 부수고 말 것 같으니……. 으음, 아, 그렇지."

어떻게든 이야기를 돌리고자 나는 과거의 기억을 뒤져서 유용한 지식을 찾았다.

"상공에 있는 서 괴조는 옛날에도 본 적이 있는데, 저 녀석들 자체는 부활해서 날뛰는 능력 같은 게 없었을 텐데. 그러니까 어딘가에 뼈를 조종하는 다른 몬스터가 숨어 있는 게 아닐까—— 아, 잠깐만 뭔가 떠오를 것 같구나. 그래 그래, 그런 몬스터가 있었지 있었어."

나는 만면에 희색을 드리우며 폐가 되지 않을 정도로 꼬리를 흔들었다.

"조수두(繰首頭)라는 몬스터가, 시야 안에 있는 시체의 뼈를 조종하는 능력을 가지고 있었을 거다. 틀림없이 이 마을 전체를 내다볼 수 있는 높은 건물 같은 곳에 부자연스러운 두개골이 굴러다니지 않을까. 그게 몬스터의 본체니까 깨부숴 버리면 해결되겠지."

수천 년 동안 몬스터에게서 도망치며 축적된 지식이 여기서 도움이 되었다. 이것으로 도시의 소동이 잘 수습된다면, 나를 사룡 취급하는 것도 개선될 여지가 있을지 모른다.

알리안테는 즉시 손을 들어 지시했다.

"다들 들었겠지! 높은 곳에 있는 두개골이다! 성벽 위나 경비탑을 중점적으로 조사해서 철저하게 파헤쳐라!"

튀어나가듯 모험가들이 흩어졌다. 그러는가 싶더니 불과 수십 초 뒤에는 누군가의 외침이 들리고, 거리의 뼈들이 와르르 힘을 잃고 무너졌다.

내 표정은 풀어졌다. 다행이야. 이것으로 내 오명도——.

"역시 마왕군의 간부로군. 몬스터 능력에 박식해. 길드 문헌에도 그런 몬스터 정보는 실려 있지 않았다고."

풀렸던 표정이 온화한 그대로 얼어붙었다.

마왕군 내부 정보 같은 게 아니다. 단순히 나이 덕분이었다. 이번 몬스터도 그저 우연히 알고 있었을 뿐, 실제로는 자세히 모르는 몬스터 쪽이 훨씬 많을 텐데.

"마왕에 반역하려는 이유도 나중에 자세히 듣도록 하지. 나는 불 끄는 걸 도와주러 다녀오겠어. 여기서 기다려 줘."

내가 굳어 있는 사이에 알리안테는 다른 모험가들과 합류해서 거리로 달려갔다.

멍하니 서 있는 내 곁으로 내려선 것은, 괴조를 순식간에 모두 토벌한 레코였다.

"끝났어요, 사룡님."

"수고했다. 이쪽도 여러 의미로 끝난 참이야."

주로 내 인생 계획이라든지.

"그나저나 모험가 녀석들은 없는 모양인데 어디로 갔을까요? 사룡님을 이런 적적한 곳에 방치하다니, 무례한 것에도 정도라는 게 있어요."

"으음. 아직 거리에 난 불도 꺼야 하니까 날 상대할 여유도 없겠지."

"그렇다면 끝게요."

번쩍, 레코가 하늘을 향해 단검을 들었다.

"──구름이여 모여라. 자애의 눈물을 이 땅에 내려라.『하늘이 내린 패룡(覇龍)의 눈물』."

갑자기 비가 내렸다.

이 단계에서 나는 이미 반쯤 감정이 죽을 지경이었기에 아무리 액션도 없이 레코의 행동을 지켜보고 있었다. 거리의 불길은 내리는 비로 차츰 잦아들었다.

"이 정도면 될까요?"

레코가 단검을 집어넣자 하늘에 뚜껑을 덮은 것처럼 비가 그쳤다. 이런 식으로 봐선 아마 마음만 먹으면 번개도 떨어뜨릴 수 있겠지.

하늘이 내린 눈물. 마른하늘에 내린 빗물과 함께 나는 정말로 조금 울었다.

너무도 적절한 타이밍에 내린 비를 보고 의아해하는 표정을 짓는 사람은 적지 않았다. 감사하기는 하지만 석연치 않다──그런 감정을 여실하게 드러내며 돌아온 전사들이 감시 역할로 우리를 포위하고 있었다.

아직 장소는 성벽의 포대였다. 리더 격인 알리안테가 돌아올 때까지는 가능하면 이 장소에서 움직이지 않기를 바랐지만, 그것이 '가능하면 '으로 그칠 만큼 미적지근한 요구가 아니라는 것은 그들이 발하는 긴장감을 보면 명백했다.

"그건 괜찮은데, 어─…… 담요라든지 덮을 만한 걸 하나 빌려 주지 않겠나? 도시에 큰일이 벌어졌는데 무슨 느긋한 소리냐고 생각할지도 모르겠지만, 이 아이는 아침부터 쉬지도 않고 계속 움직였거든. 조금 차분하게 재우고 싶은데."

본래라면 이런 상황에서 "사룡님께 지시를 내리다니 무슨 짓이냐."라며 쓸데없는 말썽을 일으킬 것 같던 레코가 아까부터 기운이 없는 것이었다. 내 몸에 기대어 앉은 채로 꾸벅꾸벅 고개를 흔들며 이따금 부비적부비적 눈을 비볐다.

내 주문을 듣고 감시 중인 전사들은 서로 얼굴을 마주 보더니 이윽고 한 사람이 경비 초소로 내려갔다. 빈틈없는 거동. 감도는 풍격을 보아도 다들 일품의 실력을 지닌 전사였다. 반항할 생각은 털끝만큼도 없지만 얼굴을 마주하고 있는 것만으로 심장에 좋지 않았다.

그리고 조금 전에 내려갔던 한 명이 담요를 가져왔다.

"이걸로 되겠나. 그러나 사룡이여. 권속의 몸을 걱정하다니, 이야기로 들은 것과는 다르게 꽤나 정이 깊군."

"그냥 흥미가 생겨서 물어보는 건데, 어떤 이야기가 퍼져 있지?"

"재미삼아 마을을 초토화하고, 굶주리면 피와 살점의 강이 흐를 때까지 인육을 먹는다고."

"그런 짓 안 한다고. 정말로. 내 주식은 풀이랑 나무야."

아무도 믿어 주는 기색은 없었다. 내 겉모습과 악평 탓도 있을 테지만, 가장 큰 원인은 반쯤 잠든 상태에서 "무슨 말씀이세요. 제 영혼을 막 드셨잖아요……."라고 중얼거리는 레코 때문이었다.

별안간 전사들 사이에서 레코에 대한 동정적인 분위기가 감돌기 시작했다. 세상의 누명은 이렇게 태어나는 것임을 통감했다.

"자, 레코. 여기 사람이 이불을 빌려줬으니까 너는 이만 자도록 해라."

"하지만── 사룡님을 놔두고 제가 잘 수는."

"나는 됐으니까. 피곤할 때는 얼른 자는 게 최고야."

"……그리 말씀하신다면."

내려놓은 담요를 망토처럼 몸에 빙글 휘감은 레코는 훌쩍, 가벼운 도약으로 내 등에 올라탔다.

"그럼 먼저 쉬도록 할게요."

"먼저 자는 건 사양하면서도 등에 타는 건 전혀 사양하질 않는구나."

딱히 상관은 없지만.

대답은 없이, 이미 등에 폭신폭신한 덩어리가 누워 있는 것을 느꼈다.

"레벤디아. 너는 괜찮나. 필요하다면 담요를 백 장이라도 준비하겠다만."

"난 별로 안 졸려서."

사실은 몸도 정신도 더없이 지친 상태였다. 하지만 적의를 보내는 집단 앞에서 잠들 만큼 나는 배짱이 있지 않았다.

　"……저기, 당신들한테 긴히 부탁할 게 있는데, 이 아이를 이곳에서 맡아 주지 않겠나? 사실 이 아이, 내 권속도 뭣도 아니고 그냥 인간이야. 제대로 키우면 당신들에게 도움이 되는 훌륭한 마도사가 될 거라 생각해."

　"──목적이 뭐지?"

　"아니, 목적이고 뭐고 그야말로 그 말 그대로인데."

　"그런 이야기는 도저히 믿을 수가 없군. 그 소녀가 발하는 마력은 인간의 것이 아니라 마성을 가진 존재의 것이야. 게다가 유난히 더 사악하군. 힘을 준 네가 그걸 가장 잘 이해하고 있을 텐데?"

　"믿지 못할지도 모르겠지만 사실이야."

　"거짓말 마라."

　"곤란하네……."

　망연자실했다. 제대로 용술사를 연기하는 노선은 이미 끝장났고, 온건하게 맡아 줄 것 같지도 않다. 이대로는 끝도 없이 레코의 보호를 받으며 그대로 마왕 토벌의 여정 일직선이다.

　그리고 아마도 도중에 나만 눈먼 공격에 죽을 거다.

　"기다리게 했군."

　우울한 심정에 잠겨 있는 사이, 경비를 서는 이들의 울타리 안쪽에서 알리안테가 걸어왔다. 이제까지 잔당이 없는지 돌아본 모양이었다.

"너희는 이만 물러가도 된다. 일대일로 대화하는 게 서로 더 편할 테니까."

"알리안테 씨. 그래도, 괜찮겠습니까?"

"뭐, 상관없어. 어차피 사룡이 날뛰기 시작하면 나 혼자든 도시의 전사가 총출동하든 관계없이 몰살이야. 그렇다면 포위해 봐야 분위기만 나빠질 뿐 헛수고겠지."

나한테 그런 힘은 없다. 레코는 모르겠다.

하지만 투지와 경계심을 훤히 드러낸 녀석들보다도 알리안테 쪽이 조금은 이야기를 알아들을 것 같은 분위기가 있었다. 그것만큼은 내게 다소나마 안도감을 주었다.

전사들이 자리에서 물러나자 알리안테 쪽에서 먼저 이야기를 꺼냈다.

"사룡 레벤디아. 다시금 묻겠는데, 어째서 마왕에게 반역을 하지? 당신 같은 자라면 마왕도 충분히 예우할 텐데. 아니면 다른 자 아래에서 만족하기에는 긍지가 허락지 않는다는 건가?"

"역시 너도 오해하고 있구나……. 저기, 난 사룡 같은 게 아니야. 이제껏 풀만 먹은 단순히 커다란 도마뱀 같은 거지. 솔직히 말해서 너와 싸우면 1초 만에 내가 죽어."

"단순히 커다란 도마뱀이 몬스터의 능력에 그렇게나 박식할 거라 생각되진 않는데."

"오래 살다 보니까 우연히 알게 되었을 뿐이야. 몬스터는 무서우니까 계속 도망쳤거든. 하지만 마왕군의 모든 정보를 망라하고 있다든지, 그런 일은 절대로 없으니까."

"오래 살았다고? 몇 살이지?"

"어렴풋하기는 하지만, 대략 5000살 정도일까."

"바보 같은 소리. 그만큼 오래 살아놓고 약할 리가 있겠나."

폭론이었다. 강하지 않다면 장수도 허락되지 않는가. 나도 빈약한 상태 그대로 이 나이까지 살 수 있었다는 사실을 기적이라고는 생각하지만, 실제로 살아남았으니까 어쩔 수 없잖나.

"그걸 무시하더라도, 말이다. 권속 소녀에 대해서는 어떻게 설명하겠어?"

"그쪽으로는 나도 설명이 어려워서 말이야. 이 아이가 가장 이야기를 성가시게 만들고 있거든."

나는 한 가닥 희망에 매달려서, 라이엇에게 설명했을 때와 똑같은 내용으로 차례차례 이야기했다. 산 제물로 레코가 찾아왔을 때부터 지금까지의 모든 일을.

──그 결과.

"믿을 수 없군."

그야 그렇겠지요, 라고 생각했다. 나도 악몽이었으면 한다.

"통상적인 마도사라면 불가능한 이야기야. 갓난아기가 갑자기 일어서서 걸을 수 없듯, 마력의 해방에는 순서라는 게 있어. 본인이 그렇게 생각했다는 것만으로 무한히 해방할 수 있다면 고생할 필요도 없겠지."

"이 아이가 엄청난 천재라든지, 그런 가능성은 없을까."

"과거에 전례가 없다고 할 수야 없겠지만…… 거의 전설 같은 이야기라서 말이야. 역사상에 전해지는 고위 마도사 중에는 철

이 들 무렵부터 강력한 술법을 사용할 수 있었다는 자도 있다고
하지만, 아무래도 후대의 각색이겠지. 그런 전례가 있다면 현
대에도 신동이 일정 숫자는 나타났을 테지."

"여기 있는데."

"신용할 수 없군."

으음, 나는 신음했다. 어쩌면 신동이 발견되지 않는 것은, 이
렇게 몬스터 취급을 당하고 사람들 사이에서 쫓겨난 탓은 아닐
까.

이런 아이가 또 있다고 해도 아마 머리의 나사가 빠진 상태임
에 틀림없을 테니까.

"가령 그 이야기를 신용하더라도 그건 그것대로 문제야. 그
소녀가 가진 마력은 이미 인간의 것이 아니지. 능력도 서툴게
다루다 보면, 무슨 계기로 균형을 잃고 제어 불능이 될지 알 수
없어. 그야말로 자기 마력에 삼켜져서 진짜 사룡으로 변할 가능
성마저 있지."

"어어…… 자력으로? 내가 관여하지 않는데도 알아서 드래
곤이 되어 버리는 건가?"

"물론 보통 그런 일은 불가능하지. 어디까지나 네 말이 진실
이라고 가정한 경우의 이야기야."

"네게는 그런 가정의 이야기겠지만 나한테는 충격적인 진실
이라고. 어쩌지, 저 아이가 갑자기 드래곤이 되어 버리기라도
한다면 이성 같은 게 남아 있을까? 설득할 수 있을까?"

"기대하지 않는 게 나아."

그 말을 듣자 등 뒤에 터무니없는 폭탄이 실려 있는 기분이었다. 어쩌면 바로 곁에 마왕보다도 골칫덩이인 공포가 잠들어 있는 것일지도 모른다.

"저기, 좋은 생각이 떠올랐는데, 이 아이한테 이 도시에서 마도사 훈련을 받도록 해 주지 않겠어? 왜, 마력을 다루는 방법만 익힌다면 몬스터가 되어 버리지도 않을 거잖아?"

"그건 무리야. 이 도시의 사람들은 너희를 경계하고, 나 역시 그런 사람 중 하나야. 그 소녀가 마력을 다루는 방법을 익힌다면 더욱 힘이 강해지게 돼. 사룡의 권속에게 앞장서서 힘을 줄 사람은 아무도 없겠지……. 사령의 권속 부분은 둘째 치더라도, 그만큼 규격을 벗어난 마력의 제어법을 가르쳐 줄 수 있는 사람은 아무도 없어."

나는 길게 한숨을 내쉬었다.

앞길이 캄캄하다. 최악의 경우에는 이 아이를 데리고서 산에 틀어박히는 경우도 생각해야 할지 모른다. 어지간히 그럴싸한 구실을 생각하지 않으면 무리겠지만…….

"그 이야기가 진실이라 치고, 하나 조언을 한다면 가벼이 '나는 약하다'고 선전하면 안 돼. 기술이 서투른 그 소녀가 막대한 마력을 자기 믿음만으로 제어할 수 있는 건, 사룡 레벤디아라는 기반이 있기 때문이야. 그 환상을 잃는다면 폭주의 가능성이 커져. 그리고 네 목에는 길드가 현상금을 걸었지. 약하다는 사실이 알려진다면 돈을 노리는 녀석들이 모조리 덮쳐들 거야."

"어, 나한테 현상금이 걸려 있다고?"

"마왕 다음으로 고액이야. 네 목에 대대손손 놀고먹을 수 있는 금액을 걸었지."

"이 세상의 부조리함에 몸이 다 떨리네."

무슨 기준이냐. 내 목에 그런 가격표를 붙인 사람이랑 직접 담판을 짓고 싶다. 내 목 같은 건 지푸라기만도 못한 가치밖에 없는데.

앞으로는 입이 찢어져도 약하다고는 하지 않겠다. 돈 때문에 살해당한다.

마음속으로 훌쩍훌쩍 우는 사이, 알리안테가 천천히 등 뒤의 검을 뽑았다.

"네 이야기에는 어울려 줬어. 자, 이번에는 내 질문에 대답해 줘야겠지──. 사룡 레벤디아. 마왕에게 반역하는 이유는 뭐지?"

나는 아무런 대답도 할 수 없었다. 왜냐면 알리안테의 몸에서 이제까지 전혀 느껴지지 않았던 살기가 맹렬하게 뿜어 나왔으니까. 비늘로 덮인 내 피부가 긴장감에 오싹해졌다.

"대답할 수 없나. 어리석구나. 마왕님도 네놈을 주목하셨는데, 오만하게도 그 지위를 날려 버리려고 하다니."

장대한 브로드소드 끝을 내 코앞으로 내밀었다.

"내 이름은 알리안테 솔드 실비에. 마왕님의 충실한 검 한 자루. 목숨은 이곳에서 바칠지라도, 상처 하나는 각오하여라, 노룡."

아아, 그런 인간도 있구나. 이래서야 난 죽었네.

내가 그렇게 체념했을 때에는 이미 검격을 펼치고 있었다. 알리안테도 아마 놀라겠지. 마왕의 적수가 그야말로 일격에 목숨이 끊어져 버리는 거니까.

하지만 알리안테의 대검은 내 목을 베기 직전에서 멈췄다.

검을 막은 것은── 한순간 전까지 내 등에서 잠들어 있던 레코였다. 거꾸로 쥔 단검으로 대검의 칼날을 받아냈다.

"……죄송해요. 적의도 깨닫지 못하고 이제껏 잠들어 있었어요. 이 추태는 적의 피로 씻겠어요."

"음, 네가 만전의 상태라면 그렇게 되었을 테지."

알리안테가 한 걸음 크게 내디뎌, 두 사람은 칼날을 맞댄 자세가 되었다. 하지만 레코는 금세 균형을 잃고 몸이 휘청거렸다. 알리안테가 힘의 균형을 일부러 무너뜨린 것이었다.

"파워도 스피드도 네 쪽이 훨씬 위야. 하지만 너는 그 어드밴티지를 앞서 잔챙이 상대로 소모했지. 가감이라는 걸 전혀 모르고서 말이야. 게다가 그 후에 내린 비도 네 짓이겠지? 마력을 얼마나 썼나? ──나와 똑같은 수준까지 힘이 떨어졌다면, 남은 건 순수한 검 솜씨가 승부를 가르겠지."

그녀가 휘두른 검은 단순히 힘만 앞세우는 거친 검이 아니었다.

다양한 각도에서 자유자재의 참격으로 레코의 방어를 침식하듯 도려냈다. 그렇다고 레코가 반격에 나서면 기다렸다는 듯이 단검 칼날을 흘려 자세를 무너뜨렸다.

단검이 튕겨 올라가고 무방비하게 복부를 드러낸 레코의 몸에, 알리안테의 대검 일격이 빨려 들어갔다.

　꽝음.

　가볍게 날아간 레코의 자그마한 몸은 회반죽이 칠해진 성벽에 부딪혀 크게 흙먼지를 일으켰다. 충격으로 금이 간 벽에 등을 기대고 꿈쩍도 하지 않았다.

　"레, 레코?! 잠깐, 너── 기다려, 이야기를."

　"다음은 네놈이다! 각오해라!"

　새된 기합과 함께 알리안테의 검이 창백하게 빛났다.

　꼬리를 말고서 도망치고 싶은 참이었지만, 안타깝게도 완전히 다리에 힘이 풀려서 움직일 수 없었다. 알리안테는 도약해서 내 정수리를 향해 똑바로 검을 휘둘렀다.

　"아야──────────────앗!!"

　털푸덕! 예상 이상으로 맥 빠지는 소리가 나고 나는 아픔에 울었다.

　즉사하는가 싶었는데, 머리에 번지는 것은 욱신욱신하는 생생한 둔통이었다.

　"회피하지도 않을 줄이야. 고작해야 인간의 공격이라고 방심했나?"

　착지한 알리안테가 다시 검을 들어 자세를 취했다.

　"네놈 같은 수준이라면 아픔을 느끼는 일도 좀처럼 없겠지. 하지만 이 검은 특별히 만들었거든. 내가 마력을 실으면 아무리 강한 상대일지라도 확실하게 '통증'을 준다. 그만큼 일격의 파괴력은 떨어지지만―― 얕보다가는 문자 그대로 아픈 꼴을 당할 거야."

그러니까 편하게 죽이지는 않겠다는 건가. 괴롭히는 데도 정도라는 게 있다고.

"저, 저기? 적어도 평범한 검으로 바꿔 주지 않겠나? 그런 검은 무척 비인도적이라고 생각하는데."

"네놈이 상대라면 어지간한 검으로는 안 통하겠지."

"반대인데 말이지――. 그런 귀찮은 검 때문에 쓸데없이 길어질 것 같은데 말이지――."

레코 쪽을 흘끗 봤다. 검의 특성 때문인지 복부를 베였음에도 출혈은 없었다. 다소 대미지는 있었나 보지만 숨도 붙어 있는 것 같았다.

다행이――.

다, 라고 생각했을 때에는 뺨을 있는 힘껏 얻어맞았다. 성질상, 검이라기보다는 둔기에 가까운 충격을 주는 무기인 듯했다.

"잠깐. 기다. 타임."

"문답무용!"

"죽어, 나 죽어 버려."

"이대로 간다면 말이지! 자, 진심으로 해 봐라!"

쓰러진 내 몸을 용서 없이 퍽퍽 계속 두들겼다.

그리고 지옥이라고도 할 수 있을 시간이 잠시 경과한 뒤에는 ―― 꿈쩍도 하지 않게 된 내 (반)시체가 완성되었다.

제아무리 알리안테라도 이 모습에는 미간을 찌푸리고,

"……네놈, 정말로 약하다는 말인가?"

"강했다면 진즉에 나는 도망쳤겠지."

벌렁 드러누워서는 가냘프게 신음하는 나를 앞에 두고, 알리안테는 턱에 손을 대고 잠시 생각에 잠겼다.

"좋아. 알았어. 다음 혼신의 일격으로 네놈을 끝내겠어."

"응. 가능한 만큼 괴롭지 않게 해 줬으면 좋겠다."

간신히 애원한 순간, 알리안테는 엄청난 스윙으로 대검을 휘둘렀다. 레코 바로 옆 벽에 처박혀서, 하마터면 붕괴될 뻔했을 정도로 벽을 무너뜨렸다.

하지만, 살아 있었다.

온몸이 아파서 손가락 하나 움직일 수 없지만 의식도 있고 숨도 계속 쉬고 있었다.

"……어라?"

자세히 보니 레코도 기절했다기보다는 평온히 잠이 든 느낌이었다.

대검을 등 뒤의 칼집에 넣고 알리안테가 걸어왔다. 뿜어 나오던 살기도 사라지고 실로 침통한 표정으로── 내 앞에서 깊이 머리를 숙였다.

"거친 짓을 해서 미안해. 네가 정말로 약한지 시험했어. 인간을 상대로 이렇게까지 농락당할 정도라면, 믿기 어렵지만 사실이겠지."

"이렇게까지 할 필요가 있었어?"

"상식적으로는 믿을 수 없는 이야기였으니까 말이야. 네 눈은 거짓말을 하는 눈빛이 아니었고 도시를 구해 줬다는 사실도 있어. 하지만 확실한 증거 없이는 그대로 받아들일 수는 없었지."

"날 반 정도는 믿어 줬구나. 하지만 그렇다면 좀 더 살살 해 줬으면 좋았을 텐데. 이거, 틀림없이 어딘가에 후유증 같은 게 남을 것 같은데."

"걱정하지 마라. 솔직히 말하자면 이 검은 연습용 도구거든. '통증'을 주기는 하지만 생체에 상처를 입히지는 않아. 뭐, 공감에는 딱 맞는다고 생각했지. 조금만 있으면 아픔도 가시고 자력으로 설 수 있을 거야."

"하지만 마음에는 상처가 남을 것 같은데."

"거기까지 내가 어떻게 해 줄 수는 없어."

그래도 생명의 위기는 벗어났다. 안도의 한숨을 돌리려다가, 나는 "헉." 하고 떠올렸다.

"그, 그리고 보니 너, 마왕군의 일원이라는 이야기는———."

"그야 당연히 거짓말이지. 그 헛소리는 만일에 대비한 보험이야. 혹시 네가 진짜 사룡이었을 경우, 내가 이 도시의 일원이라는 입장에서 싸움을 걸었다가는 역린을 건드린 대가가 도시에까지 미쳤을 거 아냐."

하지만, 알리안테는 그러면서 도시를 내려다봤다.

"마왕군의 일원으로 네 원한을 산다면, 경우에 따라서는 네 분노가 마왕에게 향해서 인류에게 이익이 될지도 모른다. 그렇게 생각해서 사기를 쳐 봤어."

"아, 그런 거였나. 힘이 되어 주지 못해서 미안하구나."

"뭐, 그럴 것 같기는 했어."

"너무한 거 아니냐?"

가볍게 미소 짓던 알리안테는 다시 한번 머리를 숙이고, 깊이 잠든 레코를 들어서 이불 위에 눕혔다.

"일단 네가 정말로 약하다면 이 아이를 어떻게 취급할지가 가장 큰 문제겠네. 약하다는 사실을 절대로 깨닫지 못하게 해. 알겠지? 너라는 정신적인 지주가 사라지면 이 아이는 진짜 사룡으로 변한 우려가 있으니 어떻게든 이 아이 앞에서는 사룡답게 행동해. 그럴 수 있겠지?"

"난 자신 없다고. 산에 틀어박히면 될까. 그러면 문제없겠지?"

"반대로 묻겠는데, 이 아이가 그걸 허락할 거라고 생각해?"

"안 되겠군."

산속 깊은 곳의 동굴에 틀어박혀도, 강제적으로 마왕 토벌로 내몰리는 미래밖에 보이지 않았다.

"사면초가로구나. 저기, 나는 어쩌면 좋을까."

탄식하자 알리안테는 무척 떨떠름하다는 듯 내게서 시선을 피했다. 이런. 이건 아무런 방안이 없다는 태도였다.

"뭐…… 그게…… 뭐냐, 힘내. 지금부터라도 조금씩 강해지면 돼."

"강해지려고 해도 이 아이 눈앞에서 우스꽝스러운 특훈 광경을 보여줄 수는 없잖아? 아, 그렇지. 이 아이를 맡아 준다면 그동안에 내가 열심히 하겠어. 강해지지는 못할 거라 생각하지만."

"안 돼. 이 도시에서 그 아이랑 연관되려는 자는 없어. 그리고 맡겨 놓으면 그대로 도망칠 생각이잖아, 너."

"들켰네."

정곡이었다. 레코에게서 거리를 둘 수 있다면 아무도 모르는 장소로 도망치려고 생각했다. 도망칠 수 있을지는 또 다른 문제로 두고.

"일단…… 그 거구는 너무 눈에 띄어. 무모한 녀석이 현상금에 낚여서 기습할지도 모르고, 마왕한테 반역했다는 소문이 퍼지면 몬스터도 널 노리겠지. 단순히 네가 죽는 것뿐이라면 상관없지만, 그렇게 되면 틀림없이 그 아이도 폭주해. 불필요한 싸움에 휘말려들지 않기 위해서라도 우선은 겉모습을 바꿀 필요가 있겠어."

"겉모습을 바꾼다고 해도, 이런 크기를 숨길 수는 없지 않겠나."

"잠깐만 기다리고 있어. 짚이는 게 있어."

알리안테는 거리를 향해 발길을 돌리려다가,

"혹시 그 아이가 깨면 지금 있었던 전투는 꿈이라도 꾼 거라고 전해. 그게 가장 뒤탈이 없어."

"아무리 이 아이라도 믿을까?"

"네가 하는 말이라면 뭐든 믿을 거야."

그대로 알리안테는 성벽에서 거리로 내려갔다. 평범한 사람이라면 무사히 넘어갈 수 없는 높이였지만, 자기 발로 뛰어내렸으니까 아마도 괜찮겠지.

그리고 잠시 기다리자, 옆구리에 끼워들 수 있는 사이즈의 항아리를 가지고 돌아왔다.

"기다리게 했네."

"그건 뭐냐, 술?"

"왜 술자리를 펼쳐야 되는데. 이건 고위 연금술사만이 만들 수 있는 회춘의 묘약이야. 보통은 한 방울로 충분하지만 장수한 너라면 양이 얼마나 필요할지 알 수 없어서. 혹시나 해서 항아리 하나를 가져왔어. 효과가 있다면 그 거구도 줄어들겠지. 자, 입 벌려."

정체 모를 액체를 먹이려고 하는 데에는 저항감이 있었지만 마시지 않는다면 현상금 때문에 사냥당하는 미래밖에 없다. 나는 하는 수 없이 입을 벌렸다.

약숟가락으로 뜬 액체 한 방울이 혀에 떨어졌다.

그 순간 '펑' 하며 내 몸이 보라색 연기로 뒤덮였고, 다음 순간에는 흔한 조랑말과 크게 다르지 않은 사이즈까지 줄어들었다.

"과연. 약에 대한 내성도 변변치 않은 모양이네. 앞으로는 독극물을 주의해."

"잘 들어서 다행이라고 생각했는데 그렇게 볼 수도 있군. 나, 인간불신에 걸릴 것 같아."

"뭐, 됐어. 회춘 효과는 하루밖에 안 가니까 빼먹지 말고 매일 한 방울씩 먹어. 한 방울로 된다면 그 항아리가 그리 쉽게 비지는 않겠지. 귀중한 물건이니까 잃어버리지 말라고."

"미안하네, 이렇게 비쌀 것 같은 약을."

"도시를 구해 준 답례랑 좀 전에 저지른 짓에 대한 사죄야. 나로서는 이 정도밖에 못 하니까."

나는 작아진 팔다리를 쳐다봤다. 이런 체격이었던 것은 이미 몇천 년 전일까. 몸이 가벼워서 신선했다.

"그런데 이런 귀중한 걸 잘도 이렇게나 빨리 손에 넣었군."

"……유비무환이라고 하니까."

"아, 사실 어쩌면 너, 그런 나이에 지휘관 역할이라니 이상하다고 생각했는데, 그렇게 보여도 사실 실제 나이는──."

철컥, 내 미간을 향해 검을 들었다.

"싸우기 위한 신체 기능을 젊게 유지해 두어서 나쁠 건 없어. 그저 그것뿐이야. 전사로서 당연한 일이야."

"예, 저도 그렇게 생각합니다."

이의 없이 고개를 끄덕인 나는 약 항아리를 받아들고 넙죽 엎드렸다. 알리안테는 검을 집어넣고 조금 전 경비가 이불을 가져왔던 경비 초소를 가리켰다.

"오늘은 이미 밤도 늦었어. 저기 경비 초소에서 그 애랑 같이 자도록 해. 내가 불침번을 설 테니까 안심하고."

긴장의 실이 뚝 끊어진 느낌에 나는 긴 한숨을 내쉬었다. 그리고 레코와 함께 초소으로 들어가자마자 쓰러져서 폭풍 수면을 취했다.

──그리고 다음 날 아침.

"이봐. 레코. 아침이다."

노인네의 아침은 빠르다. 약으로 몸이 젊어졌어도 배어 있는 습성까지는 변하지 않나 보다. 나는 지극히 짧은 수면으로 눈을 뜨고 레코를 흔들어 깨웠다.

"……사룡님?"

레코는 반쯤 뜬 눈으로 머리를 흔들흔들 흔들었다.

"응. 그래. 잘 잤느냐?"

"예…… 정말 잘…… 잤어……?"

시선이 초점이 내게 맞았다. 그 순간, 레코가 얼어붙듯 움직임을 멈췄다.

"아, 그런가. 네게는 아직 말을 안 했구나. 이런저런 이유로 작아져서——."

"사, 사사사, 사룡님? 대대대대체, 어째서 그런 모…… 모습이? 꿈? 이건 제 꿈인가요? 아, 알았어요. 사룡님께서 제 꿈에 정신체로 강림하신 거군요."

"진정해. 이건 엄연한 현실이지만, 어디까지나 나는 여전히 나니까."

"아, 예. 하지만 어째서 그런 모습이 되셨나요?"

"음…… 뭐라고 하면 좋을까. 이야기하자면 길어질 테니까 나중에 할까."

나는 우선 시간벌이에 나섰다. 아직 아무것도 생각해 두지 않았고, 막 깨어난 참이라 머리도 돌아가지 않았다. 아침이라도 먹으면서 마왕 토벌과 관련된 이유로 꾸며내자.

"⋯⋯알겠어요."

"그럼 잠깐 기다려라. 지금, 경비하는 사람한테 식사를 부탁해 볼 테니까."

나는 뒷발로 서서 초소 문을 열고 밖으로 걸어 나갔다. 초소 바로 정면에 한쪽 무릎을 세우고서 앉아 있는 알리안테의 모습이 있었다.

"미안하군. 불침번을 맡아 줘서 고마워."

"뭐, 하루나 이틀 불침번을 서는 정도야 모험가한테는 익숙한 일이야. 그 아이도 일어났나?"

"음. 가능하다면 아침식사 같은 걸 부탁해도 될까?"

"그거라면 이미 준비해 뒀어. 초소 옆에."

돌아보니 얇은 천이 덮인 접시가 놓여 있었다. 하지만 엄청 크게 부풀어 있었다.

천을 잡아당겨 치워 보니 빵과 말린 고기, 물병이 있었다. 다만 모두 양이 심상치 않았다. 빵은 인간 팔 길이 정도로 열 개는 쌓여 있고 말린 고기는 새끼 돼지를 통째로 가공한 게 아닐까 싶을 정도로 컸다. 물병의 경우에는 거의 물독 그 자체였다.

"어, 네가 얼마나 먹는 동물인지 잘 몰라서 적당히 가져왔어. 식량 창고는 무사했으니까 사양할 건 없지만, 필요 없다면 남겨 줘."

"빵은 몰라도, 나는 말린 고기는 힘들어. 레코가 먹을 만큼 잘라 가면 될까."

"말린 고기는 입에 안 맞나?"

"깜박 말을 안 했는데 난 초식이야. 고기 같은 걸 먹었다가는 배탈 나니까."

"……그런 외모로 초식인가."

알리안테가 잠깐 말을 잃었다. 내 본래 모습은 그렇게나 흉포하게 보이는 걸까.

"이봐, 레코. 밥은 이미 준비해 줬다는구나. 나오너라."

"예. 알겠어요."

나온 레코는 정면에 앉아 있는 알리안테를 보고 잠깐 굳었다. 그리고는 매끄러운 동작으로 옷 안에서 단검을 꺼냈다.

"그렇군요. 저 녀석의 피와 살이 아침 식사라는 말씀이시군요, 사롱님. 어젯밤의 원한을 여기서 풀죠."

나는 필사적으로 레코의 다리에 매달렸다.

"으악, 아니야! 아니라고, 레코! 밥은 이쪽! 여기에 놓여 있는 빵이랑 말린 고기!"

"말린 고기보다 신선한 고기 쪽이 사롱님 취향에 맞겠죠."

"어느 쪽이든 못 먹으니까! 일단 단검을 넣어!"

반쯤 비명 같은 목소리로 내가 말리자 레코는 입술을 삐죽이며 항변했다.

"왜 그러시나요, 사롱님. 어젯밤에 저 여자는 사롱님께 크나큰 무례를 저질렀어요. 죽음으로 갚아야 해요."

"있잖느냐, 레코. 그건 꿈이다."

"꿈?"

"그래. 너는 피곤해서 악몽을 꿨어. 알리안테가 습격을 하다니, 그런 사실은 요만큼도 없었으니까. 단순히 이 초소를 빌려주었을 뿐이라고? 알겠느냐?"

"그렇군요. 그런 거였나요. 제 꿈까지 들여다보시다니 역시 사룡님이세요."

믿을 수 없을 만큼 순순히 레코는 검을 거두었다. 돌아보니 '거봐.' 라는 느낌으로 알리안테가 윙크를 했다. 나도 쓴웃음으로 답했다.

"그럼 아침을 먹을까. 자, 레코. 마음껏 들거라. 나는 빵 하나면 충분하니까."

"알겠어요. 그럼 나머지는 제가 처분할게요."

접시를 자기 쪽으로 슥 당기더니 레코는 재빨리 빵을 덥석덥석 베어 먹기 시작했다.

"아니, 억지로 먹을 필요는 없으니까 말이지? 남으면 그냥 돌려주면 그만이니까."

"이 정도는 한입이에요."

한입이 참 크네. 턱을 한가득 벌리고, 긴 빵을 다섯 입 정도로 해치웠다. 이어서 낚아챈 말린 고기도 강인한 이빨로 으적으적 먹어치웠다. 호쾌한 그 모습은 그야말로 드래곤을 방불케 했다.

"어쩐지 어제부터 무척 배가 고파졌거든요. 사룡님의 권속이 되어서 그럴까요?"

"그럴지도 모르겠구나. 그만큼 많은 일을 했으니."

몬스터를 쓰러뜨리고, 나를 날게 만들고, 날씨까지 조종하고.

밥을 아무리 먹어도 부족하겠지.

지평선에서 떠오르는 아침 햇살에 눈을 가늘게 뜨며 나도 빵을 먹었다.

그러자 알리안테가 심각한 표정으로 성벽 밖을 내려다보고 있었다.

"왜 그러느냐? 그렇게 무서운 표정으로."

"으음. 예상했던 일이지만── 저게 말이지."

손을 들어 가리켰기에 우물우물 빵을 먹으며 뒷발로 서서 벽 바깥을 살펴봤다. 그곳에 펼쳐진 것은 수많은 인간이 도보나 마차로 도시를 빠져나가는 모습이었다.

"모험가는 떠돌이가 많아. 도시에 큰 화재가 일어나면 부흥 이전에 냉큼 다른 도시로 흘러가는 게 일반적이지. 하지만 아마도 어젯밤 습격은 그렇게 전력을 흐트러뜨리는 게 목적이었을 거야. 도시 전멸은 막았지만 이렇게 되었다면 반쯤 이쪽의 패배나 마찬가지네."

"그렇다고 해도 그만큼 많던 몬스터를 전멸시켰다면 한동안은 습격이 없지 않겠느냐?"

"아니. 그렇게 말할 수도 없어. 어젯밤 습격은 명백하게 계획적인 것이었으니까. 본래 몬스터가 쳐들어오는 건 단순히 본능적인 행동이야. 그런데 여러 종류의 몬스터가 능력을 조합해서 공동 전선을 펼치는 건, 어느 정도 고위 몬스터가 지휘를 하는 경우로 한정되지. 제2, 제3의 공격을 꾸미고 있더라도 이상할 건 없어."

보스 같은 그 녀석은—— 내가 묻는 것보다도 먼저 이어지는 말이 나왔다.

"어떤 몬스터인지 꼬리도 잡지 못했어. 최근에는 이런 성가신 습격이 많아서 말이지, 어느 곳이든 신경이 곤두선 상태야."

"아. 혹시 그 지휘관이라는 게 마왕이라든지?"

"설마 이런 변경까지 본인이 나오지는 않을 거야. 아마도 현지 지휘관급의 몬스터가 각지에 배치되어 있겠지."

어쩐지 뒤숭숭한 이야기에 우울해졌다. 나는 앞발을 벽에서 내려놓고 빵의 맛에 집중하기로 했다. 빵은 별로 좋아하지는 않지만 밀가루만으로 만든 심플한 반죽은 나쁘지 않았다.

알리안테도 그 자리에 털썩 앉아서,

"뭐, 사망자가 나오지 않은 것만으로도 만족하자. 사람만 무사하다면 도시야 얼마든지 다시 세울 수 있는 법이야."

"그래. 그렇지. 식사할 때에는 그런 밝은 이야기를 해야겠지."

"——아니, 잠깐만. 이 도시의 전력이 줄어든다면 주변 마을 방어로 전사를 파견할 여유가 사라질 거야. 제2의 습격은 이 도시가 아닐 가능성도 있나……? 레벤디아, 어떻게 생각해?"

"나한테 물어도 말이지."

"아, 그러고 보니 그랬지."

알리안테는 쾌활하게 웃었다. 하지만 그 미소가 한순간에 사라졌다. 등 뒤로 레코의 그림자가 스르륵 접근했기 때문이었다.

"인간이여. 사룡님 상대로 꽤 허물없는 말투를 쓰는군……?"

"그냥 잡담이야. 다른 뜻은 없어."

"레코, 이 녀석. 실례하지 말거라. 알리안테한테는 신세를 지지 않았느냐. 게다가 협력 관계니까 어디까지나 입장은 대등해. 그보다 너도 인간이잖으냐. '인간이여.' 라니, 마치 넌 인간이 아니라는 것처럼 부르지 말거라."

"예. 죄송해요."

레코가 백스텝으로 알리안테의 등에서 떨어졌다. 접시를 돌아보니 이미 모조리 먹어치워 텅 비어 있었다.

"그런데 사룡님. 슬슬 그 모습이 된 이유를 말씀해 주셔도 괜찮을까요? 물론 작아져도 사룡님의 위대함에 흠이 생기는 건 아니지만……."

"응, 그게 말인데."

나는 생각한 변명용 스토리를 머릿속에 떠올렸다.

"우선 말이다, 어제도 말했듯이 내 힘은 쇠퇴했다. 이대로 마왕과 싸워도 승산은 희박해. 그렇기에 인간과 손을 잡으려고 생각했다만, 아무래도 사룡으로서의 내 악명도 있지. 대대적인 동맹은 바랄 수 없을 것 같다. 그러니까 인간이 가진 약의 힘을 빌려서 이렇게 젊을 적의 육체로 돌아와, 처음부터 힘을 다시 비축하고자 생각한 거다."

"마왕을 치기 전에 우선은 적당한 적부터 사냥해서 싸우는 감을 되찾는다는 거로군요?"

"음, 너는 이해가 빨라서 좋구나. 그래 그래, 우선은 적당한 적부터 말이다."

스스로도 묘안이라고 생각했다. 이런 변명이라면 다소 약한 모습을 보이더라도 환멸하지는 않을 테고, 최소한 살아남는 데 필요한 힘도 기를 수가 있다.

"그럼 어느 마왕군 간부부터 쳐부수러 가나요? 아니면 몬스터 식민지가 된 산이나 계곡을 지도에서 지우러 가나요?"

묘안의 자신감은 빨리도 무너졌다. '적당'의 정의에 절망적인 괴리가 있어서 나는 동요를 숨기지 못했다. 레코에게는 마왕 말고는 모두 적당한 범주에 들어가는 모양이었다.

"있잖느냐, 갑자기 그렇게 눈에 띄는 움직임을 보인다면 마왕한테 발각당하고 말겠지? 기본은 착실하게. 평범한 신참 모험가와 마찬가지로 그다지 강하지 않은 몬스터를 쓰러뜨리면서 경험치를 쌓는 게 상책이라고 생각한다. 게다가 그러는 편이 너도 싸우는 페이스를 배울 수 있지 않겠느냐?"

"아…… 그렇군요. 다시 말해 사룡님께서 그런 안전책을 취하시는 건, 제 역량이 부족한 탓이라는 건가요──."

레코가 비통한 표정으로 이를 악물었다. 여러모로 오해가 있는 모양이지만 일단은 납득해 준 것 같았다.

게다가 알리안테도 말을 보탰다.

"인간의 수행법에도 과부하 훈련이라는 게 있어. 평상시보다 중량이 있는 검이나 마력 소비가 격한 지팡이를 사용해서, 전투 난이도를 일부러 높이는 거야. 유소년기의 신체로 돌아가서 수행을 다시 쌓는 것도 같은 종류의 효과를 볼 수 있겠지."

하지만 어쩐지 속이 빤히 보였다. 구차한 핑계라는 자각이 있는 거겠지. 하지만 레코는 "과연, 역시 사룡님은 혜안이 있으세요."라며 기뻐했다.

"뭐, 그런 거야. 혹시 앞으로 내가 고전하는 일이 있더라도 수행의 일환이니까. 환멸하지 말라고?"

"제가 사룡님을 환멸하다니, 천지가 뒤집어져도 그런 일은 없어요."

기분이 상한 듯 레코가 토라졌다.

애당초 사룡이 아니라는 사실을 안다면 어떻게 될까. 그래도 환멸하지 않을까. 그런 이야기는 무서워서 입 밖으로 꺼낼 수도 없었다.

"이야기는 정리된 모양이네. 그럼 이 도시에서 느긋하게 있을 틈은 없겠지. 여행에 필요한 물자는 이쪽에서 마련할 테니까 안심하고 출발하도록 해."

알리안테가 그렇게 말하고는 웃었지만, 어쩐지 또 귀찮은 존재라며 내쫓기는 기분이었다.

＊

"……오랜만에 힘들었네."

채비를 갖춘 두 사람을 도시 성문에서 배웅한 뒤, 자택 도장으로 돌아온 알리안테는 식은땀을 훔쳤다.

무서운 일행이었다.

단순히 큰 힘이 무서운 게 아니었다. 그들의 앞길이 어떻게 될지 알 수 없다는 점이, 도화선이 보이지 않는 폭탄 같은 위험성을 내포하고 있었다.

할 수만 있다면 사룡(유사품)의 부탁처럼 저 소녀를 마왕에게 대항할 수 있는 전사로 키우고 싶었다. 하지만 그만한 마력을 제어하려면 평범하게 수행해서는 수십 년이 필요할 것이다. 그동안에 저 소녀가 레벤디아의 정체를 알아차리고 파탄이 날 가능성이 아득히 컸다.

그렇다면.

"부디——잘 부탁해, 레벤디아. 네 권속은 우리 인류에게 커다란 비장의 카드가 될지도 몰라."

걸어 보자, 그렇게 생각한 것이었다.

저 사룡은 틀림없는 폐품이었다. 하지만 저 소녀의 흉포함을 상쇄하고 남을 만큼의 인축 무해한 성격을 가지고 있었다. 기묘한 주종 관계가 잘 맞물린다면 갈 데까지 갈 수 있을지도 모른다.

사실은 어젯밤에 둘 다 베어 버리는 편이 무난했을 것이다. 인류를 위한 방향을 생각한다면 불필요한 리스크는 배제하여 손해 볼 것은 없었다. 레벤디아의 목을 베었다면 상금도 상당했을 것이다.

아무래도 젊을 적에 끊었다고 생각했던 도박벽이 이제 와서 재발한 듯했다. 정체 모를 미지의 콤비에게서 희망을 찾아내다니.

"부탁한다, 사룡님."

농담처럼 혼잣말을 흘렸을 때, 누군가 도장 문을 힘껏 두드렸다.

느슨해진 입술을 다시 다잡고 빗장을 풀자, 밖에는 짧은 금발을 흩날리는 소년이 서 있었다. 품이 넓고 고급스러워 보이는 옷 목깃이나 소매는 난잡하게 찢어졌고 가벼운 차림이었다.

"무슨 용건이냐, 소년. 이 도시에서는 본 적 없는 얼굴인데."

"그 녀석을 쫓아서 말을 타고 왔어. 하룻밤 내내."

"……무슨 소리지?"

"도시 문지기한테 들었어. 사룡 레벤디아가 이 도시로 왔잖아."

생각지 않은 이름이 나와서 알리안테는 허를 찔렸다.

"부탁이야! 당신이 이 도시에서 가장 실력자라고 들었어! 날 가르쳐 줘! 나는 어떻게든 그 녀석을 쓰러뜨려야만 해!"

"……무슨 이유인지는 모르겠지만, 너 같은 어린애를 가르칠 만큼 나는 한가하지 않아. 보아하니 별다른 재능도 없는 것 같고 전투 경험도 없겠지."

"하지만 나는 그 녀석을 쓰러뜨리고 구해내야만 해. 레코를──그 녀석에게 사로잡힌 여자애를."

"너, 설마 레벤디아가 있던 마을 사람이냐?"

레코를 안다는 언동. 그리고 사룡을 향한 범상치 않은 분노.

설마.

"손을 내밀어."

"어? 손?"

"됐으니까 빨리 내밀어."

소년의 손목을 알리안테는 반쯤 억지로 붙잡았다. 레벤디아와 레코에게는 말하지 않았지만, 알리안테의 진짜 역할은 검사가 아니라 어떤 재주를 갈고닦은 마도사였다. 그 재주는 응용 여하에 따라 독심술처럼 다룰 수도 있었다.

"그 아이—— 레코가 가지고 있던 단검은 네가 건넨 물건이었나."

알아맞힌 내용보다도 소년은 레코의 이름을 물고 늘어졌다.

"당신, 레코랑 직접 만났어? 그 녀석은 무사해?"

"지금은 말이지."

굳이 따지자면 안부를 걱정해야 할 것은 소녀가 아니라 가련한 노룡 쪽이라고 생각했지만, 표정으로 드러내지는 않았다.

하지만 귀찮게 되었다. 이 소년은 레벤디아의 이야기에도 나왔던 '유일하게 레코를 걱정하던 소년'이 틀림없을 것이다. 레코가 이 소년에게 어떤 심정을 품었는지는 알 수 없지만, 자칫 잘못 접촉했다가는 사룡의 권속이라는 착각에 뒤틀림이 생길 수도 있다.

우정이 권속의 저주를 푼다——고 표현한다면 미담이지만, 이 경우에 풀린 다음에 기다리는 것은 마력 폭주의 지옥이었다.

"있잖아, 부탁할게! 재능이 없다면 남들의 두 배든 세 배든 노력하겠어. 돈이 필요하다면 밖에서 잡일이라도 해서 벌어올게. 부탁이야, 부디 날 강하게 만들어 줘!"

"……곤란하네."

여기서 쫓아낸다면 이 소년은 말을 타고 단신으로 레벤디아를 쫓기 시작할지도 모른다. 그리고 빠르면 수십 분 만에 따라잡고 말 것이다. 지금 레벤디아는 말보다 훨씬 속도가 느린 데다가 조금 전에 막 도시를 떠난 참이었다.

따라잡혔을 때의 말로는 정해져 있었다.

이 소년이 기습으로 사룡을 처리하든지, 소녀가 예전의 친우에게 반격을 가해 처리하든지. 어쨌든 바람직한 결말이 아니다. 무고한 이가 어느 쪽이든 하나 희생된다.

알리안테는 헛기침을 하고,

"알았다. 길고 힘든 수행이 될 거다. 이름은 뭐지? 소년."

"……응! 은혜는 반드시 갚을게! 나는 라이엇, 잘 부탁해 스승님!"

일단 반년 정도는 이 애송이를 붙잡아 두기로 했다.

 **제2장**   지하 유적에서의 해후 }

보따리 한가득한 짐과 레코를 등에 싣고 초원을 나아간다.

걸음은 서두르지 않고 느긋하게. 서두르면 서두를수록 마왕 토벌이 현실성을 띨 테니까. 그 사실이 특히나 더 내 다리를 느려지게 만들었다.

주위에 인기척은 전혀 없이 그저 낮은 키의 풀이 바람에 일렁거릴 뿐이었다.

페류도나에서는 마을 몇 곳을 향해 정비된 가도가 뻗어 있었다. 많은 모험가들은 그 길을 따라 이동했지만 우리는 일부러 가도를 벗어나서 초원으로 발길을 들이는 루트를 찾았다.

최대한 인기척이 없는 방면으로 가고 싶었던 것이다.

혹시 가능하다면 아무도 나를 사룡이라고 부르는 일이 없는 장소로.

"불어오는 바람이 기분 좋네요, 사룡님……. 이 새액새액하는 바람 소리는 빈사의 마왕이 죽어 가는 숨소리를 떠올리게 만들어요……."

"시원스러운 바람에 온당치 못한 이미지를 겹치는 건 그만둬."

하지만 내 덧없는 바람은 등에 탄 레코의 목소리에 지워졌다.

이 세상 어디로 도망치더라도 이 아이는 나를 사룡이라 부를 것이 틀림없었다.

　나는 한숨을 내쉬며 멈춰, 발밑의 풀을 우적우적 먹었다. 초원의 좋은 점은 식량이 거의 무한해서 한숨 돌릴 때 곤란하지 않다는 점이었다.

　"사룡님. 식사를 하실 거라면 부디 제 영혼을 드세요. 언제든지 준비되어 있어요."

　"영혼은 엄청나게 달콤한 디저트 같은 거라서 말이다. 한 번 먹으면 한동안은 충분하지 싶거든. 평소에는 평범한 식사가 더 좋아."

　"하지만 사룡님 정도 되시는 분께서 길가의 풀을 드시다니."

　"지금은 그런 기분이니까. 내가 먹고 싶으니까 네가 그리 마음 쓸 건 없다."

　뾰로통, 레코가 입술을 삐죽이는 기척이 느껴졌다.

　그녀의 시선으로 보면, 내게 어울리는 식사는 살아있는 암소를 머리부터 통째로 삼키는 것 같은 행위겠지. 그와 비교하면 지금의 식사 모습은 박력이 부족할 것이다.

　"알겠어요. 그럼 적어도 마실 것만이라도 준비하게 해 주세요. 마실 건…… 가지고 있는 물이랑 제 생피랑, 어느 쪽이 좋으신가요?"

　"음. 물로 부탁하마."

　큭, 분하다는 듯이 신음한 레코는 땅바닥으로 내려와서 물통의 물을 접시에 따랐다. 고개를 숙이고서 "제 피로는 사룡님의 입맛에……."라며 중얼중얼 혼잣말하고 있었다. 솔직히 무섭다. 식사할 때마다 이런 정신적인 피로가 쌓여서는 버티지 못한다.

"알겠느냐, 레코. 너는 풀을 먹는다는 행위를 너무도 얕보고 있어."

"……사룡님? 무슨 말씀이신가요?"

"풀과 나무들은 대지에서 직접 에너지를 빨아들여서 살고 있지. 그걸 먹어치운다는 건, 대지의 에너지를 직접 먹어치우는 것과 마찬가지야."

흠흠, 레코는 고개를 끄덕였다.

"그러니까 풀은 지고의 묘미라고 할 수 있겠지. 내가 오랜 세월에 걸쳐서 살아온 것도 대지의 은혜인 풀이 있었기 때문이다."

"그랬던── 건가요. 견식이 얕아 죄송해요. 인간 사회의 식사 문화에 사로잡혀 있던 제 불찰을 부디 용서해 주세요."

"그래. 그렇게 이해해 주었다면 앞으로 내 식사는 평범하게 물과 풀로 하면 되겠지?"

"예. 물론이에요. 설마 풀이 그렇게나 굉장했을 줄이야."

대답하자마자 레코는 지면의 풀을 우드득 뜯어서 자기 입으로 옮기기 시작했다.

"잠깐만, 너 갑자기 뭘 하는 거냐?"

"저도 사룡님을 따라서 앞으로는 풀을 먹고 살기로 했어요."

"그만둬. 근본적으로 식성이 다르니까 무리야. 이 녀석, 빨리 뱉어라. 배탈이 나면 안 되잖아."

"아뇨, 괜찮아요. 어쨌든 저는 사룡님의 권속이니까."

그렇게 주장하면서도 얼굴은 풀의 쓴맛으로 잔뜩 일그러져 있었다.

"고집 부리지 말고. 너는 아직 권속이 된 지 얼마 안 되었으니까 인간의 식사를 먹지 않으면 몸 상태가 나빠질 거다. 게다가 알리안테가 모처럼 새 옷을 줬는데 풀물이 들어서 더러워지면 아깝지 않겠느냐."

임시방편으로 설득했지만 레코치고는 웬일로 반응이 없었다. 조각상처럼 굳어서는 먼 하늘의 한 점을 바라보는 상태로 움직이지 않았다.

그리고 다음 순간, 레코는 "우웩." 하고 녹색 액체를 뿜어내 막 새로 만든 옷을 화려하게 더럽혔다.

"겉모습이 다소 화려하다고는 해도 이건 전투용 복장이에요. 더러워진 건 훈장이라고 생각하죠."

"전부터 생각했는데 상당히 포지티브하구나, 너."

식사는 끝나고 다시 초원을 나아가는 중.

등에서 태연하게 있는 레코를 다시 보니, 어제까지 입고 있던 산 제물용 홑옷과는 상당히 다른 모습이었다.

무릎까지 내려오는 연붉은색 통 넓은 바지에 그것을 뒤덮듯이 펼쳐진 반투명한 치마. 상반신에는 부적이 디자인된 로브.

천이나 염료 소재는 귀중한 직물이나 몬스터에게서 채취된 방

호성 높은 것이었다.

아무리 그래도 산 제물 그대로인 변변찮은 차림새로는 눈에 띄는데다가 불쌍하다며 알리안테가 마련해 준 것이었다. 이 의복 한 세트로 작은 집을 지을 수 있다고 한다.

그런 옷이 지금, 온통 잡초로 더러워져 있었다.

"어디 물가라도 발견하면 세탁할까."

"예. 그럴 생각인데, 세탁보다 더러운 볼일을 먼저 마치죠."

레코는 쿵쿵 코를 울렸다.

"아아…… 역시 오늘부터 시작인가?"

"물론이에요. 사룡님께서 조금 수행을 해서 전성기의 힘을 되찾으신다면 마왕 따윈 손가락 하나로 너덜너덜한 걸레로 만들수 있겠죠. 그 웅대하신 모습을 보기 위해 저도 서포트를 아끼지 않을게요."

말하자마자 코끝을 위로 향하고,

"이미 이 초원 일대에 있는 몬스터의 소재는 냄새로 파악했어요. 말씀하신다면 사룡님의 발톱 숫돌로 당장 끌고 올게요."

"레코. 그 전제로 지금의 나는 옛날의 몸으로 돌아가서 엄청나게 약해졌다는 사실을 잊은 건 아니겠지?"

"물론이에요."

"다행이네. 제대로 기억해 주었구나. 그럼 그 전제를 두고, 더욱 약한 걸 끌고 와 줘. 거의 무해하고 자그마한 동물 같은 몬스터로. 뭣하면 정말 작은 동물이라도 돼. 어쨌든 첫날이니까 무리해서는 안 되겠지."

나는 평소와 달리 빠른 말투로 리퀘스트를 덧붙였다.

"알겠어요."

레코는 소리도 없이 등에서 도약했다. 호기심 많은 망아지라도 끌고 와 주면 좋겠다고 생각했다. 적당하게 수행 같은 분위기로 어울려 주면 레코도 만족할지 모른다.

그리고 레코는 앞서 말했다시피 금세 적 탐색을 마치고 돌아왔다.

다만 돌아오는 모습이 조금 예상 밖이었다.

망아지 정도가 아니었다. 머리 셋에 송곳니 여섯. 인간으로 치자면 삼면육비(三面六臂)를 그대로 구현하는 거대한 코끼리 괴물을, 레코는 한 팔로 들고서 산 채로 끌고 온 것이었다.

"자, 사룡님. 오늘 연습 상대예요. 실컷 상대해 주세요. 이 짐승도 사룡님의 식량이 되기를 바라겠죠."

생포당하기는 했지만 코끼리의 눈은 이미 죽은 상태였다.

당연하게도 이런 거대한 코끼리 괴물에게 내가 이길 방도는 없었다. 움직이지 않은 것은 여유의 연기가 아니라 단순히 다리가 움츠러들었을 뿐이었다.

하지만 상대 역시도 똑같이 표현할 수 있었다.

아무렇게나 내던져져 땅바닥에 엎어진 코끼리 괴물은, 여섯 개의 눈 모두에서 눈물을 글썽이며 내게 머리를 숙이기 시작했다.

"아, 당신이 사룡 두목님이심까? 부탁임다. 목숨만은 살려 주십쇼. 저, 이제 두 번 다시 인간은 덮치지 않겠슴다. 고향 숲으로 돌아가겠슴다."

지독히 무서운 꼴을 당한 듯했다. 코끼리 몬스터는 완전히 전의를 상실하여, 내 앞에서 움츠러들어서는 가늘게 떨고 있었다.

몸을 움츠려도 지금의 나보다는 훨씬 컸지만, 마치 강아지 같다는 착각이 들 정도로 기백이 위축된 모습이었다.

"저기, 너——."

"히익. 두목님. 부디 그 무간지옥 코스만은 참아 주십쇼. 죽지도 못하는 어둠의 업화에 불타고, 게다가 산산이 찢기고, 끝내는 영혼이 뽑혀 나가 영원히 노예가 되다니 절대로 싫습다. 부탁입니다. 권속 누님. 부디 자비를 베풀어 주십쇼."

옆에 선 레코는 싸늘한 눈빛으로,

"사룡님 앞에서 추하게 목숨을 구걸하지 마라. 네놈의 목숨은 이미 사룡님의 손바닥 안. 목숨을 아까워 할 권리는 이미 잃었다고 생각해라."

"잠깐만, 레코. 너는 대체 무슨 이야기를 불어넣은 거냐?"

지금 애원 가운데는 내가 들은 적도 없는 단어가 난무했다.

"최소한의 자비로, 이 짐승이 다다를 저승의 여로를 가르쳐 줬을 뿐이에요."

아무리 그래도 길을 완전히 잘못 들었잖아. 애당초 저승으로 보낼 생각 따윈 털끝만큼도 없었다. 어째서 무익하게 목숨을 빼앗아야 하는가.

그보다도 레코 녀석, 약한 걸 찾으라고 했는데 이 코끼리는 대체 뭐냐.

내 안력으로 얼마나 강한지를 살펴보니, 일류 모험가가 두 자릿수는 덤벼야 아슬아슬하게 처리할 수 있을 정도의 몬스터였다. 유창하게 대화할 수 있을 만큼 지능도 높고, 게다가 어떤 종족이고 능력을 가지고 있는지도 내 지식에는 없었다.

　"너."

　"부디, 부디 목숨만큼은!"

　"일단 아까 말했던 대로 고향 숲으로 돌아가도록 해라. 다만 더 이상 나쁜 짓은 하지 말아라."

　"괘──괜찮은 겁까?"

　나는 위엄 있는 느낌으로 고개를 끄덕였다.

　괜찮고 자시고도 없었다. 그게, 설령 맞붙어 봐야 내가 즉사하고 말 테니까.

　땅을 울리며 허겁지겁 도망치는 코끼리를 조용히 지켜보고, 레코가 내게 무릎을 꿇고 머리를 숙였다.

　"죄송해요, 사룡님. 역시 그 정도로는 너무 약했나요."

　"그렇구나."

　이제는 아무 말도 못 하겠다.

　어쨌든 실전 형식의 수행을 쌓는 것은 아직 시기상조라고 나는 판단했다.

　"등에 타도록 해라, 레코. 이 근처에는 내 연습 상대가 될 몬스디는 없는 것 같다. 천천히 가면서 수련을 쌓을 수 있을 만한 장소를 찾기로 하자."

　내가 명령하자 레코는 등으로 훌쩍 올라타서 정좌했다. 어린

만큼 가볍지만 그래도 다소 무게는 있었다. 짐도 짊어졌다. 원래부터 운동 부족이었던 나로서는 이 정도 무게가 딱 적당했다. 실제로 초원을 걷는 것만으로도 꽤 피곤했다.

그러니까 조금 빨리 달리면── 조금이나마 체력을 단련할 수 있겠지.

나는 크게 숨을 들이쉬고, 대지를 네 발로 달리기 시작했다.

결코 전력으로 달린다는 사실을 레코가 깨닫지 못하도록, 거칠어지는 호흡을 필사적으로 억누르면서.

……그렇지만 내 느린 다리로는 한계가 있었다. 어느 마을에 다다르지도 못했음에도 기세는 줄어들고 그러는 사이에 해도 져서, 아직 끝도 보이지 않는 초원 한가운데서 야영을 하게 되었다.

레코는 여전히 잘 먹었다. 손에 든 것은 말린 생선과 비스킷. 양쪽 모두 보존이 잘 되도록 수분을 빼서 상당히 딱딱할 텐데, 전혀 신경 쓰는 기색은 없었다.

맹수 같은 기세로 1인분을 비운 레코는 멍하니 밤하늘을 올려다봤다.

"위를 보세요, 사룡님."

"응? 왜 그러느냐?"

"흉조의 성상(星相)이 나와 있어요. 흉이란 다시 말해 어둠을 지배하는 사룡님의 뜻 그 자체. 이건 하늘조차 사룡님의 패도를 막지 못한다는 증거예요.”

흠흠, 나는 고개를 끄덕이고,

“때가 때이니 내용은 건드리지 않겠다만, 너는 별을 보는 걸 좋아하는구나? 그러고 보니 마을을 나올 때도 보름달이 어쩌고 그랬지.”

별을 보는 것은 나이에 어울리는 소녀다운 취미라서 안심했다. 거기에 살짝 어둠을 내포한 해석을 엮어놓는 것은 자제해 줬으면 좋겠지만.

“좋아한다──는 걸까요. 옛날부터 별이 보이는 장소에서 산 적이 많았으니까, 밤이 되면 무심코 보고 마는 거예요. 인간이었을 무렵의 버릇을 계속 가지고 있다니, 권속으로서 해서는 안 되는 짓이라는 건 알고 있지만요.”

“으음, 괜찮다니까. 어차피 이런 초원에서는 달리 시간을 때울 것도 없으니. 마음껏 봐도 된다.”

그러자 레코는 “헉.” 하고 무언가 깨달은 표정을 지었다.

“──알겠어요. 그렇군요, 보름달은 사룡님께 극상의 마력원인 밤이 바치는 공물. 그렇다면 권속인 저는 달의 파편과 같은 별빛을 받겠어요.”

나는 “그래.” 하고 짐짓 너그러운 태도로 대답했다.

평소처럼 권속의 역할을 전면에 드러낸 말이었지만, 이번에는 그 내면으로 레코 자신의 취미가 엿보이는 것 같아서 조금 유쾌했다.

“어떨까. 이제부터 오랫동안 함께하게 될지도 모르니까. 별을 보며 서로의 이야기라도 하지 않겠느냐? 잘 생각해 보면 만난 뒤로 계속 소동이 벌어지는 통에 제대로 자기 소개도 못 했잖느냐?"

"외람되오나 사룡님. 제 짧은 생애 따윈 영혼을 드셨을 때에 모두 인지하셨을 거예요."

아, 그렇구나. 영혼을 먹으면 그 사람의 과거를 파악할 수 있는 거구나. 앞으로는 조심하자.

그보다도 이 아이의 뇌내 설정이 어떻게 되어 있는지 한번 종이 같은 데 전부 적어 봤으면 좋겠는데. 그대로 맞출 수 있을 테니까.

"어—…… 그게 아니라. 기분의 문제다. 단순히 알고 있는 것과 말을 통해 본인의 입으로 듣는 것은 무게가 다르지."

"무게……? 잘 모르겠어요."

"그러니까 네게서 직접 듣는다면 참으로 이해가 깊어질 수 있다는 이야기다."

변명이 궁색한가 싶었지만, 레코는 잠시 하늘을 올려다보고 살짝 고개를 갸웃거리면서도 수긍했다.

"알겠어요. 저 같은 자의 이야기로 사룡님의 귀를 귀찮게 만드는 건 무척 송구스럽지만, 호의를 받들어 저속한 인간으로서의 반생을 이야기해 드릴게요."

"아, 잠깐만."

레코가 이야기를 시작하기 전에 나는 제지하고,

"너, 그 마을에서 '비싸게 사들였다.'고 했었지. 그렇다는 건 원래는 노예나 그런 쪽이었느냐?"

"예. 그런 상황에서 운 좋게도 팔려서 산 제물로—— 그리고 최종적으로는 사룡님의 권속으로 그레이드 업을 하게 되었어요."

그레이드 업? 나는 마음속으로 그렇게 생각했지만 입 밖으로 꺼내지는 않았다.

"그게 말이다. 이야기하고 싶지 않은 일이나 괴로운 일이 있었다면 억지로 이야기할 건 없으니까. 산 제물 역할로 팔린 다음의 이야기라도 괜찮다."

마을에 온 이후라면 그렇게 나쁜 대우는 아니었을 테지. 적어도 사룡에게 바칠 소녀가 병이 들어서는 안 될 테고 너무 비쩍 말라서도 안 된다.

그리고, 라이엇이 있었다. 그 소년은 여러모로 신경을 써 준 모양이니 레코가 열악한 환경에 처했다면 항의했겠지.

"배려에는 감사드리지만 그러실 것 없어요. 산 제물로서 팔리기 전에도 딱히 부당한 취급을 받은 기억은 없어요."

"정말이냐?"

보통은 안도한 참이겠지만, 레코의 경우에는 알 수 없었다. 지독한 꼴을 당하고도 태연하게 그것을 일상으로 받아들일 것 같았다.

"예. 아무래도 제 부모는——만난 적은 없지만——인간으로서는 꽤 큰 힘이 있는 사람들이었다고 해요. 그 핏줄 때문에 저는 고급품으로 취급되었는지 가치가 떨어질 법한 일을 당하지는 않았어요."

그러니까 별을 볼 수 있었다. 레코는 이야기를 이어나갔다.

"특히 저는 도망칠 우려가 적다고 여겨져서, 상인의 감옥에서 정원으로 나가는 것도 허락됐어요. 밤이 되면 달빛이 잘 보여서 아름다웠던 것을 기억해요. 지금 와서 생각해 보면 그 요염하면서도 우아한 빛은 사룡님의 뜻을 거울처럼 비치던 거겠죠. 아아…… 감사드려요. 그 무렵부터 이미 사룡님은 저를 지켜봐 주셨던 거군요."

터무니없는 오해였다. 아마도 그 당시의 나는 하루 종일 풀을 먹고 잤다.

"그러면 부모님은 돌아가셨느냐."

힘을 가진 사람이 살아있다면 딸을 노예 신분으로 전락하게 두지 않겠지.

"아마도 그렇겠죠. 철이 들었을 무렵에는 노예상 밑에 있었으니, 부모라는 말을 들어도 그다지 와닿지는 않지만요."

"아, 하지만 어쩌면 복잡한 사정으로 생이별해서, 지금도 너를 찾고 있을 가능성은 있겠구나? 그때는 너도 내 권속을 그만두고 가족이서 함께 사는 것이 이상적이겠지? 그러고자 결심한다면 마왕 토벌 여행은 중단하고 한시라도 빨리 네 부모님을."

"열려라 『사룡의 천리안』. 전 세계에서 반응 없음. 역시 이미 이 세상에는 없는 모양이에요."

내 희망이 엄청난 기세로 부서졌다.

"그렇게 쉽게 정리해 버려도 괜찮으냐? 어쩌면 미처 못 본 것뿐일지도 모른다고?"

"사룡님께서 주신 이 푸른 눈동자로 보지 못하는 것은 없어요. 좀 안타깝기는 하지만 마음을 새로이 다잡고 나아갈게요. 제가 사룡님과 함께 패도를 나아가서, 인류에게 평화를 가져다주는 것이 무엇보다도 큰 공양이 되겠죠. 저세상에서도 자랑스러워하실 거예요."

그리고 레코는 짧게 눈을 감았다.

"응…… 그러느냐……."

나를 어깨를 떨어뜨리고 의기소침했다. 자신만만하게 이야기하는 레코의 아성을 무너뜨릴 수는 없을 것 같았다. 지금 한순간으로 전 세계를 뒤졌다는 것도, 이 아이라면 아마도 사실일테니까.

레코는 담담하게 본론으로 돌아갔다.

"산 제물로 팔린 뒤로는 좀 더 괜찮은 생활을 보냈어요. 예배는 지금 와서 생각하면 어리석은 관습이었지만 교양으로 읽고 쓰기를 배운 건 재미있었어요. 불만이 있다면 그 지긋지긋한── 라이."

"누구를 말하려고 하는지는 알겠으니까 너무 나쁘게 말하지는 말아 다오. 나, 도저히 그 아이가 남처럼 여겨지지 않거든."

그쪽에서는 나를 원망하고 있을 테지만, 나는 똑같은 레코의 피해자 동료로 연대감을 느낄 수밖에 없는 것이다.

그는 지금 무엇을 하고 있을까. 내게 돌을 던진 일이 아직도 문제시되고 있을까. 좀 더 공들여서 변호해 줄 것을 그랬나.

"――어쨌든 저는 10년 남짓이지만 운 좋은 인생을 보냈다고 생각해요. 어쨌든 마지막에는 사룡님의 권속이 되는 영광과 만날 수 있었으니까요."

"10년 남짓이라느니 마지막이라느니, 마치 죽을 때에 인생을 돌아보는 것 같은 발언은 그만두거라. 너는 아직 살아 있잖느냐? 그걸 잊고 있는 게 아니냐?"

"예. 사람으로서가 아니라 드래곤의 권속으로서 살아 있어요."

"똑같은 거라 생각하는데 말이지――."

실질적으로 똑같았다. 권속이라니 레코가 제멋대로 품은 생각에 불과하니까.

"뭐, 그렇다면 이번에는 내 차례인가. 그럼 언제 적 이야기부터――."

말을 꺼내려다가 퍼뜩 입을 다물었다.

잘 생각해 보면 나는 사룡으로서 행동해야만 하니까 정직하게 내 생애를 털어놓아서는 안 되는 것이었다. 요약하면 '5000년 동안 거의 풀을 먹고 잤다.' 같은 한마디로 집약될 한심한 인생, 아니 용생이라고 이야기했다가는 레코가 마력 제어의 정신적인 지주를 잃고 폭주하여 이곳에서 새로운 사룡이 탄생할 우려가 있었다.

참고로 그렇게 되면 당연히 나는 죽는다.

"아아―― 가만히 생각하니 내 생애를 이야기하려면 이 밤이 영원히 계속되더라도 부족하겠구나."

결국 나는 얼렁뚱땅 넘어가는 전법으로 나섰다. 지저분한 수

법이지만 거짓말도 서툰 이상 이것밖에 없었다.

하지만 이야기를 중간에 끊어 버렸음에도 불구하고 레코가 보여 준 것은, 의외로 온화한 미소였다.

"괜찮아요, 사룡님. 저는 이미 이 마음에 직접 말씀을 받들었어요. 긴 세월에 걸친 인생의 위업 모두를 세세하게. 그 증거로 저는 마치 직접 본 것처럼 떠올릴 수도 있어요. 엄청난 천지동란의 그때, 적들의 피로 붉게 물든 사룡님께서 무수한 시체 위에 서서 포효하시는 모습을——."

나는 그저 감정을 억누르고, 장작이 튀는 소리를 듣고 있었다.

——나한테 그런 과거는 없다.

"그런데 사룡님, 대단한 이야기는 아니지만요."

그때 갑자기 레코가 주위를 둘러봤다. 그에 이끌려 마찬가지로 시선을 좇자, 어둠 속에 일렁이는 불덩어리가 우리 주위를 포위하고서 천천히 거리를 좁히고 있었다.

어리둥절해서 자세히 살펴보니, 불덩어리의 정체는 금세 알 수 있었다. 횃불을 들고 천천히 다가오는, 말에 탄 인간들의 무리였다.

"아무래도 도적 같아요. 저희 모닥불을 알아차리고 다가온 거겠죠. ……어떻게 하시겠어요? 처리하는 건 간단하지만 앞으로도 마왕 토벌에 인간과 계속 협력하실 의향이시라면, 악인이라고는 해도 여기서 함부로 죽여 버리는 건 화근을 남기게 될지도 몰라요."

"그, 그렇구나. 너도 그 정도 양식은 있구나."

"예. 그러니까 저는 시체를 남기지 않고 존재 자체를 말소하는 걸 제안드려요. 여기서는 아무 일도 없었다는 걸로 하는 거예요."

"그만둬."

나는 로브 옷자락을 잡아당겨 절실하게 레코를 말렸다. 이대로는 돌이킬 수 없는 흉행이 벌어질 것만 같았다.

"여어 여어. 알아차리는 게 좀 늦었는데? 주위는 완전히 포위당했으니까 도망갈 길은 없다고?"

천박한 미소를 띠며 고삐를 붙잡고 포위망을 좁혀드는 사람은, 두건을 뒤집어쓴 털북숭이 얼굴 중년 남자였다. 유목민 느낌의 차림새를 한 것은 아마도 경계받지 않으려는 위장이겠지. 이동 생활을 영위하는 유목민으로 가장하면 나라들 사이를 이동하더라도 부자연스럽지 않다. 사냥터를 금세 바꿀 수 있다는 뜻이다.

"──너희. 충고하겠다만, 얌전히 지금은 물러나도록 해라. 목숨을 헛되이 하고 싶지는 않겠지."

허세가 아니라 순수한 양심을 바탕으로 나는 그렇게 말했다. 만에 하나 여기서 나를 향해 활을 당기는 자라도 있다면 순식간에 레코가 그자를 처리하겠지.

그리고 그동안에 나는 화살을 맞고 죽거나 중상을 입는다.

적어도 약의 효과를 도중에 해제할 수 있다면, 그런 생각을 했다. 여기서 사룡다운 '레벤디아'의 모습으로 돌아갈 수 있다면 위압감만으로 그들을 굴복시킬 수 있을지도 모른다.

하지만 지금은 박력이라고는 요만큼도 없는 젊은 날의 미니사이즈였다. 저녁식사로 풀을 먹은 다음에 제대로 적정량의 약을 먹었으니까 아직 효과는 풀릴 것 같지도 않았다.

아니나 다를까, 내 설득은 불발로 그쳤다.

"호오! 이것 참 신기하네. 아가씨 옷도 고급스럽다 했더니 드래곤 쪽도 인간의 말을 할 줄 아는 녀석인가. 이러면 값이 괜찮게 붙을지도 모르겠는데?"

"그래 그래. 별일이네. 우리도 '목숨은 헛되이' 하고 싶지 않아. 어쨌든 시체라면 가치가 사라져 버릴 테니까 말이지. ──어라, 아가씨 왜 그래? 무서워서 못 움직이겠나?"

양아치 같은 언동으로 위협했지만, 당연히 레코가 움직이지 못하는 상태일 리는 없었다. 그저 단순히 움직일 필요성을 느끼지 못했을 뿐이었다.

사실 내가 보아하니 레코는 전혀 동요한 표정이 아니었다. 죽일 생각만 있다면 순식간에 이 자리에 있는 모두를 몰살시킬 수 있다는 여유를 지극히 자연스럽게 두르고 있었다.

"두목. 이 녀석들을 붙잡으면 아지트에 있는 녀석들이랑 같이 슬슬 시장에 내놓자고요. 다른 녀석들은 고작해야 싸구려인 저급 노예밖에 없지만──."

"기다려."

거만하게 지시하는 밀투로 가로막는 말이 나와서, 졸개로 보이는 남자는 입을 다물었다.

하지만 도적들이 얼굴을 마주 보고 목소리의 주인을 찾자,

"기다려."라고 말한 것은 그들이 사냥감으로 인식하고 있는 소녀―― 레코였다.

"어엉? 아가씨, 목숨을 구걸하려면 좀 더 공손하게 해야지?"

"노예를 깔보지 마라, 인간. 노예가 된 사람에게는 충실한 헌신의 정신과 만사에 탁월한 능력이 요구된다. 아무나 할 수 있는 일이 아니야."

뭔가 당돌한 이야기를 꺼냈다. 산 제물 때도 그랬지만, 이 아이는 자신의 직책에 대한 고집이 이상하게 컸다. 노예라는 직업을 내려다보는 태도가 전직 노예의 심금을 건드린 거겠지.

"게다가 대부분의 노예는 자신의 몸을 채무 면제의 대가로 내민 사람이야. 네놈들처럼 미천한 도적이 노예에게 상응하는 대가를 줬다는 거냐?"

"안 줬어. 그게, 우리는 도적이니까 억지로 붙잡아서 암시장 업자한테 파는 것뿐이고."

"그렇군. 딱히 적정한 대가를 주지 않고 무상으로 노예 노동을 요구한다는 건가. 주문 레벨이 높군."

"당연하잖아. 대가 같은 걸 줬다가는 도적 장사가 망할 수도 있잖아."

"하지만 이해하고 있나, 인간? 일체 보상을 요구하지 않고 일류의 직무를 다하는 하이 레벨 노예는 무척 귀중하다는 사실을. 네놈들의 아지트에 잡혀 있는 인간 가운데 과연 그만큼 노예의 자질을 갖춘 자가 있을까……?"

"잠깐만, 레코. 이야기가 이상해지는 것 같은데?"

나는 등 뒤에서 레코를 흔들었다.

"노예 자질이라는 그 알 수 없는 프레이즈는 뭐냐? 그런 식으로 자기가 먼저 기꺼이 무상의 노예가 되는 사람은 없다고. 틀림없이 고문이나 협박을 통해 억지로 노예로 만들 생각이겠지."

"말씀드리기 송구하오나, 그건 진정한 노예가 아니에요. 공포나 고통에 일시적으로 마음이 흐트러졌을 뿐인 보통 사람이죠. 단순히 의지가 약한 사람이에요."

"도적보다 더 지독한 소리를 하는구나, 너?"

"진정한 노예란 자신의 신념에 기준하여 모든 노력을 다하는 사람이에요. 채무 면제를 위해서든 노예로서의 직업의식이든, 이유는 뭐든 상관없지만—— 신념 없이는 진정한 노예가 아니에요."

엄청난 달변에 열기가 실려 있었다. 그 신념이 돌고 돈 결과로 사룡의 권속으로서 각성하는 것으로 이어졌다면, 조금 더 어깨의 힘을 빼고 살았으면 좋았을 텐데.

노예에 대해서 수다스럽게 열변을 계속하는 레코를 보고 도적들은 웃음을 터뜨렸다.

"어떻게 할까요, 두목? 이 아가씨, 말주변으로 빠져나갈 생각일까요?"

"아니, 그건 어떨지 모르겠는데. 노예에 대해서 꽤나 박식한 모양이니까 일가견이 있을지도 모르지. 어쨌든 우리는 노예 같은 건 팔아치우기만 해서 뭐가 뭔지 모르니까 말이야. 마침 잘

됐으니까 우리 노예들한테 그런 마음가짐을 자알 설명해 달라고 하자."

그것은 명백하게 비아냥거리는 말이었지만 레코는 흠흠, 생각에 잠기더니,

"어떻게 할까요, 사룡님. 적의 말이라지만 일고의 가치는 있다고 여겨져요."

"정말로 아까부터 넌 대체 무슨 소리를 하는 거냐?"

"녀석들의 아지트에는 붙잡힌 노예 후보가 많이 있다고 해요. 노예 선배로서 적성을 찾아내고, 맞지 않는 사람에게는 다른 직업을 권유하려고 생각하는데요."

"네 기준에 맞춘다면 대부분의 사람한테는 안 맞을 거라 생각하는데."

하지만 사로잡힌 인간이 있다면 확실히 구해 주는 편이 낫겠지. 정의감이 특별히 강한 편은 아니라고 생각하지만, 팔려가게 될 사람들의 존재를 알고서도 못 본 척하는 것은 뒷맛이 좋지 않다.

뭐, 그렇다고 실제로 내가 뭘 할 수 있는 것도 아니었다.

이 상황을 어떻게든 해결할 힘이 있는 것은 레코 쪽인데, 그런 레코가 (뉘앙스를 크게 보자면) 사람들을 구하고자 하니까 내가 할 수 있는 일은 고작해야 그것을 밀어 주는 정도였다.

"그렇구나. 네가 하고 싶다면 해도 된다고 생각해. 헌데 하나만 말해 두어도 되겠느냐?"

"어떤 말씀이신가요?"

내 말에 레코가 귀를 기울였을 때, 몸이 달았는지 도적 두목이 끼어들었다.

"이것들 봐? 시간벌이는 슬슬 그만하지 않겠어? 우리도 별로 참을성은 없거든——. 다들! 얼른 붙잡아라!"

구부러진 정글도를 든 남자들이 말에서 훌쩍훌쩍 뛰어내려 일제히 덤벼들었다. 나는 총공격의 박력에 한순간 자신감이 깎여나갈 것만 같았지만 어떻게든 아슬아슬한 타이밍에 레코에게 한마디했다.

"죽이거나 중상을 입히면 안 된다."

"예."

——다음 날 아침.

초원을 비추는 환한 아침 햇살 가운데.

그곳에는 고개를 숙인 수많은 도적을 등 뒤에 거느리고 당당하게 앞장서서 도적의 아지트로 활보하는 레코의 모습이 있었다.

도적 아지트는 초원 지면에 입을 떡 벌린 지하 동굴이었다.

동굴이라고는 해도 제대로 된 거처도 있고 조명용 양초까지 확실하게 설치되어 있었다. 여행을 거듭하는 도적이 급조한 아지트치고는 과분한 장소라서, 아마도 고대 유적 같은 곳을 그대로 활용한 것으로 여겨졌다.

그 동굴 가장 안쪽.

벽에 끼운 철창으로 봉인되고 정글도를 든 문지기가 있는 방이 그들의 상품 창고── 다시 말해 붙잡힌 사람들을 가두어 놓은 감옥이었다. 그리고 레코가 가려는 장소이기도 했다.

"레, 레코 님. 이 앞이 감옥입니다. 원하시는 대로 하시죠."

도적 두목이 잔뜩 겁을 먹고 안내했다.

"알았다. 여기서부터는 나와 사룡님만 있으면 된다. 너희는 얌전히 기다려라."

대답하는 레코의 풍격은 완전히 보스 그 자체였다.

"예. 그야 물론이죠. 그러니까 부탁드립니다. 저희 신병은 부디 가까운 마을 경비병한테 넘기시는 것만으로 용서해 주시길. 부디, 부디 피의 연옥 형벌만은──."

"한 사람이라도 도망친다면 용서치 않겠다."

"다, 당연합니다! 야, 다들 알아들었지! 절대로 도망치지 말라고! 도망치면 사룡님께서 영혼에까지 씌어서 죽는 편이 차라리 나은 저주를 받을 테니까! 그거랑 비교하면 옥살이가 훨씬 낫단 말이다!"

일제히 동의하며 고개를 끄덕인 도적들은, 동굴의 넓은 공간으로 돌아가서 다들 정좌하여 기다리기 시작했다. 도망치려는 사람은커녕 죄다 꼼짝도 하지 않았다.

"보셨나요, 사룡님? 저것이 공포에 져서 다른 사람이 시키는 대로 하게 된 인간이에요. 가련하지요. 자신의 신념으로 다른 사람에게 충성하는 노예와는 전혀 다른 존재예요."

에헴, 하고 가슴을 폈다.

지하 동굴의 분위기에서 예전에 살던 산속 동굴의 평온함을 떠올리며 나는 마음 없는 맞장구를 쳤다.

　그대로 안내받은 통로를 나아가서 감옥 앞까지 왔다.

　철창 안을 들여다보니 인간 몇 명이 붙잡혀 있었다. 장비가 변변찮은 아직 신참 모험가나 아이가 딸린 상인 일가 같은 집단이 있었다. 모두 초췌한 얼굴로 겁먹은 듯 이쪽을 보고 있었다.

　그때 레코가 내비친 표정을 어떻게 해석하면 좋을지, 나로서는 잘 알 수 없었다.

　마치 실컷 배를 채운 미식가가 아랫마을의 노점 음식을 두고 '이런 건 요리라고 할 수 없다.' 며 비웃는 듯한 느낌이었을지도 모르겠다. '이런 건 진정한 노예라고 할 수 없어요.' 라고 말하기라도 하는 것처럼 말이다.

　어쨌든 그 표정에서 확실하게 파악할 수 있는 것은, 그들 가운데 레코가 바라는 노예 자질을 갖춘 사람은 없다는 사실이었다.

　당연하다. 그런 인간이 이 세상에 한 사람 더 있다면 나는 울 거다.

　"조금은 기대했지만, 역시 이런 건가요. 그리 간단하게 일류의 자질을 찾을 수는 없는 모양이네요. 전혀 노예의 신념이 느껴지지 않아······. 삼류 이하의 인재뿐이에요."

　감옥 안에 있는 이들이 탄식하는 레코를 불안한 듯 보고 있었다.

　아마도 노예 상인이 자신들을 사들이러 왔다고 착각한 거겠지. 트집을 잡아서 가격을 떨어뜨리려고 하는 것은 흔한 흥정 기술이다.

이 아이의 경우, 트집이 아니라 진심으로 실망했을 테지만.

레코는 철창을 붙잡고 대수롭지 않게 홱 벌렸다.

"실격을 선고하겠다. 너희는 노예의 길을 나아갈 자질을 가지고 있지 않아. 어디든 가 버리도록 해라."

감옥 안에 있던 이들이 술렁였다. 무슨 소리를 하는 것인지 이해가 안 되겠지. 나도 그렇다.

"저기…… 상인 분이 아니신가요?"

갓난아이를 품은 부인이 쭈뼛쭈뼛 레코에게 물었다.

"아니다. 나는 사룡님의 권속. 자, 가라."

설명이 부족했다. 어쩔 수 없지, 나는 레코 앞으로 나섰다.

"어──. 뭐냐. 여기 레코는 조금 이상한 사람이지만, 실력 있는 마도사라서 말이지. 이곳의 도적들을 토벌하고 너희를 구하러 왔다. 이제 괜찮으니까 부디 안심해라."

"정말인가요?!"

잡혀 있던 사람들이 단숨에 일어서서 내게 다가서려고 했지만, 그것을 막듯 레코가 무섭기까지 한 기백을 발했다.

"사룡님 어전에서 소란 피우지 마라. 무례한 놈들. 이분을 누구라고 생각하느냐. 영원의 시간을 살아오신 고대의 사룡. 마왕조차 분쇄할 힘의 주인── 그 이름도."

"자, 잠깐만 타임. 이야기를 성가시게 만들지 마. 나는 그저 짐말을 대신하는 드래곤이야. 부탁이니까 처음에 정한 설정을 유지해. 틈만 나면 내 악명을 퍼뜨리려는 건 그만두고."

나는 뒷발로 서서 달래듯 레코의 두 어깨를 흔들었다.

"……그렇군요, 위대하신 생각이 있으신 거군요. 알겠어요."

하지만, 라고 레코는 말을 끊더니,

"너무 편하게 대화를 하도록 둔다면, 사룡님의 넓은 마음에 감격한 사람들이 죄다 권속의 문을 두드리지는 않을까 해서요. 실력이 부족한 사람은 거추장스러울 뿐이에요. 부디 그 점을 유의하시길."

"굳이 걱정 안 해도, 그런 이상한 사람은 너밖에 없을 거라 생각해."

나는 솔직하게 대답했다. 객관적으로 보면 지금의 나는 그저 말을 할 수 있는 조금 희귀한 동물 정도였다. 내 말에 감화되는 인간이 있을 리가 없다.

그런 지극히 당연한 이유를 말했다고 생각했는데, 어째선지 레코는 눈을 동그랗게 떴다.

"저밖에, 없다고요."

"어, 딱히 나쁜 의미는 아니고. 이상한── 아니, 개성이 강한 건 좋다고 생각해. 하지만 주위를 좀 냉정하게 보는 눈을 가지도록 해. 세상의 상식이라는 걸 배우고."

하지만 내 말은 그다지 레코의 귀에 닿지 않은 모양이었다.

기분 나쁘게 히죽히죽 웃음을 띠고서 "후후후후." 하고 헛소리 같은 웃음소리를 입가에서 계속 흘렸다.

어쩐지 기뻐하는데.

우두커니 서서 수상쩍게 웃는 레코의 빈틈을 찔러, 나는 인질들에게 소곤소곤 이야기를 건넸다.

"어떻게 하겠나. 이대로 당장 도망쳐도 되겠지만, 상당히 지쳤을 테지? 당장 밖으로 나갔다가 몬스터랑 맞닥뜨렸다가는 큰일이니까 가까운 마을에서 사람을 불러와서 보호를 받는 게 좋다고 생각하는데."

레코의 위험성을 헤아렸는지 인질인 젊은 모험가도 그녀에게 들리지 않도록 소곤대는 목소리로,

"부디 그렇게 해 주시길. 비전투원인 여자들도 있습니다. 이대로 동굴을 나가더라도 모두 무사히 마을까지 갈 수 있을지 모르겠어요. 하지만……."

모험가는 한층 더 목소리를 낮추고,

"드래곤 씨, 당신은 도망치지 않나요? 보아하니 저 무시무시한 소녀한테 붙잡혀 있는 것 같은데……."

"……사실은 말이지. 그러고 싶은데 말이지."

나는 하마터면, 정곡을 찌른 모험가의 말에 눈물을 흘릴 뻔했다.

하지만 울 수는 없었다. 나를 울린 사람이 있다면 레코가 그를 용서할 리가 없다. 진짜로 나를 울리는 건 레코지만, 자각은 없겠지.

울음소리를 감추며 레코에게 명령하여 도적들의 창고에서 식량을 가져오자, 먼지투성이였던 그들의 얼굴에 어렴풋한 미소가 돌아왔다.

틀림없이 제대로 된 음식을 먹이지도 않았을 테지.

"자, 그럼 가까운 마을에서 경비병이라도 부를까……."

동굴 출구 앞에 접어들어서, 문득 깨달았다.

"그런데 레코, 가장 가까운 마을은 어느 쪽이냐?"

"평범한 말이라면 만 하루는 걸리는 곳인데, 사룡님의 날개로 간다면 순식간이지 않을까요."

"미안해. 사실 나, 어젯밤에 잠을 잘못 잤거든. 오늘은 날개를 펼치고 싶지 않구나."

"그럼 불초하지만 제가 조력을."

어쩌지. 두 번 다시 그렇게 나는 것은 사양이었다. 일단 너무 무섭기도 하고, 무엇보다도 레코가 이동의 결정권을 가지게 되는 것이 두려웠다.

"──너로서는 모르겠느냐, 레코. 오늘 하늘에는 불온한 바람이 불고 있다."

"사룡님……?"

"바람을 제어할 수 있는 나라면 괜찮아. 하지만 너는 아직 하늘이 얼마나 무시무시한지를 모르겠지. 여기서 안이하게 하늘을 날았다간 나는 소중한 권속을 잃게 될지도 모른다."

그렇게 말하며, 동굴 출구에서 엿보이는 하늘이 쾌청하다는 사실을 깨달았다. 하지만 레코는 '의심한다'는 개념을 완전히 상실한 것 같이 순순히, 깊이 고개를 끄덕였다.

"──그렇군요. 이 광대한 천공은 아직 풋내기인 제게는 위험한 영역이라는 거로군요. 제게는 과분할 정도의 배려예요. 그렇다면 육로로 가도록 하죠."

그건 그것대로 곤란했다. 붙잡혀서 약해진 사람들이 있으니까, 내 느린 다리로 오랫동안 기다리게 만들 수는 없었다.

그렇다고 레코 혼자 마을까지 심부름을 부탁할 수는 없었다. 이 아이를 홀로 보내다니, 터지기 직전의 폭탄을 무책임하게 내팽개치는 것이나 마찬가지였다. 최악의 경우에는 심부름을 보낸 마을이 지도에서 사라질 우려가 있었다.

나는 어떻게 할지 고민했며 동굴 안을 어슬렁어슬렁 돌아다녔다.

그때 문득 눈에 띈 것이, 넓은 공간에서 가만히 정좌하고 있던 도적 두목이었다.

"저, 정말로 저 같은 걸로 괜찮습니까?! 저 같은 게 레코 님의 종자 역할이라니!"

"괜찮아 괜찮아. 네가 마을 경비병한테 설명해서, 이곳으로 인질을 보호할 마차를 불러 주면 아무런 문제도 없으니까. 네가 역할을 확실하게 해 준다면 일절 손을 대지 않도록 레코한테는 이야기해 두었으니."

손을 대기는커녕 일절 입을 열지 않도록 이미 못을 박아 두었다.

"그럼 사룡님께서는 어떻게 하실 생각이신지?"

"음. 나는 네 부하들을 감시하고 있어야 하잖느냐?"

"당치도 없습니다! 저희는 더 이상 악행 따위 일절 저지르지 않겠다고 맹세했습니다! 뭣하면 모두 사슬로 꽁꽁 묶어 두셔도 상관없으니까요! 부디, 부디 레코 님의 종자만큼은 용서해 주십시오!"

레코가 울다시피 하며 애원하는 도적의 목덜미를 등 뒤에서 붙잡았다.

"떠들지 마라. 네놈이 책무를 충실하게 다하면 그만일 뿐. 죄인에게마저 속죄의 기회를 주시는 사룡님의 온정을 헛되이 할 생각이냐. 불만이 있다면 이 자리에서 모조리 베어 주마."

"히익! 아닙니다. 결코 싫다든지 무섭다든지, 그런 게 아니라 말이죠. 사룡님께서 감시 같은 저속한 일을 하셔서는 안 된다고 생각했을 뿐이지――."

"저속? 자진해서 감시를 맡으신 사룡님께 대한 모독인가?"

"아닙니다! 아닙니다! 부탁이니까 눈을 파랗게 빛내지는 마세요!"

어쩐지 난 단두대에 죄인을 내보내는 처형인이 된 기분이었다.

정말로 미안하지만, 다수의 죄를 저지른 응보라고 생각해서 견뎠으면 좋겠다. 틀림없이 마을에 도착할 때까지는 지옥 같이 힘겨울 테지만, 상식인인 그가 있다면 틀림없이 잘 설명해 주겠지.

"그럼, 다녀오너라. 조심하고."

"명심할게요. 내일은 돌아올게요."

도적 두목은 말을 타고 레코는 도보―― 다만 인간을 초월한 속도의 뜀박질로 아지트 동굴을 떠났다.

파발마가 인간에게 쫓기고 있는 광경은 멀리서 봐도 이상한 것이었다.

초원 저편으로 작은 그림자가 사라진 것을 확인하고, 나는 갑자기 신이 나기 시작했다. 여하튼 도적들은 몰라도 잡혀 있던 사람들은 나를 '레코에게 붙잡힌 심약한 드래곤'이라고 정확하게 인식해 주는 것이었다. 이것도 전적으로 알리안테가 준 회춘의 약 덕분이었다.

지금이라면 긴장감 없이, 꾸밈없는 약한 소리를 실컷 쏟아낼 수 있다는 것이었다.

인간들에게는 이미 식사를 가져다주었다. 함께 식사를 한다면 즐거운 대화도 나눌 수 있을 거라 생각했기에 나는 동굴 안쪽으로 들어갔다. 이런 땅속 동굴 안쪽에는 버섯이나 이끼가 자라는 경우가 많다. 싱싱한 풀은 어제부터 한가득 먹었으니까 진미를 즐기는 것도 괜찮겠지.

안쪽으로 들어갔다. 도적들이 서 있던 통로의 불빛은 사라졌지만 후각으로 이끼 냄새를 포착한 내게 별다른 문제는 없었다.

다만 그것이 잘못이었다.

철컥, 하는 소리가 발밑에서 울렸을 때에는 이미 늦었다. 동시에 발을 내디딘 지면의 감촉이 사라졌다.

──함정.

소리 지를 틈도 없이 지면이 시커먼 입을 벌리고 나를 땅속 깊은 곳으로 빨아들였다.

눈을 떴을 때, 처음에는 '여기는 저세상인가.' 하고 생각했다.

전혀 소리가 없는 세계였다. 눈앞에 펼쳐진 동굴 같은 공간에는 이 세상의 것이 아닌 듯 창백한 빛이 가득해서 방황하는 죽은 자의 영혼이 아닐까 싶었다.

나도 도깨비불이 되었나── 싶어서 황급히 몸을 봤지만, 그곳에는 제대로 발톱이 달린 사지가 붙어 있었다.

조금은 진정하고 지그시 주위를 응시하니 아무래도 이곳도 단순한 동굴인 것 같았다. 어르슴하니 환상적인 빛은 벽에 난 발광성 이끼가 발하는 것이었다.

"어째서 나, 이런 곳에 있는 거였더라……?"

기억을 짜내 어떻게 된 상황인지 떠올렸다. 도적의 아지트에서 진미를 찾다가 구멍 함정에 빠져 버린 것이었다.

떨어진 구멍을 돌아보니 수직 낙하가 아니라 아무래도 긴 미끄럼틀 같은 구조인 듯했다. 경사가 엄청 높은 데다가 돌로 만든 경사면은 반들반들하게 닦여 있어서, 기어오르려면 손에 빨판이라도 달지 않는 한 불가능할 것 같았다.

"……큰일이군."

도적 아지트인 지하 동굴의, 그보다도 더 지하까지 떨어진 듯했다. 어떤 용도로 만들어진 공간인지는 모르겠지만 함정이 입구니까 설마 환영을 위한 것은 아니겠지.

출구의 단서는 없나── 그런 생각에 한 걸음을 적당히 내디뎠을 때, 무언가를 버스럭 밟았다.

뼈였다.

"……우왕!"

나는 얼빠진 비명을 목구멍 가득 채우고서는 맹렬한 기세로 뒷걸음질 쳐서 벽에 엉덩방아를 찧었다.

두근두근하는 심장을 심호흡으로 달래며 살펴보니 아무래도 짐승의 뼈인 것 같았다. 말이나 소 같은 네발짐승의 형태였다.

"이 동굴로 잘못 들어와서 떨어져 버렸나……? 가엾게도."

도적들은 이 동굴을 근거지로 삼은 것은 최근의 일이겠지. 이전에는 계속 방치되어 있었다면 초원에서 동물이 들어오는 경우도 있었을지 모른다.

무섭다.

코로 냄새를 맡아본 바로는, 동굴 저편에서 위험한 짐승이나 몬스터의 냄새는 나지 않았다. 그렇다고 아무런 보증도 없이 앞으로 나아갈 배짱은 없었다.

지금은 레코를 기다리는 것이 최선일지도 모른다. 하루면 돌아와서 금세 나를 찾아 주겠지. 좋은 동굴이라서 낮잠을 잤다든지 하는 식으로라도 변명하면 함정에 빠졌다는 사실도 얼버무릴 수 있을 테고──안 돼.

만 하루를 기다리는 동안에 약의 효과가 떨어져서 원래 신체 사이즈로 돌아가 버린다. 그렇게 넓은 동굴이 아니었다. 거구로 돌아간다면 끝내는 낙반 사고를 일으켜서는 파묻혀 죽을 것이다.

하지만 웅크리고 앉아서 잠시 해결책을 고민하는 사이, 미끄러져 내려온 구멍 바로 옆에 서적 한 권이 떨어져 있다는 것을 깨달았다.

다가가서 발톱 끝으로 상태를 확인해 봤더니, 습기 가득한 동굴에 방치되어 있었음에도 종이가 상한 곳이 전혀 없었다. 특수한 종이로 만들어진 듯했다.

어둠 속에서도 읽을 수 있도록 빛나는 잉크로 적힌 표지에는, 아득히 옛날에 인간들이 사용했던 고대문자로 이렇게 적혀 있었다.

『탐색 유의서』

사람이 읽기 위해 만들어진 책을 내 손으로 넘기려면 특히 더 신경을 써야 한다. 하지만 그곳에 적혀 있던 내용은 내게 큰 희망을 주었다.

아무래도 이 책은 길드라는 존재가 만들어지기 전의 모험가들이, 미궁이나 위험한 장소에 대해 최소한의 정보를 공유하고자 상부상조 정신으로 적은 것인 듯했다.

『──이 동굴은 일찍이 이 주변에 살았던 수렵 민족이 그들의 신을 숭배하기 위해서 만든 신전이다. 산 채로 잡은 사냥감의 몸에 재보를 동여매고 지하로 던져 넣어 신에게 산 제물로 바치는 풍습이 그들에게는 있었다.

하지만 과거의 도굴꾼 때문에 대부분의 재보가 도난당하여 남아 있는 것은 반쯤 풍화된 짐승의 뼈뿐이다. 현재는 완전한 풍화 유적이 되었으며 몬스터나 위험 생물의 서식은 확인되지 않는다.』

꼼꼼하게도 일찍이 도굴꾼이 판 출구까지의 지도까지 그려져 있었다. 다수 열거된 주의 사항을 봐도 그다지 걱정할 내용은 없었다.

『폭우가 계속 내리면 지하수로 수몰될 위험이 있다.』

『이끼 때문에 무척 미끄러우니 발밑을 주의할 것.』

『위험성이 희박하니 모험가의 아이가 놀이터로 삼는 경우가 있다. 움직이는 것이 있어도 당장 공격하는 행위는 피할 것.』

당시의 생활감이 엿보이는 흐뭇한 주의 사항이었다. 나는 완전히 긴장을 풀고 음음, 고개를 끄덕였다.

"음음. 요컨대 먼 옛날에 완전히 파내어 버린 안전한 동굴이구나. 이러면 나 혼자서도 빠져나갈 수 있겠어."

코로 느꼈던 위험의 부재를 이 서적이 확실하게 뒷받침해 준 것이 효과를 발휘했다.

어린아이가 놀이터로 삼았을 만큼 안전한 장소니까 미끄러져 넘어지는 것 말고 다른 위험성을 배제해도 될 듯했다. 오늘은 쾌청하니까 수몰 걱정도 없었다.

그래서 가장 마지막의 한 문장을 대충 흘려 읽고 깊이 생각하지도 않았다.

『짐승을 사역하는 모험가는 주의할 것. 사람과 함께 들어오면 해는 없지만 짐승 한 마리만 들어오면 그들은 뼈가 되어 돌아온다.』

이때의 나는 안도감 때문에 완전히 잊어버린 것이었다.

인간의 기준으로 보자면 나도 '짐승'의 부류에 들어간다는 사실을.

"이것 참, 정말로 옛날 사람에게 감사해야겠구나. 으음, 여기는 오른쪽이었지."

책은 못 박힌 사슬로 벽에 고정되어 움직일 수 없었지만 내부의 미궁 지도는 완전히 외웠다. 헤매더라도 돌아갈 수 있도록 이끼를 깎아서 지면에 마킹도 해 두었다.

"그리고 이쪽을 왼쪽으로 돌아서—— 마지막 방을 똑바로 빠져나가면 지상까지 이어지는 길이라고."

아무런 착오도 없이 길을 나아가는데, 질척거리던 지면이 갑자기 딱딱한 감촉으로 바뀌었다.

출구인 도굴꾼의 길 바로 직전.

지도에 적혀 있던 유일한 '방'이라고 부를 수 있는 공간은 바닥에서 벽, 천장에 이르기까지 모두 벽돌처럼 균일하게 깎인 천연석 블록으로 지어져 있었다.

석실이라는 곳인가.

고대 왕족의 분묘가 이런 구조였다고 들은 적이 있다.

나는 형용할 수 없는 섬뜩함을 느꼈다. 석실 도처에 활이나 창을 든 남자들이 초원의 짐승을 쫓는 벽화가 그려져 있었다.

"⋯⋯얼른 나가자."

이곳은 내가 있어도 될 장소가 아니다. 직감적으로 그렇게 생각하여 빠른 걸음으로 방을 빠져나갔다. 도굴꾼 때문에 블록이 무너진 곳을 빠져나가면 곧바로 지상까지 이어지는 오르막길이다.

그때, 두 가지 일이 동시에 벌어졌다.

첫 번째는 내 다리에 묻어 있던 이끼가 석실의 평탄한 바닥에

으스러지며 성대하게 미끄러져 넘어진 것.

그리고 또 하나는, 넘어진 내 바로 머리 위를 스치며 화살이 엄청난 기세로 통과한 것이었다.

"어?"

석실 벽에 검은 화살이 푹 박히고, 살깃은 아직도 흔들리고 있었다.

혹시라도 저런 것을 맞았다면 나는 입구에 굴러다니던 짐승의 뼈와 같은 운명에 다다랐을 테지.

"하, 함정인가. 위험했어. 이것 참 운이 좋았네."

하지만 곧바로 위화감을 느꼈다.

그 안내서에는 '어린아이가 놀이터로 삼았다.'는 내용마저 적혀 있었다. 화살을 날리는 함정이 있을 법한 장소에서 아이들이 놀게 놔둘까.

"……모험가의 아이라는 건 굉장하구나. 어릴 적부터 이런 걸로 단련된다면 강해질 법도 하겠어."

억지로 그렇게 해석하고는, 나는 화살이 발사된 쪽으로 애써 싱글거리며 돌아봤다.

그렇고말고. 그게, 함정이 아니라면 더 무서우니까.

함정이 아니라면, 누군가가 바로 옆에서 화살을 쐈다는 거잖아——.

"사냥감, 잡는다."

불안 적중. 무언가 있었다.

한마디로 하면 『검은 인간』이었다. 하지만 인간 형태이기는 해도 결코 진짜 인간은 아니었다. 팔이나 목은 부자연스럽게 길고, 주먹이나 발은 평범한 사람의 두 배 이상으로 컸다. 균형이 일그러진 인간 형태의 이형(異形)이었다.

온통 검은색인 몸에는 오렌지색 문양이 새겨져 있지만, 과연 그것이 의복인지 문신인지는 확실하지 않았다. 명확하게 의복이라고 할 수 있는 것은 눈가를 가린 검은 두건과 허리에 두른 너덜너덜한 천뿐이었다.

그런 녀석이 새카만 활을 들고 두 번째 시위를 팽팽하게 당기고 있었다.

"으아아아아아─────악! 나왔다아아아───악!"

나는 반쯤 광란 상태로 도망쳤다. 도망친 순간에, 이제까지 있던 바닥에 "퍼억!" 하고 화살이 박혔다.

퇴각. 이끼로 뒤덮인 동굴 미궁으로 뛰어들어 좌로 우로 도주를 반복했다. 하지만 기억하던 지도의 내용은 공포로 날아가고 순식간에 막다른 곳에 이르렀다.

나는 땀을 뿜어내고 숨을 죽이며 어깨를 위아래로 들썩였다.

──그러고 보니 나, 짐승이잖아.

잊고 있었다. 지능은 인간 수준이더라도 도마뱀은 도마뱀이다. 짐승의 카테고리였다.

저건 틀림없이 이곳에서 모시는 수렵의 신이겠지. 나를 바쳐진 동물이라 착각해서는 사냥감으로 삼으려는 것이었다.

어쩌지. 이런 음침한 곳에서 죽어 버리다니. 최후는 적어도 햇살이 드는 곳이기를 바랐다.

필사적으로 귀를 기울여도 괴물의 발소리 하나 들리지 않았다.

하지만 그 이상한 모습이 언제 눈앞에 나타날지 상상하는 것만으로도 내 정신은 바득바득 깎여 나갔다.

머리를 부여잡고 타개책을 생각했다.

저런 것한테 정면으로 도전하는 선택지는 없었다. 어쨌든 신이다. 그 책이 옳다면 전투용으로 훈련된 모험가의 사역마조차 사냥해 버리는 존재인 것이다.

어쩔 방도가 없었다. 나 따위는 시원하게 산 제물이 되어 버리고 끝이 아닐까──.

──산 제물?

머릿속에서 문득 처음 만난 레코와의 대화가 다시 떠올랐다.

가령 그때의 레코가 이런 상황과 조우했다면 어떻게 되었을까. 산 제물로서 그 신에게 바쳐졌다면.

얌전히 산 제물이 되었을까?

아니, 아마도 논리가 아크로바틱한 전개를 거쳐 결국 살아남을 것 같았다. 그 아이가 간단히 죽어 버리는 그림을 상상할 수 없었다. 설령 마력을 각성하지 않았을지라도, 말이다.

"어차피 죽는 것뿐이야. 해 볼까."

지나치게 오래 산 몸이다. 죽음의 각오는 최근 며칠 동안 몇 번이나 마쳤다. 과장스럽게 발소리를 내며 막다른 곳에서 튀어나갔다.

그리고 동굴 안에 울리듯 외쳤다.

"이봐―요! 수렵의 신이시여! 나는 당신에게 산 제물로 바쳐진 잡종 드래곤입니다! 자, 부디 어떤 식으로든 절 드시지요!"

땅에 등을 대고 사지를 벌려 완전히 무방비한 복종의 포즈를 취했다.

그 자세를 취하자마자 어디선지 모르게 날아온 화살이 내 바로 옆에 박혔다.

그럼에도 나는 움직이지 않았다. 뭐, 실제로 움직이고 싶어도 힘이 풀려서 움직일 수 없었지만.

동굴 안에는 팽팽하게 시위를 당기는 소리만이 조용히 울렸다.

"저는 도망치지도 숨지도 않습니다. 위대하신 수렵의 신인 당신의 활에 걸린다면 짐승으로서 바라는 바. 자, 자비가 있으시다면 제 심장을 꿰뚫어 주시길 부탁드립니다."

레코라면 이처럼 했을 대사를 베꼈다. 생각했던 것 이상으로 술술 나오는 것이 스스로도 어쩐지 싫었다. 트라우마가 되어서 뇌에 깊이 새겨진 거겠지.

영원처럼도 여겨지는 몇 초가 그대로 경과했다.

어느샌가 시위를 당기는 소리는 사라지고 대신에 이끼 낀 바닥을 밟는 축축한 소리가 다가왔다.

"너, 안 도망쳐?"

스륵, 수렵의 신이 나를 들여다보러 왔다. 두건으로 가려진 눈과 코는 보이지 않고 하얀 이빨이 보이는 입만이 검은 얼굴 안에서 움직였다.

"도——도망치지 않습니다. 제 목숨은 이미 당신에게 바친 것이기에."

"……? 너, 이상해."

역시 당신도 그렇게 생각하는군요, 나는 이 형의 신에게 공감했다.

"기다려."

총총히 신이 미로로 돌아가고 잠시 후 돌아왔다. 그의 손에는 물을 잔뜩 머금은 이끼가 들려 있고 그걸 내 머리에 철썩 얹더니,

"조금, 머리 식혀. 너, 지쳤어."

오랜만에 느낀 순수한 다정함에—— 나는 고개를 들고 흐느껴 울었다.

"……그래서, 난 이미 완전히 지쳐 버렸어. 이제는 정말 이대로 있다가는 위장에 구멍이 날 것 같아서……."

"울지 마. 기운 내."

나와 수렵의 신(약칭 : 수신)은 돌바닥에서 어깨를 나란히 하고 있었다.

쪼그려 앉아서 내 이야기에 귀를 기울여 주는 그는, 막상 이야기를 나누어 보니 엄청 좋은 녀석이었다.

겉모습은 엄청나게 꺼림칙하지만 어엿한 신이었다. 사악한 몬스터가 아닌 것이었다.

내가 신의 사냥에 걸맞지 않은 존재—— 즉 너무도 빈약한 상대라는 사실을 알고는 활과 화살을 완전히 거두어 주었다. 모험가의 사역마를 죽였다는 것도, 실제로는 유적을 어지럽힌 도굴꾼이 풀어놓은 마수를 처리했다는 것이 진상이라나.

"조금 전까지, 굉장한 거, 위에 있었다. 그거, 레코?"

"그래 그래. 너, 감이 좋구나. 마침 아까 근처 마을로 보낸 참인데."

"그거, 강해. 엄청 강해. 인간 아니야. 위험."

"인간은 인간이라고. 좀 확실히 과도한 아이일 뿐."

"굉장해."

수신은 서투른 말씨로도 확실하게 감탄했다. 신에게조차 레코의 각성은 믿을 수 없는 일인가 보다. 대체 뭘까, 그 아이는.

한바탕 불평을 털어놓아 상쾌해진 나는 앞발로 눈물을 훔치고,

"그런데 너는 여기서 사는 거냐?"

"그래."

"힘들겠구나. 모험가가 어지럽히러 오거나 도적이 거점으로 삼거나, 시끄럽겠지."

"아니. 전혀. 이제, 보물, 없어. 여기, 아무도 안 와."

여전히 표정은 두건으로 가려져 있지만 어쩐지 쓸쓸한 것처럼 보였다. 그래도 오랜만에 나타난 방문자(나)를 처음에는 주저

없이 죽이려고 하는 것을 보면, 사냥에 대한 프라이드는 상당할 테지만.

"이제 아무도 없다면, 사람이 많은 곳으로 이주하지는 않나?"

"나, 여기의 신. 다른 장소, 못 가."

"힘들겠구나. 뭔가 내가 할 수 있는 일이 있다면 좋겠는데……."

"정말?"

수신은 천진난만하게 들리기마저 하는 목소리로 그렇게 말했다.

"물론. 너는 한참이나 내 한심한 이야기를 들어 줬으니까. 내가 할 수 있는 일이라면 뭐든 말해 줘."

"오랜만에, 바깥, 나가고 싶어."

나는 고개를 갸웃거리고,

"밖에는 못 나가는 게 아니었나?"

"평소에는, 못 나가. 하지만, 사냥을 가르쳐 줄 때, 특별. 초원, 갈 수 있어."

"아, 그렇군. 수렵의 신이니까 가르쳐 주는 것도 일이구나. 굉장하네. 옛날에는 인간한테 가르쳐 줬나?"

"응. 잔뜩 가르쳐 줬어."

음음, 나는 미소를 지으며 고개를 끄덕였다.

"그럼 결정이구나. 위의 초원에서 나한테 사냥을 가르쳐 줘. 이것 참, 나도 솔직히 조금은 몸을 단련해야 되겠다고 생각했거든. 신의 지도를 받을 수 있다니 미처 바라지도 않았던 기회야. 그렇기는 해도, 사냥 같은 건 한 적 없으니까 살살해 줘."

"……괜찮아?"

"그럼, 괜찮고말고. 곤란할 때는 상부상조, 라고들 하잖아."

쪼그려 앉아서는 굳어 있던 수신은 무기질적인 동작으로 일어섰다.

"……고마워. 위, 갈게."

그가 그렇게 중얼거리자 주변 광경이 어느샌가 바뀌어 있었다. 달빛이 비치는 밤의 초원이었다.

막다른 곳에서 빠져나갈 것도 없이 그가 지상으로 보낸 듯했다.

그리고, 밤하늘을 보고 떠올렸다.

"이런. 안 되지, 안 돼. 이야기가 길어져서 완전히 잊고 있었어. 잠깐 약을 가지고 와도 될까. 아까 이야기했던 회춘의 약 말이야. 그게 없으면 나, 원래 모습으로 돌아가 버려서 현상수배범 취급이거든. 이렇게나 늦어질 줄은 몰랐어. 슬슬 효과가 떨어져 버리겠지."

"이거?"

세상에, 수신은 준비성 좋게도 항아리를 양손으로 품어들고 있었다.

"고마워. 그거야 그거, 이것 참 덕분에 살았어."

받아들려고 내가 한 걸음 내디디자 어째선지 수신은 한 걸음 물러났다. 다시 한 걸음 내디디자 수신은 또다시 한 걸음 물러났다.

"왜 물러나는데? 그걸 안 마시면 곤란하다만."

"사냥이란 전력을 다하는 것. 약해지는 약을 마시고 도전하다니 용납 못 해."

어라? 나는 안 좋은 예감을 느꼈다.

"너 말이지, 기분 탓이라고는 생각하지만, 조금 전까지랑은 인격이 바뀌지 않았나?"

막 만나서 화살을 날렸을 때 같은 오싹한 느낌이 부활했다.

"타협은 허락할 수 없어."

앗.

마음의 친구와 만났다고 생각했더니, 역시 저런 사람(신)이었다. 위기를 느끼고 "역시 몸 상태가 좀 안 좋아서."라며 도망치려는 내 등 뒤로 마치 기수처럼 수신이 올라탔다.

"자, 간다. 오랜만에, 피가 끓어. 걱정하지 마. 지금부터 너를, 어엿한 사냥개로 만들어 줄게."

"제발 부탁이니 다정했던 너로 돌아가 주지 않겠나? 나, 운동을 좀 하고 싶을 뿐이지 딱히 사냥개가 되고 싶은 건 아니니까. 무엇보다도 이대로라면 소변을 지릴 것 같아."

"빠릿빠릿하게 달려!"

수신의 검은 팔이 형태를 바꾸더니 한손은 내 입을 동여매는 재갈로, 다른 한손은 채찍으로 변했다. 그리고 내 등을 호되게 후려쳐서 반론을 일절 허락하지 않고 전력질주를 명했다.

"아아아아아————————악!"

나는 비명과 비애를 절규하며 계속 달렸다.

"시끄럽게 발소리 내지 마! 자연과 하나가 돼!"

"전속력으로 달리면서 발소리를 내지 말라니 무리라고! 게다가 나는 자연이 아닌걸! 드래곤인걸!"

"네가 먹고 있는 건, 뭐야?!"

"풀이나 나무입니다!"

"그건 자연이야! 즉, 너는 자연이야!"

"잠깐만, 너 그건 너무 논리 비약이야악!"

말대답에 채찍이 날아왔다. 이럴 거라면 지도해 달라는 소리 따윈 하지 않고 영원히 땅속에 내버려 둘 것을 그랬다.

어느샌가 약 효과도 떨어져서 쿵쿵 거구의 발소리를 초원에 울리며, 나는 신에게 직접 고문 같은 지도를 밤새도록 계속 받았다.

"사룡님께서 화가 나셨어……!"

나중에 들은 이야기로는, 아지트의 도적들은 다들 내가 내는 절규와 땅울림에 그렇게 겁먹었다나.

지평선 너머가 하얗게 밝아오기 시작했을 무렵, 나는 명확하게 죽음을 느꼈다. 초원을 날아다니는 나비는 황천의 길안내일까. 5000년 생애의 끝을 확실하게 느끼고 부드러우면서 키 큰 풀에 파묻히며 나는 천천히 눈을 감고——.

"일어나!"

"으갸악!"

하지만 채찍에 얻어맞고 평온한 죽음은 가로막혔다. 눈꺼풀 안쪽의 꽃밭은 한순간에 멀어지고, 시야에 돌아온 현실의 풍경은 여명의 초원이었다.

"밤새도록, 토끼조차 못 잡다니. 이렇게까지 둔한 사냥개는, 처음이야."

"그게 어쩔 수 없잖아. 일단 난 사냥개가 아니니까. 의미도 없는 사냥이라니 토끼가 불쌍하잖아."

뭐, 내가 토끼를 걱정할 처지는 아니었다. 그들이 훨씬 다리가 빨랐다.

"뭐 됐어. 기초는 가르쳤어. 나머지는, 네가 하기에 따라서. 죽고 싶지 않다면, 계속해."

"매일 이렇게 철야로 운동하다가는, 그건 그것대로 내가 죽을 거라 생각하는데."

게다가 레코의 눈을 피하면서 감행하는 것은 지극히 어려운 일이다.

한숨을 쉬며 앞으로의 고난을 생각하는 사이, 수신이 등에서 내려와서 내 머리를 다정하게 툭툭 두드렸다.

"괜찮아. 틀림없이, 어떻게든 될 거야, 힘내."

"너는 사냥 모드랑 아닐 때의 격차가 정말로 이중인격이구나."

"시원하게 했으니까, 슬슬, 돌아갈게."

"몸에 좋은 완구 취급을 당한 기분인데."

수신은 계속 가지고 있던 약 항아리를 땅에 내려놓고 나를 향해 악수를 청하듯 손을 내밀었다. 이미 손을 뻗는 것도 힘겨울 만큼 나는 지쳤지만, 그럼에도 수신은 고지식하게 손을 계속 내밀고 있었다.

무시할 수도 없었다. 어떻게든 몸을 일으켜서 한쪽 손끝을 건드렸다.

"덤으로, 졸업."

수신이 그렇게 말하자마자 그의 팔이 점토처럼 꾸불꾸불 변형되었다. 또 채찍으로 변하는가 싶어 나는 주춤했지만 그렇지는 않았다. 천이나 붕대 같은 얇은 피막 형상으로 변해서는 내 거대한 오른쪽 앞발을, 악수 자세 그대로 둥글게 감싸는 것이었다.

"저기, 이 이상한 악수는 뭐지?"

"무기, 줄게."

변형된 팔이 스르륵 물러났다. 그러자 닿았던 오른쪽 발톱에 변화가 있었다. 태어날 때부터 흰색이었던 발톱이 마치 수신에게서 옮긴 것처럼 검게 물든 것이었다.

"어? 이거 괜찮아? 뭔가 병 같은 건 아니겠지?"

"실례, 잖아."

나는 불안해졌지만 다행히도 색은 금세 옅어지더니 이윽고 원래의 흰색으로 돌아왔다.

"그걸로, 합쳐졌어. 발톱에 힘, 넣어 봐."

"이렇게?"

흠, 힘을 줬다. 발톱이 순식간에 조금 전의 검은색으로 돌아가고 살짝 날카롭게 뻗어 나왔다.

──다만 뻗어 나온 길이는 파리 한 마리 정도도 되지 않았다.

베는 맛을 확인하려고 땅바닥에 발톱을 세워 보니 원래의 흰색 발톱과 별반 다르지 않게 둔중하게 파이는 느낌이었다. 그렇다면.

"저기, 수신님. 이 무기는 어떻게 쓰는 거지? 이런 꼴이어서야 평범하게 발톱으로 쓰라는 건 아니겠지?"

"앗……."

수신은 말을 잃었다. 떨떠름한 그 목소리로, 나는 모든 것을 헤아렸다.

틀림없이 이 무기는 사용해야 할 자에게 주어지면 상응하는 성능을 발휘하겠지.

이렇게까지 안타까운 물건이 되어 버린 것은 그로서도 첫 경험임에 틀림없었다.

"……저기, 힘내……."

보이지도 않는 눈가를 더욱 가리듯 두건을 한층 더 깊이 눌러쓰고, 수신은 도망치듯 모습을 감추었다. 지하로 돌아간 거겠지.

뭘까. 신이 이렇게까지 배려를 해 주었다는 게 엄청 미안했다.

피로가 갑자기 몰려들어, 나는 배를 깔고서 쓰러졌다. 주위로 땅울림이 퍼지고 주변의 풀숲에서 작은 새들이 일제히 날아올랐다.

꾸벅꾸벅 졸음이 왔다.

이내로 아침햇살을 받으며 잠들어 버리는 것도 괜찮겠──.

"사룡님!"

멀리서 들린 목소리에 내 몸은 용수철처럼 벌떡 일어났다.

겁에 질려 목소리 방향을 찾았더니, 아득히 지평선 너머에 작은 그림자가 있었다. 심상치 않은 속도. 바람이 사람의 형태를 취한 것처럼, 무게가 느껴지지 않는 매끄러운 질주로 이곳을 향해 다가왔다.

눈을 세 번 정도 깜박이는 사이에 레코는 흙먼지를 일으키며 내 곁에 급정지했다.

"다녀왔어요. 마을 경비병도 곧 도착해요."

"응. 수고했어. 미안하네."

"당치도 않아요. 이 정도 심부름은 숨 쉬는 것보다도 간단한 일이에요. 그런데 사룡님…… 보아하니 지치신 모양인데요."

나는 그대로 굳었다. 안 되지. 스파르타 지도로 완전히 지쳤다는 사실을 들킨다면 레코는 틀림없이 환멸해서 그대로 폭주 일직선이다.

"아니, 그렇지 않아. 이건 말이지."

"——역시 그때의 다치셨던 게 욱신거리시는 건가요?"

"어, 그래 그래. 그런 걸로 치고. 어떤 유래가 있는지는 깊이 파고들지 않겠지만."

"하지만 난처하네요. 그 흉터가 피를 바라며 욱신거리면, 사룡님께서는 조만간 파괴의 극한에 다다르시고 마는 게 아닌가요?"

"조금 더 평범한 건 없을까."

어째서 나와 관련된 모든 것들에 잔인한 이미지를 결부하려는 걸까.

"괜찮아. 나는 이 정도로 이성을 잃지 않으니까. 그렇지, 나는 여기서 좀 자면서 휴식을 취할 테니까, 마을 경비병들이 오면 도적 아지트로 안내해 줘."

"알겠어요."

솔직히 이미 졸려서 견딜 수가 없었다. 레코한테만 맡기는 것은 조금 불안하기도 했지만, 도적이나 인질 여러분도 있다. 틀림없이 그렇게 이상한 사태가 벌어지지는 않겠지.

풀을 이불 삼아 나는 눈을 감고⋯⋯.

어라.

의식이 끊어지기 직전, 무언가 잊어버린 느낌이었다.

하지만 잠기운에 저항하지 못하여 그대로 목구멍 깊은 곳에서 코고는 소리가 새어나오는 게 들리고⸻⋯⋯.

"으음."

해가 완전히 떠오르자 눈이 부셨다. 동굴 생활이 몸에 밴 나는 한낮의 태양에게서 도망치려고 몇 번이나 몸을 뒤척였지만 평원에 내가 숨을 수 있는 바위그늘은 없었다.

"아⸻. 눈이 부셔서 안 되겠네⋯⋯."

수면의 안식에 미련은 있지만 그럭저럭 쉴 수 있었다. 크게 하품을 하며 얼굴을 비비고는 뜬 눈으로 정면을 바라봤다.

그곳에는 마을의 경비병과 도적, 그리고 붙잡혀 있던 인질들이 몸을 붙이고 있었다.

"깨셨나요, 사룡님―― 자, 네놈들, 드디어 사룡님께서 움직이신다. 그 위대한 일거수일투족을 눈에 새기도록 해라. 이 기회를 놓치면 두 번 다시 눈에 모실 수 없을 거다."

그리고 내 등에서 정좌하고 있는 레코.

"저기, 레코? 이건 대체 무슨 상황이지?"

"이송 준비가 완료되었지만 사룡님께서 휴식 중이셔서 대기하고 있었어요. 그동안에 저는 권속의 책무로서 사룡님의 위업을 청중들에게 이야기했죠."

"이야기가 다르다고, 레코. 나에 대해서는 비밀이라고 그만큼 말했잖느냐?"

"하지만 사룡님께서는 진정한 모습으로 잠이 드셨으니까요. 이번에는 일부러 정체를 드러내시는 방침이신가 해서."

앗. 나는 목소리를 흘렸다. 무언가 잊어버렸다 싶었더니 회춘의 약을 안 마셔서 거구 그대로였던 것이다.

"……뭔가 잘못되었나요?"

"아니다. 이번만큼은 내가 잘못했으니까. 그런데, 어떤 이야기를 했느냐?"

"모든 것을 이야기하기에는 시간이 부족해서, 과거 신마대전 당시 사룡님의 웅대하신 모습을."

"그거, 다음에 나한테도 이야기해 줘."

엄청 흥미가 있었다.

하지만 지금은 그럴 때가 아니었다. 나는 사람들을 향해 깊이

머리를 숙이고,

"으음, 여러분. 이 아이가 이런저런 이야기를 했을 거라 생각하는데, 그렇게 신경 안 써도 되니까 말이지? 나는 그렇게까지 무서운 드래곤이 아니니까. 부디 사양 말고 평범하게 대해 주면――."

"예."

감정 없는 대답이 일제히 겹쳐졌다. 다들 죽은 생선 같은 눈빛이었다.

안 돼. 레코의 이야기가 그들의 마음을 완전히 침식해 버렸다.

경비병과 도적과 인질이라는 각양각색의 위치에 있는 인간들이 완전히 같은 표정으로 연대하고 있는 풍경에 나는 공포마저 느꼈다.

정말 최소한의 희망을 담아, 어제 다정하게 말을 걸어 준 모험가를 찾았다. 나를 '레코에게 붙잡힌 드래곤'이라고 올바르게 인식해 준 그를――.

있었다.

슬그머니 시선을 피했다.

나는 마음속으로 울었다.

제3장

물의 성녀가 지키는 마을

"마을에 도착함과 동시에 사룡님의 지배 선언을 진행했으면 좋겠다고 생각해요."

"예?"

너무나도 뜬금없는 폭탄 발언. 흔들리는 마차 안에서 레코는 터무니없는 제안을 간단하게 꺼냈다.

도적 호송과 인질 보호를 위해서 경비병들은 여러 대의 짐마차를 이끌고 있었는데, 우리는 그중 한 대를 전세 내 타고 있었다. 그렇게 여유가 있을 리가 없으니 동승을 권유했지만 단호하게 거절당했다.

약을 다시 먹고 작은 사이즈가 되었지만 이미 잃어버린 신용은 회복되지 않나 보다. 그리고 지금 또 레코가 더욱 신용 상실의 방향으로 움직이려 하고 있었다.

"으음, 지배 선언? 무슨 소리지?"

"지금부터 방문하는 마을을 앞으로 영원히 사룡님의 점령지로 하는 거예요."

"미안, 그런 의미가 아니라. 무슨 이유로 그걸 실행하려는 거냐?"

"마을을 위해서예요. 그게, 그렇게 하면 마을의 새로운 이름을 붙여야만 해요. 지금은 『세렌』이라는 모양이지만 개칭해서 『레벤디움』 같은 건 어떨까요. 사룡님의 땅에 걸맞은 이름이라고 생각하는데요."

"진정하자꾸나, 레코. 중요한 건 이름보다도 '마을을 위해서' 부분이지. 점령이 마을을 위한 일이 될 가능성은 요만큼도 없다고 생각하는데, 자세하게 들려 다오."

나는 찌릿찌릿 도려내는 듯한 위장의 통증에 몸을 움츠렸다.

"예. 경비병을 부르러 갔을 때에 미리 조사를 했는데── 이 마차가 향하는 세렌은 규모에 비해서 모험가나 병사 같은 전투원의 숫자가 극단적으로 적었어요. 이 정도 숫자의 경비병을 보내는 데도 고생했고요. 게다가 숙련도도 그다지 높지 않죠. 게다가 페류도나처럼 마을을 지키는 성벽 같은 시설도 없어요. 마을을 둘러싼 수로가 해자를 대신한다지만 방어에 도움이 되는 시설은 그 정도예요. 이걸 어떻게 생각하시나요?"

"그야 무방비하다고는 생각하는데."

"예. 저도 그렇게 생각했어요. 이처럼 무력한 마을을 내버려 두면 금세 몬스터에게 점령당해 마왕군의 진지가 되어 버리겠죠. 그래서 사룡님의 지배 선언으로 이어진 거예요. 사룡님의 위광이 있다면 마을에는 어떠한 몬스터도 손을 댈 수 없을 테고 영원한 번영이 약속될 거예요. 그리고 이건 침략이 아니라 온정에 따른 보호니까 인간과의 관계에 해를 끼치지도 않죠."

"저기. 너는 틀림없이 마을을 위해서라고 생각해서 그렇게 말하는 걸 테지만, 아마도 마을과 우리의 전면 전쟁으로 발전할 거라고 생각해.”

가장 심각한 대립은 흔히 선의의 엇갈림에서 발생하는 법이다.

레코는 눈을 빛내며 두 주먹을 꽉 쥐고,

“승리와 대의는 저희에게 있어요.”

“이기느냐 지느냐가 아니라 싸우는 것 자체가 문제라고.”

일이 악화되면 내가 죽어 버린다. 설령 레코의 일방적인 유린이 되더라도 그때는 죄책감으로 마음이 죽는다.

“안 되나요? 마을에서 돌아오는 길에 이렇게 지배 선언의 초안까지 만들었는데요.”

레코는 품속에서 두루마리를 꺼내서 마차 바닥에 펼쳤다.

첫 번째 줄 서두부터 ‘어리석은 인간들에게 고한다.’ 였으니 나는 그 시점에서 읽는 것을 관뒀다.

“어쨌든 안 되는 건 안 돼. 나는 지배 같은 거 안 하니까.”

“……그러시군요. 주제 넘는 짓을 해서 죄송해요. 역시 한창 마왕 토벌의 여정을 나아가는 중인데 작은 마을 하나의 존망에 신경 쓸 수는 없는 거로군요. 설령 몬스터에게 유린당할 가능성이 있을지라도 내치는 비정함도 필요하다고.”

“어째 듣기 안 좋구나. 그런 게 아니라, 이제까지 마을이 무사히 지낸 이상 어떻게든 마을을 지킬 수단이 있으리라 생각하는 거다. 정말로 그렇게까지 방어가 허술한 마을이었다면 지금 연행되는 도적단도 약탈을 시도했겠지?”

"그렇기는 하지만요."

레코는 코끝을 움찔움찔 움직였다.

"사룡님의 혜안대로, 확실히 마을을 지키고 있는 자가 있는 모양이에요. 마을의 인간들은『성녀님』,『샘의 성녀』등으로 부르고 있어요."

"성녀?"

"예. 오래전에 그 땅에서 죽었다는 성녀의 영혼이 지금도 마을 안을 순환하는 물에 깃들어 사악한 자를 물리친다고 해요. 확실히 제가 마을에 들어가려고 했을 때, 살짝 튕겨내는 힘을 느꼈어요. 대단한 힘은 아니라서 그대로 밀고 들어갔지만요."

나는 가만히 고개를 끄덕였지만 마음속으로는 "이 아이, 사악하다고 인정해 버렸어."라며 전율했다.

게다가 인정하고서도 그냥 넘겨 버렸다.

"슬슬 이 마차도 수로의 다리에 접어들 거예요. 사룡님께서도 작게나마 성녀라는 녀석의 힘이 느껴지시지 않나요── 느껴보면 아시겠지만 솔직히 저희 발끝에도 미치지 못해요. 마을 하나를 수호할 정도의 힘없는 존재라고 할 수 있겠죠."

아무렇지도 '저희' 같은 식으로 나를 포함시키지는 않으면 좋겠다.

마차에는 창문도 없지만 레코의 진행 파악은 정확했다. 얼마 안 되어 마차의 진동이 초원을 나아가는 매끄러운 느낌에서 돌다리를 달리는 거친 느낌으로 바뀌었다.

"여기예요. 여기가 성녀의 결계예요."

레코가 말한, 그때였다.

──도와주세요.

내 마음에 직접 이야기를 건네는 목소리가 있었다.

무심코 마차 바닥에서 일어서서 주위를 둘러봤다. 직접적인 소리가 아닌 목소리였다. 가까운 곳에 목소리의 주인이 있다고 단정할 수는 없겠지만 그럼에도 처음 경험한 텔레파시 느낌의 체험에 나는 겁먹었다.

──그 아이를 막아 주세요.

응?

하지만 이어진 목소리의 내용에 강렬한 친근감을 느꼈다. 그것을 보강하듯 목소리는 계속되었다.

──부탁드려요. 애완 도마뱀님. 부디 그 아이를 막아 주세요. 그 아이는 당신에게만 마음을 열고 있는 모양이에요. 당신의 설득이라면 귀를 기울여 줄지도 몰라요.

정체 모를 상대에 대한 공포와 경악은 물론 있었다. 하지만 그 내용은 내 마음에 뭉클하게 스며들었다.

아, 틀림없이 이것이 성녀님이다.

레코를 막을 수는 없다고 판단하여 내게 구원을 청한 것이었다.

그 마음은 너무도 잘 알 수 있었다.

나는 딱히 애완동물 취급을 정정하지도 않고 "일단 침략을 하지 않도록 설득은 했어요."라며 마음속으로 대답하려고 했다.

하지만, 그때.

"어리석은 놈. 이 분을 누구라고 생각하느냐. 위대하신 사룡 레벤디아 님을—— 하필이면 개나 고양이처럼 애완동물이라고 부르다니. 네놈은 지금, 지옥조차 미적지근할 죄를 범했다."

화제의 무시무시한 소녀에게 마음의 목소리는 도청당하고 있었다.

——……!

마음의 목소리를 통해 숨을 삼키는 기척이 들렸다. 그리고는 뚝, 실이 끊어지는 듯한 소리.

"저, 저기 그게 아니라고요, 성녀님? 이 아이는 조금 괴짜인 것뿐이고요. 성녀님?"

내가 변명했지만 대답은 전혀 없었다. 도망쳐 버린 것이었다.

그도 그렇겠지. 무해한 애완동물이라고 생각했으니까 말을 걸었는데 사실상의 보스(누명)라고 판명된 이상은 나도 적으로 취급하겠지.

"지금의 도망 행위는 선전 포고로 봐도 되겠네요, 사룡님."

"너는 좀 끓는점을 상향 수정해. 순식간에 끓지 말고."

"하지만 사룡님을 애완동물이라고 불렀어요. 이건 성녀의 눈이 장식이라는 사실을 여실히 드러내고 있어요. 눈을 장식으로 달고 다니는 자한테 마을 수호를 맡길 수는 없어요."

"그러려나. 상당히 의지가 된다고 생각하는데 말이지."

애완 도마뱀이라는 것은 한없이 적절한 상황 판단이라고 생각했다.

　마차가 바퀴를 멈춘 곳은 마을 중앙에 지어진 신전 정면이었다.

　신전이라고는 해도 과도하게 화려하지는 않았다. 물이 끊임없이 콸콸 솟아나오는 샘이 있고 그곳을 사방으로 감싸듯 돌기둥이 세워져서 반구형 돔 지붕을 떠받치고 있었다.

　그것뿐이었다.

　조금은 멋이 들어간, 비막이가 있는 수원지라고 봐도 될지도 모르겠다.

　우리를 데려온 경비병은 아직도 살짝 죽은 눈빛이었지만 마을로 들어와서 조금은 기운을 되찾은 듯했다.

　"이 마을에 들어오는 자는 이 샘에서 성녀님을 배알하는 것이 관습입니다. 자, 가셔서 손으로 물을 떠 주시지요."

　"정말로 괜찮은 건가, 인간? 저 샘이 성녀라는 녀석의 근거지인 모양인데, 사룡님께 닿으면 그 사악한 기운에 패배하여 소멸되어 버릴지도 모른다고?"

　경비병을 찌릿 노려본 것은 레코였다. 나는 등 뒤에서 레코의 입을 막고,

　"정말 죄송해요. 이 아이는 조금 으름장을 놓는 버릇이 있거든요. 신경 쓰지 마세요."

　"……아뇨, 괜찮습니다. 저희 성녀님은 무적이니까요. 아무리

사룡 레벤디아 님이 상대일지라도 패배할 리 없습니다……!"

죽어 있던 눈에 신념의 불꽃이 깃들었다.

이 마을 주민들은 성녀님을 사룡에게도 필적할 정도의 존재로 믿고 있나 보다.

아까 마차 안에서 이미 결판이 나 버렸다는 사실은 굳이 말하지 않았다.

신전 바로 옆에 있던 연배가 있는 경비병도 차분한 음색으로 말을 이었다.

"물론이죠. 당신들이 이 마을에 해가 될 존재였다면 성녀님은 다리를 건너게 두지도 않으셨습니다. 하지만 이 둘은 아무 일도 없이 성녀님의 결계를 통과했죠. 그것만으로도 충분히 신뢰할 수 있다는 뜻입니다."

미안합니다. 나는 몰라도 이 아이는 억지로 밀고 들어왔습니다.

나는 틀림없이 그거겠지. 결계의 그물망에도 걸리지 않을 정도로 왜소한 존재였던 거겠지.

그럼에도 내가 샘으로 들어서기를 주저하는 사이, 더욱 주저해야 할 레코 쪽에서 거침없이 신전 안으로 발을 들였다.

그리고 샘물을 가볍게 한손으로 퍼서,

"──지금, 이곳에 성녀라는 녀석은 없군요. 묘한 기척이 마을 안을 어슬렁어슬렁 돌아다니는 걸 보면, 아마도 수로 안에서 계속 도망치는 중이겠죠."

신전을 향해 기도하던 영감님이 "엇." 하는 표정을 지었다. 나

는 황급히 레코 곁으로 달려가서,

"다들 기도하고 있으니까 그런 소리는 그만해."

"하지만 사실이에요. 성녀 이 자식, 사룡님을 모욕해 놓고는 얼굴마저 보이지 않다니, 이 무슨 오만한……."

"아니, 그게 말이다. 그런 식으로 화가 나 있다면 누구라도 무서워하겠지. 미소라고, 미소. 싸움을 하러 온 것 아니잖으냐?"

"──예. 싸움이 아니에요. 천벌이에요."

"웃으면서 천벌이라니 어쩐지 사이코 같네."

경비병들은 창을 들고서 근처에서 대기하고 있었다. 수비 역할이기는 할 테지만 내 안력으로 대충 살펴도 강해 보이는 병사는 거의 전무했다. 막 들어온 신참이나 재능 없이 나이만 먹은 노병이었다. 지난번 페류도나와는 천지 차이였다. 지리적으로 그렇게 멀지 않은데도 이렇게까지 숙련도 차이가 있는 건가.

그중에 한 사람이 걸어 나와서,

"그, 그럼 성녀님께 대한 예배도 마친 모양이니 괜찮으시다면 숙소로 안내해 드릴까 하는데요."

"예배가 아니다. 선전포──."

"그렇구나! 너도 빨리 쉬고 싶겠구나! 자, 레코. 얼른 가자고!"

아슬아슬하게 얼버무리는 데 성공했다.

경비병들은 내가 갑자기 큰 소리를 치자 뒤로 물러났지만, 아무리 그래도 그것 때문에 덤벼들 만큼 성급하지는 않았다. 그대로 경계하는 기색을 드리우면서도 숙소를 향해 마차를 움직여 주었다.

"……잘도, 이렇게나 경계하면서도 마을로 들여보내 줬구나. 그만큼 성녀님이 신뢰받는다는 걸까……?"

"사룡님의 위엄 이야기를 잘 듣고서 묵고 싶다는 부탁을 거절할 수 있는 사람은 마왕 정도뿐이겠죠."

"그런 협박성 교섭을 했구나. 앞으로는 절대로 하지 마."

가만 놔두면 이 아이는 점점 더 악랄해진다.

숙소로 가는 도중에 한숨을 내쉬면서도 마을의 풍경을 바라봤다. 민가나 상점이 있는 것은 신전 주위의 중심부뿐이고, 그 신전에서 방사형으로 뻗은 수로의 끝—— 외곽 부분은 거의 대부분이 밭이나 목초지였다.

본래 대규모 농원이라는 것은 작물의 약탈 방지나 토지 관리 같은 측면에서 왕후귀족이나 교회 같이 어느 정도 권력자가 운영하는 법이다.

그러나 이곳에서는 아니었다.

레코의 리서치에 따르면 이곳 세렌은 페류도나와 마찬가지로 자유도시에 해당되어 권력을 가진 군주는 없다. 어느 자유도시라도 일단 명의상으로는 어딘가 왕국의 영지로 되어 있다는데, 이 부근을 다스리는 왕에게는 그다지 실권이 없어서 유명무실한 존재라고 한다.

권력 대신에 농지의 안전을 담보하는 것은 물에 깃든 성녀님이었다.

수로를 뻗는 것만으로 그것이 깅력한(?) 결계가 되어 약탈자나 해로운 짐승 그리고 몬스터마저도 다가오지 못하게 된다나.

이만큼 농원에 적합한 장소는 좀처럼 없으니 결과적으로 잘 모르는 사람의 눈에도 알 수 있을 만큼 곡창지대가 되었다.

"──성녀의 기척이 더더욱 멀어지고 있어요. 설마 마을에서 도망칠 생각일까요."

하지만 벌써부터 다음 수확이 걱정되기 시작했다.

이대로는 마을의 농부를 모조리 길바닥에 나앉게 만들어 버린다.

"……알겠느냐, 레코. 중오는 아무것도 낳지 않아."

"사룡님……?"

"네가 말하는 신마대전이라느니, 뭔가 과거의 이런저런 일이라느니, 이렇게…… 수많은 싸움 끝에 나는 깨달았다. 으음…… 응…… 뭔가 이렇게…… 이야기하는 건 좋구나, 라고."

스스로도 발언의 깊이가 얕았다.

"그렇군요. 역시 사룡님. 압도적인 힘을 배경으로 한 대화는 때로 싸움 이상으로 전과를 거둔다는 말씀이시군요."

"압도적은 힘은 배경으로 하지 않는 방침으로 부탁할게."

여전히 레코와의 대화는 교섭의 테이블이 처음부터 뒤엎어진 상태였다. 게다가 결코 돌이킬 수 없도록 차례차례 테이블 뒷면에 바위가 쌓이고 있다.

나는 한숨을 내쉬고,

"……어, 레코. 나는 산책을 좀 하고 싶다. 너는 경비병 분들 말대로 따르면서 얌전히 숙소에서 기다려라. 마을을 나온 뒤로 변변히 쉬지도 못했으니까 목욕이라도 하면서 느긋이 보내도록 하거라."

"알겠어요."

마차를 멈추어 달라고 한 다음 그대로 내렸다. 조금 억지를 부려서 감시 중인 경비병들도 떼어 놓았다. 아무래도 떨떠름한 태도였지만 마을을 지키는 성녀님에 대한 신뢰가 끝내는 그것을 가능케 했다. 그리고 레코의 무한한 위압이.

남들의 시선에서 해방되어 길에 남겨진 나는 길가를 흐르는 용수로를 들여다보고,

"이봐. 성녀님. 오해라니까. 나는 단순히 무력한 드래곤이고, 레코도 저래 보여도 근본은 착한 아이니까. 며칠 정도만 쉬게 해 주면 폐 안 끼치고 나갈게. 부디 마을 사람들을 위해서라도 도망치진 말아 줘. 네가 사라지면 밭이 엉망이 되어 버리잖나?"

그럼에도 대답은 없었다. 아무래도 완전히 신용을 잃었나 보다.

길가에서 망연자실해서는 수로를 들여다보고 있었더니 등 뒤에서 목소리가 들렸다.

"와 굉장해! 드래곤이야, 드래곤!"

"우와―! 진짜?!"

돌아보니 아이들 몇 명이 길가의 민가에서 우르르 튀어나와서 내 주위로 모여들었다.

"상인 아저씨가 기르는 드래곤인가?"

"길을 잃었을지도?"

"배가 고프지 않을까?"

또다시 애완동물로 오해를 받고 있었다. 이런 광경을 본다면 또 레코가 격노해 버릴 거라 생각한 나는 얼른 변명을 입에 담았다.

"저기, 나는 애완동물 같은 게 아니라──."

"말했어!"

경솔하게 말을 꺼낸 것이 혼란에 박차를 가했다. 아이들 입장에서 보면 말을 알아듣는 드래곤은 딱 적당한 장난감이겠지. 이렇게 되자 완전히 구경거리인 동물 취급으로, 나도 억지로 포위를 빠져나갈 수는 없었다. 내가 약하다고는 해도 작은 어린아이한테 부딪히면 넘어뜨리고 말지도 모른다.

──그래서.

"자, 도라도라~. 우리 채소 자투리야~. 맛있지~."

"아~ 치사해~. 우리 감자도 먹어 봐~."

"음. 전부 맛있구나."

이렇게 먹이를 받아먹는 것은 어쩔 수 없는 일이었다. 결코 상황에 휩쓸린 것은 아니었다.

오랜만에 나는 마음속에서 우러나는 안도를 얻고 있었다.

하지만 오래 이어지지는 않았다.

아이들의 장난감이 되어 평화롭게 채소를 먹는 동안에는 괜찮았다. 하지만 해가 기울기 시작하고 아이들이 뿔뿔이 흩어져서 돌아가 버리자, 나는 심각한 실수를 깨달았다.

숙소가 어딘지 모른다.

행선지도 묻지 않고 내려 버렸으니 어느 숙소를 준비해 주었는지 여전히 불명이었다. 물론 나는 『사룡의 천리안』 같이 길을 찾는 것은 불가능하다. 그럴 수 있었다면 레코에게서 도망칠 길을 가장 먼저 찾았다.

신전 근처에는 경비병 초소가 있었을 터. 미아 선언의 목소리를 높이고 도움을 청하는 데 심리적인 저항은 없지만, 사룡으로서는 있을 수 없는 한심한 모습을 드러내어서는 레코에게 약하다는 사실을 발각당할 수도 있다.

반대로 위압적인 태도로 길안내를 명령해도 문제였다. 정체가 탄로 날 것만 같고, 너무 화나게 만들었다가는 반란을 일으킬지도 모른다. 성녀님의 가호가 있다고 믿는 그들에게는 사룡도 절대적인 존재가 아니다.

"어쩔 수 없구나. 밖에서 자자."

생각의 전환이다. 산책의 흥에 취해서 숙소로 돌아가는 것을 잊었다는 식으로라도 하면 된다. 내일은 내일의 태양이 뜬다. 어슬렁대는 사이에 숙소도 찾을 수 있겠지.

밖에서 자는 것은 내게 일상다반사였다.

작은 인간의 집에서 자는 건 좁아서 괴로우니── 좁아?

"이런. 아침까지 기다렸다가는 약효가 떨어져 버리겠지. 현상금이 걸린 거구로 레코도 없이 잤다가는 무모한 모험가가 습격할지도 모르지."

앞에 한 말은 취소. 역시 잔다면 안전한 숙소밖에 없다.

밤을 새며 날이 밝기를 기다린다는 선택지는 없었다. 어젯밤에는 수신에게 밤새도록 훈련을 받은 탓에 아침에 잠깐 잔 것을 제외하면 거의 자지 않았다. 이 나이에 이틀 연속 철야는 솔직히 힘들다.

"그렇다고 해도 찾을 수 있을지……."

관광지는 아니지만 농작물을 매입하러 온 상인을 상대하는 것인지 여관은 몇 채나 이어져 있었다. 그중에서 레코가 묵고 있는 곳을 콕 집어 찾는다니 불가능했다.

역시 길 안내가 필수다.

내 한심한 모습을 알고도 배신하지 않는, 청렴결백한 안내자가──.

이 마을 주민들이 어떤 사람인지 모르는 내가 의지할 수 있는 인물은 단 한 사람밖에 없었다.

『부탁드립니다, 성녀님. 부디 저를 숙소까지 이끌어 주시기를. 며칠 같은 호사스러운 소리는 더 이상 하지 않겠습니다. 무사히 하룻밤 묵을 수 있다면 내일에는 마을을 떠날 터이오니.』

수로를 향해 진지하게 기도해 봤다. 흘러가는 물에는 거의 저문 저녁 해가 반짝반짝 난반사되고 그밖에 이렇다 할 변화는 없었다.

그럼에도 그저 계속 기도했다.

마을을 계속하여 지키고 있을 정도다. 틀림없이 성녀님은 좋은 사람이다. 내 본심이 전해진다면 분명히 길안내 정도는 해줄 것이 틀림없다.

버석, 바로 옆에서 풀을 가르는 소리가 났다.

용수로를 사이에 두고 맞은편 밭—— 아직 푸르고 키 큰 밀이 빽빽한 장소에서, 벌벌 떠는 기색의 소녀가 얼굴을 내밀고 있었다.

무언가 기묘한, 레코보다도 더 어린 소녀였다.

의복이 전체적으로 언밸런스했다. 농부답게 흙으로 더럽혀진 밀짚모자를 눌러 쓰고 있으면서도 투명한 푸른색 머리카락은 땅에 닿을 정도로 길어 고귀한 여성으로 여겨졌다. 밭을 걷기에는 도저히 걸맞지 않은 샌들에 허리를 리본으로 크게 두른 화사한 겹옷.

"……저, 저기, 도라도라지? 왜 나, 아까 놀았잖아? 기억나? 아, 기억 안 나니? 애들이 잔뜩 있었는걸. 한 사람 정도는 잊어버려도 이상할 것 없지?"

이런 특징적인 소녀라면 절대로 기억 못 할 리가 없다.

"그, 그러니까. 왠지 도라도라가 곤란한 모양이라서, 돌아왔어……."

"밭에서?"

엄청난 루트네. 그녀의 집은 어디에 있는 걸까.

"아니에요 조금 우회했을 뿐이에요! 거짓말 아니니까 화내지 마세요! 아, 하지만 괜찮지—— 아이한테는 상냥한 거지? 이 모습이라면 괜찮은 거지? 아니 아무것도 아니야. 어쨌든 도라도라, 곤란한 일이 있다면 뭐든 들어줄게. 나는 상냥하고 순수하며 친절한 마을 아이니까, 설령 길 안내라도 전혀 문제없어!"

너무도 필사적인 변명에 나는 모든 것을 깨달았다.

"저, 저기. 도울 일, 뭐 없을까?"

나는 모르는 척 고개를 끄덕이고,

"음. 그렇구나. 동행이 묵고 있는 숙소가 어딘지 몰라서 말이지. 괜찮다면 짚이는 곳을 안내해 주지 않겠나?"

"응! 나, 엄청 감이 좋으니까 아마도 금방 찾을 수 있어! 안심해 도라도라!"

"참 고맙네. 그럼 갈까."

"응! 그러니까 숙소에 도착하면 내일 곧바로 나가──아무것도 아냐!"

소녀로 변장한 성녀님은 실로 시원시원하게 길을 안내했다.

마치 마법에 걸린 것 같이 지름길로 마을 각처를 이리저리 돌아, 내 느린 다리로도 불과 몇 분 만에 숙소에 다다르고 말았다.

"도착했어! 이 여관 제일 안쪽 방에 같이 온 여자애가 묵고 있을──거라 생각해. 내 감!"

"응. 고맙구나. 아마도 감은 맞을 테니까 여기까지면 됐어. 약속대로 내일 아침에는 이 마을에서 나갈 테니까 안심해."

숙소 입구 앞에서 성녀님께 감사의 인사를 하자 그녀는 갑자기 눈 가득히 왈칵 눈물을 쏟아냈다.

"만세~! 이겼다~! 나, 이겼어~! 마을 여러분~!"

승리의 여운에 빠진 그녀에게 멀찍이서 다시 한번 머리를 숙이고, 나는 여관으로 들어갔다. 경비병이 이야기를 해 두었는지 나 같은 동물이 들어와도 주인은 잠자코 넘어가 주었다.

문을 머리로 두드려 노크하자 1초도 안 되어 안쪽에서 열렸다.

"돌아오셨나요, 사룡님. 마을 사전 답사는 어떠셨나요?"

"답사가 아니라 산책이다. 마치 지금부터 뭔가를 저지르려는 것 같은 표현은 좋지 않다고 생각해."

그보다도, 라며 나는 이야기를 전환해서,

"너도 제대로 얌전히 있었느냐. 경비병이나 여관 사람한테 폐를 끼치지는 않느냐?"

"괜찮아요. 사룡님께서 말씀하신 대로, 제 온 힘을 다해서 얌전히 있었어요."

"얌전히 있는 데 그렇게나 힘을 쓰나?"

내 불안은 대개 나쁜 쪽으로 적중한다.

"죄송해요. 미숙한 탓에 사룡님의 진의를 헤아리는 데 조금 시간이 걸리고 말았어요. '목욕이라도 하면서 느긋하게', 이건 물로 둘러싸인 환경 아래에 몸을 두고, 이 마을의 물과 동화한 성녀의 본질을 진중하게 찾으라는 이야기였군요."

"그랬던가. 나 정말로 그런 소리를 했던가."

"그 결과, 저는 마을 물에 녹아든 성녀의 마력을 해석하는 데 성공했어요."

어쩐지 레코는 혼자서 엄청난 일을 한 모양이었다. 굳이 깊이 묻지는 않고 흘려 넘길 생각이었지만, 이어진 레코의 발언은 그야말로 폭탄 그 자체였다.

"뒤늦게나마 저도 이해할 수 있었어요. 사룡님께서는 이미 보고 계셨던 거군요. 그 성녀의 정체가── 몬스터라는 사실을."

예? 나는 고개를 갸웃거렸다.

"저기, 성녀님이라는 건 옛날 옛적에 죽은 사람이 수호신 같은 존재가 된 거 아니었나?"

"예, 겉으로는 그렇다고 해요. 하지만 제가 거슬러 올라간 마력 안에── 어렴풋하지만 마성에 속한 자의 기운을 느꼈어요. 정말로 성녀라고 칭해질 자였다면 그런 기적이 뒤섞일 리가 없어요."

레코의 추측은 허투로 볼 수 없었다. 인지를 초월한 능력을 이제까지도 유감없이 발휘했고 어긋난 적도 거의 없었다.

──하지만.

"사실 나, 아까 성녀님과 만나고 왔는데."

그 태도를 보면 그녀의 성질은 결코 나쁜 것이 아닌 듯 여겨졌다. 몬스터라는 정체를 속이고 그런 연기를 할 수 있다면 좀 더 제대로 마을 아이인 척할 수 있었을 테지.

"그렇다면 제 기우였나요. 이미 성녀를 말살했다면 문제는 없어요."

"말살 안 했다고? 만났다고 했을 뿐이니 말살했다며 지레짐작하지 말고."

"그럼 아직 이용가치가 있어서 놔둔다──는 말씀이신가요?"

"그것도 아니고. 알겠느냐? 레코, 너는 좀 더 평화적으로 생각해야 해. 그런 식으로 항상 살벌한 사고방식을 가지고 있다가는 정말로 나쁜 사람이 되고 말아."

한쪽 다리를 들어 레코의 어깨를 툭툭 두드렸다. 레코는 잠시 어리둥절했지만 이윽고 천천히 고개를 끄덕였다.

"알겠어요, 사룡님. 사룡의 권속으로서 잔챙이 악당 같은 손익 감정에 구애되지 않고 보다 웅대한 시야를 갖추라는 말씀이시군요."

"응. 잘 모르겠지만 그런 느낌이네. 그래서, 이야기를 좀 더 자세히 듣고 싶은데. 성녀님이 몬스터라는 증거 같은 건 있느냐? 가능하다면 객관적인 걸로."

"자백이라면 금방 짜낼 수 있어요."

"그만 좀 해 줘."

듣지 않아도 알겠다. 틀림없이 악질적인 심문을 할 생각이다. 그렇지 않다면 어째서 허리춤의 단검으로 손을 뻗고 있지. 바로 앞에서 레코에게 협박당한다면 몬스터가 아니라도 자백해 버리겠지. 실제로 나는 사룡이 아닌데도 사룡이라며 지내는 처지가 되었다.

"어쨌든 명확한 증거는 없잖느냐? 그렇다면 과한 생각이야."

"그렇다면 좋겠지만요."

"그렇게나 신경이 쓰인다면, 내가 내일 다시 한번 성녀님과 이야기를 해 볼 테니까. 안력에는 조금이나마 자신이 있으니까 잘 집중해서 이야기하면 좋은 사람인지 아닌지 정도는 알 수 있을 거다."

"그런가요. 사룡님께서 그렇게 말씀하신다면 안심이에요."

레코는 만족스럽게 온화한 표정을 지었다.

간신히 한숨 돌린 나는, 이번에는 잊지 않도록 항아리의 약을 확실하게 마시고 방 한구석에 엎드렸다.

"사룡님. 바닥 같은 데서 주무시지 않더라도 이쪽에 침대가 있는데요."

"괜찮다 괜찮아. 인간 침대는 내게 안 맞아. 네가 쓰도록 해라."

"하지만 그래서는 제가 사룡님보다 높은 위치에서 자고 말아요. 주인보다 높은 위치에서 자다니 권속으로서는 있을 수 없는 폭거예요."

"너, 자주 내 등에서 자잖아."

그런 쪽은 어떻게 해석할까 싶었는데, 레코는 태연하게 이야기를 흘려 넘기고 내 옆에 누웠다.

모처럼 넓은 방을 준비해 줬는데도 구석에 한데 뭉쳐서는 바닥에서 자다니 참으로 재미없다.

"적어도 이불 정도는 바닥에 깔아라. 감기에 걸리거나 몸 상태가 나빠지면 안 되니까."

"그럼 사룡님도."

"그래 그래."

사실은 건초 같은 것을 까는 편이 취향이지만, 그렇게 생각하면서도 나는 레코가 깔아 준 이불에 몸을 뉘었다.

"손님~. 아침식사가 준비됐습니다~. 가져와도 될까요~."

노크 소리에 눈을 떴다. 커튼 너머로 창밖을 보니 하늘은 아직 짙은 푸른색으로, 한시가 급한 행상인도 아니고서야 아침을 먹기에는 너무 이른 시간대였다.

"뭐냐, 이렇게 빨리……."

이불에 뺨을 비비며 아쉽게 늙은 몸을 일으켰다.

"……사룡님의 수면을 방해하다니 용서할 수 없어요."

내 등에서 자다 깬 것 같은 레코의 목소리가 들렸다. 나란히 잤을 텐데 어째서 어느샌가 타고 있었는지. 그건 지금 제쳐 놓고.

나는 바닥을 기어 문을 향해 말했다.

"일단 식사는 방 앞에 놔두면 되네. 배가 고프면 먹을 테니."

"세상에! 저희 여관의 아침식사는 갓 만든 게 생명이에요!"

쾅쾅 억지스러운 노크가 이어졌다. 무척 억지가 심한 여관이었다.

"닥치게 만들까요?"

"됐다. 일단 열어 줘."

레코가 불온한 기척을 뿜었기에 나는 문을 열어 달라고 부탁했다. 그리고 레코가 문을 열자마자 시야에 날아든 것은──.

"예이예~이. 저희 여관이 자랑하는 신선한 큰 메기 가마구이예요~. 세상에나 오늘은 특별히 여행 도중에 도움이 될 보존식 건어물과 치즈도 준비되어 있어요~. 이것 참 정말 좋은 날씨네요. 이래서야 아침에 얼른 출발하고 싶어져 버리겠네요? 자, 얼른 잔뜩 드시고 기운내서 여행을 가시자고요?"

어제의 여자아이(성녀님)였다.

엄밀하게 말하자면 외모는 어느 정도 바뀌었다. 키는 성인 여성 수준으로 자랐고, 어제와 비교해서 목걸이 같은 액세서리가 마구잡이로 늘어났다. 한편 너무나도 화려한 복장과 달리 종업원으로 변장했다는 것인지 앞치마는 제대로 두르고 있었다. 밀짚모사노 이번에는 삼각건이었다.

내가 말을 잃은 사이, 커다란 접시를 실은 수레를 드르륵 방 안으로 옮겼다.

"저기…… 어어……?"

"잠깐만. 네놈──."

역시나 레코도 알아차렸나.

"사룡님께서는 풀을 좋아하신다. 생선은 별로야."

"아, 그쪽 이야기냐."

메뉴에 신경을 쓰면서도 레코는 연신 코를 움직이며 알맞게 잘 구워진 메기 냄새를 맡고 있었다. 아마도 빨리 먹고 싶은 거 겠지.

"그, 그럼──그렇지! 잠깐만 기다려 주세요! 도라도……가 아니라, 손님 취향에 맞는 식사를 바로 준비해서 올 테니까요!"

발길을 돌려 성녀님이 복도를 달려갔다. 나는 안절부절못하며 식사를 기다리는 레코를 향해,

"저기, 레코. 전혀 관계없는 이야기를 하겠는데, 나는 역시 성녀님이 나쁜 사람으로 여겨지지는 않는구나."

"갑자기 무슨 말씀이세요?"

"아니, 어쩐지 그런 이야기를 하고 싶은 기분이라서 말이다."

레코의 감이 옳다면 어쩌지 하는 불안도 있었기에 이것으로 안심할 수 있었다. 집중해서 봐도 덜렁대기는 하지만 악의 같은 것은 전혀 느껴지지 않았다.

그리고 복도 저편에서 성녀님이 달려서 돌아왔다.

양손에 커다랗게 품어든 소쿠리에는 흙투성이가 돼 너덜너덜한 채소가 담겨 있고——.

"이 부근 밭에 굴러다니던 채소 부스러기예요! 이거 좋아하죠?!"

그때 레코의 표정을 나는 직시할 수가 없었다.

한순간이 영원으로 바뀐다. 단검을 번뜩이는 금속음이 싸늘한 적막을 만들어낸다.

"죽인다."

"죽이면 안 돼!"

"꺄아————악!"

한순간에 적막이 깨지면 남는 것은 이제 혼란뿐이다. 덤벼든 레코에 채소를 털어 방패로 삼은 성녀님. 그리고 제지하며 소리를 지르는 나.

아슬아슬한 참에 제지가 먹혀들었는지, 레코의 마수는 채소를 산산이 박살낸 참에 멈췄다. 다만 접시가 바닥에 떨어졌을 때는 이미 성녀님은 푸른 머리카락을 휘날리며 복도 모퉁이로 사라져 버렸다.

레코는 잔뜩 부라리는 눈으로,

"사룡님. 어째서 막으셨나요……."

"어째서라니. 가볍게 사람을 상처 입히려고 해서는 안 된다. 혹시 만에 하나라도 일이 벌어지면 돌이킬 수 없겠지."

"하지만 저자는 사룡님의 식사에 쓰레기나 마찬가지인 것을 ──."

"괜찮다 괜찮아. 자잘한 일로 화를 내서 진정한 강자라 할 수 있겠느냐. 게다가 나는 채소도 좋아하니까."

나는 바닥에 떨어진 산산조각 난 채소를 먹었다. 상당히 오래된 채소였기에 그렇게까지 먹고 싶은 것도 아니었지만, 이렇게라도 해 두지 않으면 레코의 분노는 그치지 않을 것이다.

"그럼, 사룡님. 그렇게 드시지 말고……. 제가 모을 테니까 조금만 기다리시면."

"됐다니까. 그보다도 말이다, 레코. 나는 너도 강자의 풍격을 가져 주었으면 한다."

"강자의 풍격……인가요? 사룡님처럼 위압만으로 모든 적을 날려 버리는 것처럼……?"

"그런 물리적인 풍격은 좀 다르려나. 내가 말하고 싶은 건 마음가짐 쪽이다."

나는 짐짓 그럴싸하게 "어흠." 헛기침을 했다.

"너는 나── 사룡 레벤디아의 권속이다. 그 발톱은 자잘한 다툼에서 휘둘러도 될 만큼 가벼운 것이 아니야. 그러하니 네가 충분하게 자각을 가질 때까지는, 내 허가 없이 힘을 휘두르는 것을 금지하마. 아, 몸을 지킬 때 같은 경우는 예외로. 달리 어쩔 도리도 없을 때는 싸워도 되지만, 그래도 죽이거나 하면 안 되니까."

지금 와서 생각하면 처음부터 이렇게 명령해 둘 것을 그랬다. 이것으로 레코도 부주의한 교전을 피해 주겠지. 스스로 생각해도 묘안이었다.

나는 기뻐서 환하게 웃으며 혼자 끄덕였다. 그리고 "알겠느냐?" 하며 레코를 향해 시선을 되돌리자──.

상상 이상으로 침울해 하는 레코의 모습이 있었다.

정좌한 채로 고개를 푹 숙이고, 눈에는 빛이 완전히 꺼졌다. 이 세상에서 모든 희망이 사라진 듯한 표정. 당장에라도 몸에서 혼이 빠져나가 버릴 것만 같았다.

"레, 레코? 왜 그러느냐? 그렇게까지 침울해 할 것 없다고? 앞으로는 조심하면 그만이니까."

쿠──웅, 그런 효과음이 등 뒤에 떠오른 듯한 레코는 고개를 숙인 채로,

"그랬나요…… 저로서는 사룡님의 권속으로 걸맞지 않았나요……."

"아니아니. 그런 의미가 아니라."

"배려해 주실 것 없어요……."

정좌한 상태로 스륵스륵 다리를 움직여서 방 한구석으로 이동했다. 벽에 이마를 대고 생기를 잃은 모습은 그저 보는 것만으로도 내게 죄책감을 품게 만들었다.

"있잖느냐, 레코. 나는 딱히 널 환멸했다든지 그런 게 아니야.

오히려 네가 권속이 되어 주어서 다행이라고 생각한다.”

아직 레코는 묵묵히 고개를 숙이고 있었다.

“너는 아직 어리니까, 앞으로 더욱 성장한다면 되지 않겠느냐.”

아직도 침묵하고 있었다.

“그건 그렇고, 강한 모습에는 정말로 의지하고 있다. 네가 없다면 나는 제대로 지낼 수 없을 정도니까.”

귀가 움찔 움직였다.

“이것 참, 이렇게나 굉장한 권속을 얻을 수 있어서 나는 행복하구나. 5000년을 살면서 너만큼 재능이 넘치는 인간은 본 적이 없었으니 말이다.”

정좌한 자세 그대로 레코가 팔짝 1회전하여 이쪽을 돌아봤다.

“아, 기운이 났느냐?”

“아뇨. 미숙함이 부끄러울 뿐이에요. 아직도 무척 침울해요.”

“눈이 무척 반짝이는 것 같은데.”

“기분 탓이에요.”

“기분 탓인가.”

“하지만 한 번만 더 밀어 주시면 다시 일어설 수 있을 것 같아요. 마그마처럼 힘이 샘솟을 것만 같은 예감이 들어요. 그리고 원푸쉬해 주신다면 마왕마저 날려 버릴 새로운 기술을 회득할 수 있겠죠. 자.”

쓱쓱, 양손을 맞잡고 내게 요구했다. 표정도 아주 뻔뻔스러웠다. 어찌 봐도 완전히 회복한 상태였다.

나는 "안 돼 안 돼."라며 고개를 가로저었다.

"너무 응석을 받아 주는 건 널 위한 일이 아니겠지. 그리고, 새로운 기술 같은 건 정말로 안 되니까."

"그런가요……. 안타깝지만 그러시다면 또 다른 기회에 칭찬을 받을 수 있도록 분골쇄신하여 노력할게요."

"너무 노력하지는 말고. 어깨의 힘을 빼는 게 제일이야."

오랜만에 나는 진심으로 우러나는 미소를 지었다. 이만큼 말했으니 갑자기 날뛰거나 하지는 않겠지.

"그럼 나는 밖에 좀 다녀오마. 어제도 말했다시피 성녀님과 이야기를 하고 올 테니까."

"알겠어요."

"그렇지, 레코. 너도 앞으로는 자중을 마음에 새기게 되었으니 밖에서 놀다 오는 게 어떠냐? 어제 보았는데, 이 마을은 너와 같은 또래의 아이들도 많은 것 같더구나. 가볍게 한숨 돌릴 겸, 또래 아이들이랑 노는 것도 괜찮지 않겠느냐?"

묘한 힘에서 멀어져 아이들과 접촉한다면, 레코의 마음에도 상쾌한 바람이 불어올지 모른다. 그리고 무언가 기적으로 힘이 사라진다면…… 좋겠는데…….

경례 자세로 내 제안에 응한 레코는, 잠옷으로 입고 있던 통짜로 된 옷에서 알리안테에게 받은 로브로 갈아입기 시작했다. 어제 빨래를 했는지 풀물로 더러워진 부분도 깔끔하게 세탁되어 있었다.

"그럼. 나는 먼저 나갈 테니까. 문단속 제대로 하고."

레코의 배웅을 받으며 복도로 나갔다. 우선은 성녀님을 찾아야 한다. 역시 행선지는 샘의 신전일까──.

　철퍽.

　복도를 내디딘 발에 갑자기 차가운 감촉을 느꼈다.

　시선을 떨어뜨리니 나무로 된 복도에 상당한 크기의 물웅덩이가 만들어져 있었다.

　누가 물이라도 쏟은 걸까? 하지만 양동이를 통째로 엎은 정도의 수량이었다. 그만한 일이 있었다면 큰 소리가 나서 알아차리지 않았을까.

　그때, 갑자기 물웅덩이 안에 성녀님의 얼굴이 비쳤다.

　깜짝 놀라서 등 뒤를 돌아봤지만 아무도 없었다. 그렇다는 것은, 성녀님이 있는 곳은 말 그대로 '물웅덩이' 안이고──.

　"거, 거, 거, 걸려들었구나──! 에이야──압!"

　첨벙.

　이번에는 물웅덩이를 밟은 것만으로는 불가능한 엄청난 소리가 나고, 내 몸은 바닥없이 깊은 물속으로 끌려 들어갔다.

＊

　복도 모퉁이에서 갑자기 사룡님의 기척이 사라졌다.

　레코는 갑자기 생각에 잠긴 표정을 지었다.

이상했다. 확실히 사룡님은 자유자재로 아공간을 만들어 내그 안을 활보할 수 있다. 하지만 사룡님이라는 강력한 존재가이 세상에서 일시적으로라도 사라지는 것은, 자연계의 조화 측면에서 바람직하지 않은 사태였다.

큰 기둥을 잃은 집이 삐걱대고 무너지듯이, 세계 역시도 사룡님 없이는 평정이 유지되지 않는다.

무척 사려 깊으신 사룡님은 그 사실을 숙지하고 있다. 실제로 레코를 권속으로 삼은 뒤로는 한 번도 공간 왜곡의 기술을 사용한 적이 없었다.

"──그렇다면."

옷을 모두 갈아입은 레코는 어느 가설을 세우며 모퉁이를 걸었다. 그곳에 있던 것은 마치 비라도 들이친 것 같은 물웅덩이였다.

"역시 그냥 물이 아니야."

이 마력은 어젯밤에도 감지한── 성녀를 사칭하는 몬스터의마력이었다. 이 타이밍에 함정을 설치했다면, 조금 전의 종업원은 십중팔구 성녀가 변장한 모습이었을 것이다.

물웅덩이를 응시하고 함정의 구조를 해독했다.

"사룡님께서 사용하시는 아공간 생성의…… 열화판에 가깝네. 물웅덩이를 입구로 해서 자신의 공간으로 끌어들이는 기술인가……. 어리석구나. 사룡님께 그런 잔재주가 통할 리 없지."

이렇게 성녀의 계략이 성공한 듯 보이는 것은 사룡님께서 대화를 바랐기 때문임에 틀림없었다. 즉, 굳이 걸려들어 준 모양 새였다. 가령 죽일 생각으로 성녀를 방문했다면 함정에 빠질 틈 조차 없이 산산조각으로 찢어 놓으셨을 것이다.

살의를 품은 사룡님을 앞에 두고 목숨을 부지할 수 있는 자는 이 세상 어디에도 존재하지 않는다. 사룡 레벤디아의 전승이 계 속 전해 내려오는 일부 지방에서는 현재도 『레벤디아』라는 단 어가 죽음과 같은 뜻으로 취급되는 것이다── 레코는 그렇게 생각했다.

그럼, 레코는 복도에 우두커니 섰다.

사룡님께서는 스스로 성녀에게 갔다. 어떤 의도를 품었는지 심모원려한 마음속을 들여다볼 수는 없지만, 자중을 명령한 이 상 권속인 자신이 섣불리 나설 수는 없었다.

그럼에도 지금 당장 함정을 파괴하고 싶다는 충동을 억누르는 것은 레코에게 무척 힘든 일이었다. 단검을 휘두르는 것만으로 도 성녀가 만들어 낸 아공간 따윈 손쉽게 붕괴시킬 수 있다.

"안 돼. 지금 내가 나서는 건 다시 말해 사룡님에 대한 모독. 그건 안 돼. 권속으로서 필요한 때만 나서겠어."

결코 나서지 않겠노라 자신을 굳게 다잡았다.

대신에 기분 전환으로 혼신의 살기를 담아 물웅덩이를 쏘아보 았다. 살기의 여파로 여관 창문이 전부 깨지고, 근처의 들개가 비명처럼 울음소리를 내지르고, 맞은편 건물 세 채에 걸쳐 마구 간 안에 있던 모든 말이 날뛰었다.

──좋아.

이것으로 울분이 조금은 풀렸다. 어디까지나 살기뿐이지 나서지는 않는다. 뒷일은 사룡님께서 명령하신 대로 밖에서 놀고 오자.

"우왁! 이게 뭐야. 창문이 전부 깨졌잖아!"

당황한 여관 주인 옆을 지나쳐서 레코는 밖으로 나왔다. 고급스러운 로브를 걸쳤지만 발만큼은 맨발 그대로였다. 여기사 알리안테가 신발도 함께 주었지만 거절한 것이었다.

어떤 훌륭한 신발일지라도 사룡님의 권속이 전력으로 질주할 때에 버틸 수 있는 물건이 아니었다.

그 증거로 사룡님은 항상 아무것도 몸에 걸치지 않는다.

사룡님 레벨이 되면 공기의 마찰만으로 전설의 갑옷일지라도 증발시켜 버린다. 아무것도 몸에 걸치지 않고 비늘만을 두르는 것이 사룡님의 기본이자 지고의 스타일인 것이었다.

다시금 사룡님의 위대함을 실감하며 걸어가는데, 길 맞은편에서 아이들 몇 명이 시끌벅적 떠들며 달려왔다. 각자의 손에는 채소 자투리나 나무뿌리 따위가 들려 있었다.

"도라도라 어디로 가 버렸을까―?"

"어디 여관에 묵을 생각이라고 그랬지?"

권속의 직감을 바탕으로 레코는 헤아렸다. 과연, 그들은 도라도라라는 진귀한 동물을 찾고 있는 모양이었다. 그러고 보니 야단을 맞을 때, 인간의 풍속을 배우기 위해서라도 아이들과 놀아보라고 사룡님이 말했다.

마침 잘됐어. 레코는 그렇게 판단하여 아이들의 무리에 다가

갔다. 허리춤에서 뽑은 단검을 하늘 높이 들고,

"거기 있는 인간 아이들아. 나를 유희의 일원으로 참가시켜줬으면 한다. 그 도라도라라는 것을 사냥하는 놀이겠지? 내게 맡겨 줬으면 좋겠어. 발견 즉시 필살로 베어 주지."

아이들이 술렁였다.

레코는 고개를 갸웃거렸다. 이상하다, 지극히 자연스러운 말투로 권유했는데도 어째서 경계하는 것인가.

아마도 그들은 그런 놀이를 생각했을 터였다. 채소 자투리는 도라도라라는 것을 꾀어내는 미끼이고 나무뿌리는 어리석게도 모습을 드러낸 도라도라를 때려서 쓰러뜨리기 위한 무기다.

한 소년이 쭈뼛쭈뼛 말했다.

"저, 저기. 아니야. 도라도라를 다치게 하면 안 돼."

"다치게 하지 않는다── 그러니까 가죽의 가치가 있는 생물? 알았어. 내부부터 파괴할게."

"그러니까, 그런 게 아니라고! 도라도라는 어제부터 이 마을에 와 있는 드래곤이야. 채소를 좋아하고, 무척 얌전하고 똑똑해. 그런 식으로 괴롭히면 안 돼."

그런 것이었나, 레코는 수긍했다.

드래곤도 여러 종류가 있는 듯했다. 사룡님처럼 강하며 위대한 존재도 있는 한편, 그런 식으로 도마뱀에 털이 난 정도의 존재도 있는 것이었다.

"알았어. 나도 같이 그 도라도라를 찾을게."

아이들은 불안한 듯 서로 시선을 마주했지만 걱정은 필요 없다. 사룡님으로부터 받은 제3의 눈이 있다면, 그런 허약한 드래곤 따윈 당장 찾아내서── 안 된다.

가볍게 능력을 사용하지 말라고 혼이 날 뿐이다. 고작해야 놀이에 쓰다니 그럴 가치도 없다.

그렇다면 의지할 수 있는 것은 평범한 오감뿐. 눈을 감고 귀를 기울여 거리의 소리를 골라낸다. 인간이나 우마의 발소리는 제외하고, 그 이외의 특징을 가진 발소리를 찾는다.

"이건."

드래곤은 아니지만 기억에 있는 소리를 아득히 저편에서 포착하고 레코는 미간을 찌푸렸다. 이 소리는, 존재해서는 안 된다.

"아이들. 노는 건 조금만 기다려 줬으면 해. 용건을 마치고 올게."

"어, 잠깐만."

단검을 뽑아들고 있는 힘껏 땅을 박찼다. 능력을 해방할 수 있다면 날개를 꺼내어 비상했을 테지만 금지된 이상은 순수한 신체 능력으로 이동할 수밖에 없다. 전력보다는 무척 느리지만 그래도 경치는 순식간에 뒤로 흘러갔다.

결계를 겸하여 흐르는 용수로를 몇 개나 뛰어넘어 마을 외곽으로 향했다. 그동안에 근처에서 피난을 재촉하는 경종이 울렸지만 레코에게는 관계없는 일이었다.

돌다리를 건너서 마을의 영역에서 나오자 금세 목표로 하는 것이 보였다.

경비병 집단이 말에 탄 채로 활을 들고서 진영을 갖추고 있었다. 모두의 시선이 향한 곳에 그 녀석은 있었다.

"그러니까 무기를 겨누지는 말라고. 나는 마을을 습격하러 온 게 아닙니다. 싸울 생각은 요만큼도 없습니다. 이제까지의 속죄로 성녀 씨한테 사죄하러…… 으악! 귀귀귀, 권속 누님! 아, 아닙다! 나는 나쁜 일을 하러 온 게 아닙다! 부디, 부디 이 사람들이랑 같이 이야기를 들어줬으면 함다!"

두 번 다시 사람들의 마을을 덮치지 않고 고향의 숲으로 돌아가겠다고 사룡님께 맹세한── 머리 셋 달린 거대 코끼리였다.

"현혹되지 마라! 마을을 덮치러 온 게 뻔해! 쏴라!"

후열에서 지휘를 하는 기병이 소리치는 것과 동시에, 삼두 코끼리를 향해 대량의 화살이 발사되었다. 페류도나의 모험가들이 하는 공격과는 달리 그다지 박력은 없었다. 다만 레코에게는 도토리 키 재기나 마찬가지지만.

"그러니까── 나는 싸울 생각은 없다고 하잖습까!"

삼두 코끼리 역시도 도토리 키 재기에 해당되지만, 이쪽이 조금 나았나 보다. 풍차처럼 회전시킨 세 개의 코를 방패로 삼아, 날아드는 화살을 공중에서 모조리 떨어뜨린 것이었다.

"핫핫핫. 봤습까. 나, 이래봬도 꽤나 이름 날렸던 몸입다. 힘의 차이를 알았다면 진정하고 이야기를 들어──."

"그래서, 뭘 하러 왔나 네놈. 사룡님과 한 맹세를 깨고, 뉘우침도 없이 마을을 습격하러 왔다면 내가 용서하지 않겠다."

그 시점에서 레코는 이미 코끼리의 머리 위에서 단검을 들고 있었다.

"죄송함다. 나, 조금 까불었슴다."

"알았다면 됐다. 그래서, 뭘 하러 왔나."

"그보다도 권속 누님. 화살이 또 날아옴다."

"그래."

레코가 가볍게 손을 휘두르자 화살이 모두 엉뚱한 방향으로 날아갔다. 그제야 간신히 병사들은 레코가 있는 걸 알아차렸는지 일제히 깜짝 놀란 표정을 지었다.

"역시 권속 누님이심다."

"공치사는 필요 없어. 나는 지금 사룡님께 명을 받아서 힘을 자중하고 있지. 권속으로서는 무력한 것이나 마찬가지인 상황."

"그렇슴까. 나, 어쩐지 좀 전에 그 정도로 까불었던 게 완전 부끄럽슴다."

삼두 코끼리가 주눅이 든 모습을 내보이자 경비병들이 저마다 소리쳤다.

"거, 거기 너! 위험하니까 빨리 몬스터한테서 떨어져!"

"힘들 거예요. 틀림없이 인질이 된 겁니다. 저 자식, 이 어찌나 비겁한──."

"다들 진정해. 저 아이, 자세히 보니 어제 온 사룡의 부하야."

뭐야, 그렇다면 안심이지. 그런 이완된 분위기가 병사들 사이에 퍼지고, 잠시 후에는 폭발적인 긴장감으로 뒤바뀌었다.

"그렇다면 반대로 안 되잖습니까! 사룡의 부하가 몬스터를 이끌고서 마을을 박살내러 왔어……!"

"큭, 우리 운명도 여기서 끝인 겁니까…… 사룡 네 이놈…….”

"나는 할 거야. 여기서 맞서서 진정한 힘에 눈뜰 거야."

"그만 둬, 어차피 쓰레기처럼 헛되이 죽을 테니까. 도망쳐서 성녀님께 의지할 수밖에 없겠지."

레코는 망연자실한 채로 병사들의 대화를 듣고,

"안 되지. 정말 안 되지. 사룡님께서 오해를 사고 말았어. 사룡님께서는 이 마을에 해를 끼칠 생각은 없다고 하셨는데."

"그러고 보니 사룡 두목님은 어디에 계실까?"

"지금 성녀를 심문하고 계신다. 경우에 따라서는 그대로 죽일 수도 있고."

"그건 정말로 마을에 해를 끼칠 생각이 없는 건가요…….”

"처리했을 경우에는 성녀의 신전이 내일부터 사룡님의 신전으로 바뀌는 것뿐이야. 마을에 해는 없어."

"석연찮은 감정을 느낄 거라 생각하는데요."

"그런 일은 없어. 그런 것보다도 목을 좀 내밀어. 네놈 때문에 사룡님께서 계속 오해받으시잖아. 여기서 목을 베어서 오명을 씻겠어."

마구 날뛰며 도망치려는 삼두 코끼리의 목덜미를 레코는 한손으로 움켜쥐었다. 다른 한손으로 단검을 들어 정수리로 조준했지만──생각을 바꾸어 칼집에 넣었다.

"어, 어라? 보내 주시는 겁까?"

"좀 전에 사룡님께 혼이 났으니까. 강자다운 행동거지를 익히라고. 자비심 깊은 사룡님이시라면 성녀에게 그러시는 것과 마찬가지로 네놈에게도 변명의 기회를 주시겠지."

"아아, 그러니까 자중을 명받았다고 하셨음까. 솔직히 제가 보기에는 전혀 금지당한 느낌이 아니었습다만."

무슨 소리를 하는 걸까, 레코는 생각했다. 용의 권속으로서 발톱도 날개도 그밖에 많은 것들도 자중하고 있다. 이 세상에 이 이상의 자중이 어떻게 존재한다는 것인가.

"뭐, 이야기를 들어 주신다니 다행임다. 사실 나, 바로 전날까지 마왕군의 일원으로서 이 마을을 함락하려고 했는데."

"역시."

"이야기 도중에 목덜미에 차가운 칼날을 대지는 마셨으면 함다. 아닙다. 과거형임다. 지금은 이미 마왕 같은 게 아니라 사룡 두목님한테 충성을 맹세했습다. 만난 적은 없지만 마왕 같은 건 어차피 과대평가된 녀석임다. 허세뿐이지 대단한 힘도 없는 겁쟁이가 틀림없습다."

"그렇다면 됐다."

"그래서 여기 세렌을 지키는 성녀의 결계 파괴 공작을 했습다만, 이게 또 엄중했습다. 이곳의 성녀는 상당히 강해서 어중간한 몬스터는 쫓겨나 버림다. 나도 수로에 다가가는 게 고작이었습다."

"그런 잔챙이를 상대로 한심하네. 우리는 간단히 통과했어."

레코는 다소 저항을 느꼈지만 사룡님은 장해로 느끼지조차 않은 모양이었다.

"두 분은 규격 밖이니까요. 그래서—— 내가 여기에 온 건 말임다, 주의를 주려고 왔슴다."

"주의?"

그렇슴다, 코끼리는 고개를 끄덕였다.

"사실을 말하겠슴다. 나도 최근에 알았는데, 여기 성녀는 몬스터임다. 바닥없는 진창의 화신 같은 느낌인 몬스터. 그런 존재가 어찌된 영문인지 인간과 공생하고 있슴다."

"얕보지 말았으면 하네. 그런 건 나도 사룡님도 꿰뚫어 봤어."

다만 사룡님은 더욱 앞을 보고 계신 모양이었지만.

"아, 알고 계셨슴까. 그렇다면 이야기가 빠름다. 마왕군 녀석들도 늦게나마 그 사실을 파악하고, 어떤 작전을 입안한 모양임다. 그게──."

"로우가, 꽤나 인간과 사이가 좋아 보이는군."

퍼덕, 위쪽에서 날갯소리가 들렸다.

레코는 하늘을 올려다봤다. 막 떠오른 아침 해를 등지고 거대한 몸을 공중에 띄운 자가 있었다.

은빛 비늘로 뒤덮이고 날카로운 뿔과 이빨을 가진── 드래곤이었다.

드래곤은 마을과 병사를 비웃듯이 내려다보고는 삼두 코끼리에게 분노가 실린 시선을 향했다.

"한탄스러워. 참으로 한탄스러워. 우리, 긍지 높은 마족씩이나 되는 존재가 인간의 군문에 항복하고 정보를 누설하다니."

"……선배임까. 그렇습다. 나, 앞으로는 인간과 사이좋게 지내기로 했습다. 그러니까 그 작전도 전부 여기서 털어놓을 생각임다."

"내가 허락할 거라고 생각하나?"

"허락하지 않을 거라고는 생각함다만, 나는 선배보다 아득히 무서운 존재를 알고 말았습다."

"비켜라!"

은색 드래곤이 격앙하여 날아왔다. 삼두 코끼리는 우뚝 멈춰서고 경비병들은 말을 몰아 마을 쪽으로 마구 도망쳤다.

레코는 드래곤을 찬찬히 관찰하며, 한마디.

"이게, 도라도라……?"

그다지 얌전하지도 똑똑해 보이지도 않았지만, 일단 아이들을 위해서라도 생포해 두자며 단검을 넣고 주먹을 쥐었다.

아침의 마을에, 가슴이 후련해질 듯 상쾌한 구타의 소리가 메아리쳤다.

"찾아서 다행이야. 아이들도 틀림없이 기뻐하겠지."

정신을 잃고 땅바닥에 쓰러진 은색 드래곤을 내려다보고 레코는 손뼉을 짝짝 쳤다.

삼두 코끼리는 "선배…… 참으로 지독하게도……." 라며 드래곤 옆에서 한탄했다.

"자, 좋은 일은 서둘러야지. 빨리 아이들의 장난감으로 줘야겠어.”

그대로 레코는 드래곤의 꼬리를 붙잡고 마을 쪽으로 연행했다. 그때, 멍하니 보고 있던 경비병 중 하나가 황급히 말을 몰아 쫓아왔다. 장년의 기사는 굳은 미소로,

“아, 아가씨? 그 드래곤을 어떻게 할 생각이지?”

“마을 아이들이 찾고 있었어. 먹이를 주고 장난감으로 삼으려나 봐.”

“응. 틀림없이 무언가 착오가 있는 거라고 생각해, 그거.”

“그렇지 않아. 드래곤 같은 건 좀처럼 없어. 틀림없이 이게 도라도라야.”

“아니아니, 그런 드래곤이랑 놀려고 하는 위험한 아이는 좀처럼 없다고.”

“다섯인가 여섯 명 정도 있었어.”

“오오, 성녀님⋯⋯.”

병사는 눈을 가리고 하늘을 향해 고개를 들었다. 간신히 납득해 주었나 싶었는데, 쫓아온 자가 또 있었다. 삼두 코끼리였다.

“기다려 주십쇼, 권속 누님.”

“아직 있었나. 나는 도라도라를 찾았으니까 바빠. 마을을 습격할 생각이 없다면 이만 사라지도록 해. 마왕군의 책략 따위, 사룡님께서 계시는 한 아무런 위협도 안 되니까.”

“아닙다. 틀림없이 그 도라도라라는 건 선배가 아닙다. 사람을 잘못 본 게 아니라 드래곤을 잘못 본 겁다. 어지간히 강력하지 않은 한, 몬스터는 마을로 들어가려고 하면 성녀의 결계에

막혀 버림다. 이 선배도 예외가 아님다. 억지로 지나가려고 하면 몸이 산산조각 나 버림다."

레코는 한순간 머뭇거리며 다리를 멈췄지만 새로운 아이디어를 떠올리고 금세 걸음을 재개했다.

"그렇다면 산산조각 난 머리만 아이들한테 주면 돼. 먹이 주는 놀이는 그걸로 충분하겠지."

"틀림없이 교육상 엄청나게 좋지 않슴다. 아이들이 그런 크레이지한 놀이로 신이 난다면 부모들이 울 검다."

"그…… 그렇지! 이 마을 아이들한테 그런 사악한 놀이를 전파하지는 말아 줘……!"

장년 기병은 삼두 코끼리에게 뜨거운 시선을 보내며 서로 몇 번이나 고개를 끄덕였다. 어째선지 사람과 몬스터 사이에 이상한 연대감이 생겨나는 것 같았다.

"게다가 내가 말하고 싶은 건 말임다, 선배는 이 마을에 못 들어가니까 이제까지 마을 아이들과 만난 적이 없다는 검다. 그렇다는 말은, 도라도라라는 건 또 다른 게 아닐까요?"

아, 목소리를 흘리고 레코는 꼬리에서 손을 뗐다.

맹점이었다. 확실히 산산조각이 나지 않고서 마을로 들어올 수는 없다면, 어제 먹이를 받아먹었다는 사실과 모순되어 버린다.

하지만──.

"정말로 성녀 따위의 결계가 그렇게나 강한가?"

눈을 가늘게 뜨고서 의심스럽다는 듯 물었다. 레코의 체감으로는 얇은 종이를 찢는 정도의 저항밖에 없었다. 그 정도라면 다른 몬스터도 근성을 좀 발휘하면 통과할 수 있을 것 같다고 생각했다.

"아니, 권속 누님이랑 사룡 두목님한테는 털끝만큼도 안 통하겠지만, 우리한테는 위협임다. 의심스럽다면 마을 경계의 수로를 향해 선배를 던져 보면 알 검다. 틀림없이 튕겨 나올 검다."

"알았어. 그렇게 해 볼게."

해자처럼 만들어서 이어진 폭 넓은 수로까지는 아직 조금 거리가 있었지만 레코에게는 큰 문제가 아니었다. 움켜쥔 꼬리를 아무렇게나 휘둘러서 확하고 쓰레기라도 던지듯 허공으로 날렸다.

삼두 코끼리의 말이 옳다면 허공을 날아가는 반 시체는 결코 수로 위를 통과하지 못하고 마을 밖으로 튕겨 나올 터였다.

──하지만 은색 드래곤의 몸은 '첨벙!' 하고 성대한 물소리를 내며 평범하게 빠졌다.

"아아 선배! 안 됩다. 이대로라면 익사해 버립다!"

예상 밖의 결과에 이야기를 꺼낸 장본인인 삼두 코끼리가 가장 당황해서, 수로로 달려가서는 코를 뻗어 구조 작업을 시작했다. 그러는 동안 삼두 코끼리 역시도 수로에서 튕겨나갈 기미는 없었다.

"역시 성녀의 힘 따윈 대단치 않아. 틀림없이 그게 도라도라. 어세, 몰래 마을로 들어와서 먹이를 받아먹은 게 틀림없어."

"아니, 결계 이야기는 제쳐 놓더라도 선배는 그런 온화한 취향의 사람이 아님다.”

“누구에게나 숨이고 싶은 일면은 있어.”

“어어…… 선배, 혹시 어린아이랑 접촉하는 것을 좋아한다든지 그렇습까……?”

의혹과 함께, 익사체를 방불케 하는 참상에서 은색 드래곤이 구조되었다.

“그렇다고 쳐도 이상함. 선배도 나도, 과거에 이 결계에 어택했을 때는 지나가지 못했슴. 정말임.”

거짓말을 하는 것 같지는 않았다. 사룡님께 충성을 맹세한 이 코끼리가 이제 와서 섣부른 책략을 쓸 것처럼 여겨지지는 않았다.

“크크크…… 아무래도 작전은 성공한 것 같군…….”

어느샌가 의식을 되찾은 은색 드래곤이 사나운 웃음을 흘리기 시작했다. 다만 움직이지는 못하겠는지 입에서 물과 물고기를 뿜어내며 빈사 상태였다.

“작전?”

레코의 물음에 대답한 것은 삼두 코끼리였다.

“아, 그렇슴다. 떠올랐슴다. 이 선배는 양동 작전의 미끼 역할임. 선배 클래스의 드래곤이 상대라면 성녀도 어느 정도는 결계에 힘을 집중해야만 막아낼 수 있으니까요. 그래서 선배가 미끼가 되어 틈을 찌르고, 진짜 중요한 몬스터가 다른 방면에서 마을로 침입한다고——.”

“그래. 성녀도 네놈들도, 감쪽같이 걸려들었다는 거다. 위대한 바람의 폭룡인 내 맹공에 당황하고 현혹당해 냉정한 판단력을 잃었지. 진정한 위협을 놓쳐 버리다니, 참으로 어리석구나……."

"선배. 제정신임까? 이렇다 할 맹공은 없었슴다. 꿈이라도 꾼 거 아님까."

레코는 은색 드래곤의 입을 밟아 다물게 만들었다.

"이것의 넋두리는 아무래도 상관없다 치고, 아마도 결계가 정지한 상태라는 건 사룡님 때문이 틀림없어. 사룡님의 심문과 마주하고 성녀는 전력으로 반항하려 할 터…… 헛된 발버둥을……."

"그것참 성녀도 불쌍하네요……."

"그래서 코끼리. 진짜 중요한 몬스터라니 어떤 녀석이지? 그 녀석도 이참에 박살내 두게."

삼두 코끼리는 코에서 구조할 때 빨아들였던 물을 푸읍 뿜어낸 다음 설명으로 돌아갔다.

"아니, 그게 말임다. 최근에 이 부근의 지휘를 담당하기 시작한 녀석인데, 모양새를 형용하지 어려워서. 아니, 아님다. 결코 감싸려는 게 아님다. 그 녀석은 무척 특수한 몬스터라서 자신의 신체를 가지지 않은── 말하자면 정신뿐인 몬스터임다. 인간이나 몬스터의 사악한 마음을 양식으로 신체를 빼앗아 버림다. 자기 부하 앞에 모습을 드러낼 때도 적당한 몬스터를 빼앗아서 이야기하니까, 지금은 어떤 모습으로 잠입하고 있는지 모름다."

성녀도 원래는 몬스터임다, 라며 코끼리를 말을 이었다.

"아무리 인간 측으로 기울었어도 마음속에는 몬스터로서의 본능이 숨어 있을 겁다. 그 정신 몬스터는 그것을 불러내어 이 마을의 방어를 없애고, 게다가 성녀라는 강력한 부하까지도 획득하겠다는 계산임다."

뭐야, 레코는 맥이 빠진 듯 한숨을 내쉬었다.

"그렇다면 아무 걱정도 필요 없어. 성녀 바로 옆에는 사룡님이 계시지. 어떤 형태를 취하고 있더라도 사냥감을 가로채려는 괘씸한 녀석은 사룡님께서 용서치 않아."

"그러네요. 이것 참, 이래서야 제가 온 의미가 없었슴다."

사룡님에 대한 신뢰를 바탕으로 둘이서 "왓핫핫." 하고 웃었을 때였다.

마을의 지면이 순식간에 뿌연 진흙탕의 검은색으로 변하고, 줄지어 선 건물이 천천히 가라앉기 시작했다.

제4장

진정한 사룡은

　여관 복도에서 물웅덩이로 끌려들어갔다.

　고작해서 복도의 물웅덩이가 어째서 이렇게나 깊은가── 그런 느긋한 생각을 할 수 있었던 것은 한순간뿐, 그 후에는 그저 공기를 원하며 버둥거릴 뿐이었다.

　하지만 아무리 발버둥 쳐도 떠오를 수는 없었다.

　그도 그럴 터. 내 앞발에 성녀님이 양팔을 휘감고서 물밑으로 끌어들이려고 하는 것이었다. 그리고, 표정.

　나는 고통스러워서 죽을 것만 같은 표정이었지만, 성녀님은 더욱 죽을 것 같은 표정이었다.

　아니, 각오를 다진 결사의 표정이라고 해야 할지도 모르겠다. 보면 알 수 있었다. 이건 자칫 잘못 되더라도 상대를 쓰러뜨리려는 전사의 표정이었다.

　그만했으면. 차분히 이야기를 들어줬으면. 내게 자폭을 노릴 법한 가치는 없다.

　"어, 어, 어떠냐──앗! 괴롭겠지────! 마을 안에 있는 몬스터 퇴치의 물을 전부 여기서 모았으니까! 하, 항복하려면 지금뿐이다──!"

내 모든 것을 바쳐서라도 항복하고 싶지만, 입에서는 거품밖에 나오지 않았다. 그보다도 몬스터 퇴치의 물 같은 건 관계없었다. 평범한 물로도 충분히 나는 죽는다.

이제 안 돼──포기한 내가 눈꺼풀 안으로 주마등을 보았을 때였다.

물로 가득한 공간에 엄청날 정도로 농밀한 레코의 살기가 지나갔다.

살기를 발한 인간을 특정하다니, 평소의 내가 할 수 있는 기술이 아니었다. 그럼 어째서 레코의 살기라고 단언할 수 있었느냐면, 성녀님의 목덜미에 단검을 내지르는 반투명한 레코의 환영이 어렴풋이 보였기 때문이었다.

이 세상의 것으로는 여겨지지 않을 만큼 무시무시한 형상으로 목숨을 노리는 그 모습은 흡사 생령과도 같았다.

"꺄아아아아악?!"

성녀님에게도 같은 환영이 보였나 보다. 오히려 직접 살기를 받은 만큼, 나보다 리얼하게 보였을 정도일지도 모른다.

너무나도 큰 공포 탓인지 "끄윽." 하고 숨이 막혀 성녀님이 기절했다.

그 순간 공간을 채우고 있던 물은 썰물처럼 빠지고, 발밑이 살짝 잠길 정도의 수위만 남기고서 돌로 된 하얀 바닥을 드러냈다.

공간의 사방 어디를 봐도 벽은 보이지 않았다. 아무리 둘러봐도 하얀 공간이 길게 이어져 있었다.

"이러니저러니 해도 항상 도움만 받는구나……."

힘의 사용법에 대해서 막 주의를 준 참이었지만, 지금은 정말로 덕분에 살았다.

성녀님은 아직 파란 얼굴로 쓰러진 채 신음하고 있었다. 악몽을 꾸는 모양이었다. 벌벌 떨며 다가가서, 나는 발톱 끝으로 성녀님의 어깨를 흔들었다.

"저기, 괜찮나? 아마도 오해가 있는 거라 생각하지만, 가능하다면 차분히 이야기를."

"으…… 으응…… 헉."

성녀님은 의외로 금세 눈을 떴다. 그리고 나와 시선이 마주치자마자, 고양이 같은 순발력으로 뛰어올라 거리를 벌렸다.

"아, 위험했다. 한순간만 더 늦게 정신이 들었다면 최후의 일격을 당했을 거야……."

"아니라고. 나는 그런 짓 안 하니까."

"안 속는걸! 그게, 사룡은 당연히 사악한 자인걸! 메롱이다!"

메롱, 한쪽 눈을 손가락으로 까뒤집고 성녀님은 혀를 내밀었다. 내 마음이 아주 조금 상처받았다.

내가 설득할 말을 생각하는 사이, 성녀님은 다시 임전태세를 취하기 시작했다. 양손을 갈퀴처럼 만들어 천천히 경계하듯 내리고── 또 천천히 내린다.

계속 내린다.

점점 콩알처럼 작아졌다.

"저기 성녀님? 일단 이야기를 하고 싶은데, 그 거리에서라도 괜찮으니까 이야기를."

"으꺄아악!"

파바바바박, 엄청난 기세로 뒷걸음질 쳐서 거리가 벌어졌다.

어찌 봐도 틀림없이 무리해서 싸우려는 모습이었다.

어째서일까. 서로 싸움 따윈 바라지 않는데 기묘한 운명으로 적대 관계에 빠지다니. 마치 이 세상 무정함의 축소판이 아닌가.

나는 문득 떠올렸다.

수신에게서 배운 지식이었다. 이럴 때는 오히려 무방비한 태도를 보여서 상대를 어이없게 만드는 것이었다.

그 언젠가의 지하 동굴과 마찬가지로, 나는 배를 위로 드러내고 바닥에 누웠다.

"이봐. 성녀님. 봐 줘. 나는 이렇듯이 싸울 생각은 없어. 네게 경의를 표하고 인사하러──."

"천재일우의 틈이다──! 이야──압!"

"으꺄아악!"

내 등에 닿은 바닥에서 갑자기 간헐천 같은 물기둥이 솟구쳐서 내 몸을 단숨에 하늘 높이 띄웠다.

급상승의 중압으로 죽을 뻔했지만 진정한 공포는 그 압력이 사라졌을 때였다.

나를 떠받치던 모든 것이 사라진, 붙잡을 것도 없는 공중이었다.

하양 일색으로 이상해진 감각은 바닥과의 거리를 정확하게 재지 못했다. 하지만 이대로 낙하하면 죽음을 피할 수 없는 높이라는 것은 확실하게 알 수 있었다.

"안 돼."

그때, 묘하게 냉정해진 내가 생각한 것은 레코에 대해서였다.

여기서 죽는다면 레코가 남아도는 힘을 주체하지 못하고 폭주해 버린다. 그 아이에게도 인류에게도, 그것은 비극일 뿐이었다.

내 초조함과는 달리 몸은 중력에 내맡기고 땅으로 향하는 기세가 점점 더해졌다.

그리고 마침내 바닥에 고인 물이 크게 물보라를 일으켰다.

하지만 내 의식은 유지되고 있었다. 그뿐만 아니라 통증마저 없었다. 땅에 대고 사지를 칠칠치 못하게 벌린 자세이면서도 성녀님에게 시선을 향하며 상대할 수 있었다.

그 이유는, 목소리가 알려 주었다.

『이 무슨 추태. 그러고도, 사냥개냐.』

내 발톱이 말했다.

아니, 이제는 발톱의 형상이 아니었다. 검은 색깔로 변한 오른쪽 발톱은 마치 거대한 공처럼 비대해져서 말랑말랑한 감촉으로 내 몸 아래에서 쿠션으로 변했다.

"너, 너──그 목소리. 수, 수신님?"

『졸업, 너무 빨랐어. 너무 약해. 차마 볼 수가 없어.』

"예! 저는 너무도 약합니다! 그러니까 부탁드립니다, 살려 주세요!"

그 순간에 쿠션이 채찍 형태로 변화해서 나를 때렸다.

"그악!"

『응석 부리지 마! 자립해라!』

"부탁입니다, 정말로 이번뿐이라도 괜찮으니까!"

얻어맞으면서도 꺾이지 않고 나는 애원했다.

『……불가능해. 이 거리에서는, 더 이상, 도와 줄 수 없어. 지금 공격으로, 한계…….』

"나한테 채찍질하느라 귀중한 최후의 일격을 낭비했다고?"

『제자에게 하는 채찍질, 무엇보다도 우선.』

"그런 근성론은 지금 좀 아니지 않나 싶은데, 나는. 좀 더 시대의 흐름을 받아들이고 논리적인 지도 방침으로 가는 편이 좋을 거라 생각해."

『닥쳐라!』

간단히 한계를 돌파해서 두 번째 채찍질이 날아들었다. 방심하고 있던 나는 너무도 제대로 들어온 공격에 비명도 못 질렀다.

내가 신음하는 동안에 수신은 태연하게 말을 이었다.

『알겠나…… 이 발톱은, 네가 강하게 바란다면, 어떤 형태도 될 수 있다.』

"엇. 하지만 요전에는 엄청 맥 빠지는 발톱밖에 안 나왔는데."

『너, 무기 만들기, 못 해.』

어, 예. 나는 수긍했다. 확실히 '강하게 바란다'고 할 만큼 무기에 크게 적극적이지 않았다. 애당초 가능하다면 싸우기보다

도망치는 쪽인 것이다.

『최대한, 지혜를 사용해. 살아남아라. 행운을 빈다…….』

"아, 잠깐만! 수신님?!"

목소리가 꼬리를 끌며 줄어들고, 채찍으로 변했던 검은 발톱이 평소의 하얀 발톱으로 돌아왔다. 툭툭 발톱을 두드려 불러내 봤지만 아무런 반응도 없었다.

구원군이 왔느냐고 생각한 것도 잠시, 금세 또다시 고립무원의 신세가 되어 버렸다.

하지만 수신과 대화를 나누는 동안, 성녀님은 무엇을 했나. 퍼뜩 놀란 내가 시선을 들자, 콩알은커녕 씨앗으로 보일 만큼 먼 곳에 성녀님 같은 점이 있었다.

──야, 사룡. 그런 식으로 자해 행위 같은 놀이를 할 여유가 있나? 나는 아직 아무렇지도 않거든. 전혀 안 무섭거든.

"이제 그냥은 목소리라 안 닿는다고 해서 갑자기 마음의 목소리로 도발하지 말고. 그리고 자해 행위 같은 게 아니거든. 아까 발톱은 제대로 다른 사람이 조종했으니까. 그런 취미는 없다고."

시끄러워! 마음의 소리가 울리고 또다시 공간의 수위가 상승하기 시작했다.

안 그래도 수영은 별로 자신이 없었다. 그에 더해, 수중을 순식간에 헤엄쳐서 다가온 성녀님이 내 뒷다리를 붙잡았다.

가라앉는다.

"뭔가 뜰 것! 뭐든 좋으니까 뜰 것으로 변해!"

필사적으로 발톱에게 염원했다. 무기는 서툴러도 이런 도피 행동에는 5000년 만큼의 경험이 있다.

역시 바람은 실현되었다. 발톱은 확 부풀더니 공기를 머금은 부표로 변하고, 나는 앞발로 단단히 그것을 끌어안았다.

"으그그그그극……!"

수면 아래에서 성녀님은 이를 악물고 있었다. 너무 힘을 주느라 콧구멍이 커진 모습이었다. 하지만 똑같은 말이 내게도 통했다. 부표에 매달리는 데 힘을 쓰고 있어서 그렇기도 할 테지만, 그것만이 아니었다. 발톱을 변형하고 있으니 마치 전력질주를 하는 것처럼 숨이 차는 것이었다.

마침내 성녀님도 내가 헉헉 숨을 헐떡이는 것을 깨달았다.

"서, 설마 내가 밀어붙이는 거야……? 사룡 레벤디아를……?"

아닙니다, 사룡이 아니에요. 그런 말도 이제는 꺼낼 여유가 없었다.

"나, 굉장해! 이렇게나 강했구나. 흐흐—응! 포기해라 사룡! 이 물과 풍요의 성녀에게 네놈의 목숨이라는 공물을 바치도록 해라!"

성녀가 기쁜 듯 말하는 동안 잡아당기는 힘이 명백하게 약해 져서 나는 조금 숨을 돌렸다. 하지만 한 번 심호흡을 한 순간에 당기는 힘이 다시 강해졌다.

"에헴. 그 발톱 구조도 이해했다고? 그거, 엄청 지치지 않니?!

숨이 헐떡거리는걸! 그렇다면…… 이렇게!"

내 몸을 감싼 물이 마치 얼음물이 된 것처럼 차가워졌다. 색깔도 맑고 투명한 것에서 거의 검정에 가까운 농밀한 색으로 바뀌었다.

동시에 내 몸의 힘이 순식간에 빠졌다.

근육이 이완되어 팔이 떨리기 시작하고 판자에서 천천히 떨어져 나갔다.

"체력도 마력도, 이 물로 전부 빨아들여 주겠어! 자, 이제는 못 잡고 있겠지?!"

수면 아래에서 왁자지껄 기뻐하고 있었다. 천진난만한 살의에 나는 눈물을 흘렸지만, 물보라가 계속 일어나는 통에 성녀님은 깨닫지 못했다.

그리고 한계가 찾아왔다.

성녀님이 펼친 특수한 물에 체력이 빨려나가, 판자가 줄어들고 붙잡은 손이 떨어졌다.

그야말로 바로 그 순간.

아마도 내가 마셨던 회춘의 약의 마력도 함께 빨려나간 것이겠지.

펑! 약효가 떨어지는 소리와 함께 거대해진 내 몸이, 압도적인 중량을 가지고 다이나믹하게 착수했다. 물보라가 크게 일어나고 공간에 커다란 파도가 몰아쳤다.

그리고 바로 밑에서 예상치 않게 내 보디프레스를 당한 성녀
님은──.

득의양양한 미소를 띤 채로 눈을 까뒤집고 있었다.

"으으…… 이젠 뭐든 마음대로 하세요……."

성녀님이 기절하면서 수위가 낮아졌다.

한동안 성녀님은 빙빙 도는 눈으로 쓰러져 있었지만, 정신이
들자마자 폭포수 같은 눈물을 흘리며 백기를 들었다.

원래 사이즈로 돌아온 나를 보고 완전히 전의를 상실한 듯했
다.

"저기, 성녀님."

"알겠어요……. 이제 바라시는 대로 마왕군이든 뭐든 들어갈
테니까, 마을 사람들한테만큼은 손대지 말아 주세요……."

"남의 이야기를 안 듣고 제멋대로 나쁜 길로 빠지는 건 그만하
시고. 그런 건 한 사람만으로도 족해. 나는 마왕군의 일원 같은
게 아니니까."

그 말을 듣자마자 성녀님은 펄쩍 뛰어올랐다.

"마왕군의 일원이 아니다── 그, 그럼 역시 그 소문은 정말
로 정말이었나요? 사룡 레벤디아가 대간부의 지위에 만족하지
못하고 세계 정복을 꾀하여 마왕에게 반기를 들었다는……."

"그 소문도 오십보백보야. 잘못됐다고."

문장 안에 올바른 부분이 하나도 없었다.

"나는 그저 체구가 커다랄 뿐인 도마뱀 같은 존재야. 네가 무서워할 법한 존재가 아니지. 부디 진정해."

"어……? 하지만, 그렇다면 그 무서운 여자애는……?"

"나도 그 아이를 어떻게 대응해야 하나 고심하고 있어."

나는 바닥에 엎으러 머리를 부여잡았다.

"……? 저기, 그러니까, 그 아이 쪽이 진짜 사룡 레벤디아라는 건가요?"

"네 발상도 꽤나 이상하지만, 한 바퀴 빙 돌아서 무척 아쉽네."

"그럼 당신은 사룡에게 바쳐진 산 제물 짐승이라든지?"

"어. 응. 대략 그런 느낌."

거리낌 없이 핵심을 파고든다. 레코 앞에서 말했다가는 즉각 처형당할 내용이지만.

"그래서 아까도 말한 건데, 자세히 물어봐도 될까? 너는 역시 몬스터── 그보다도, 마왕군에게 권유를 받았다든지 그런 건가?"

성녀님은 눈물을 훔치며,

"예, 그래요. 마왕군의 일원이 되어 인류 섬멸에 협력하면 이 마을만은 눈감아 주겠다고 그랬어요. 하지만 전 세계가 몬스터로 가득한데 여기만 무사하다니 오히려 오싹하지 않나요? 살기 나쁠 것 같죠?"

"굉장한 이상한 마을이 되겠구나."

적어도 나는 절대로 살고 싶지 않다.

뭐, 하지만 이것으로 안심했다. 확실히 성녀님은 몬스터인지도 모른다. 하지만 마을의 사람들을 지키는 것도 사실인 듯했다. 어떤 경위로 몬스터가 그렇게 되었는지는 모르겠지만 결과가 좋다면 그걸로 됐다.

"그러니까 권유는 거절했어요. 그보다도 결계로 문전박대했어요. 하지만 듣자 하니 며칠 전에 페류도나라는 강자가 모인 도시가 몬스터 때문에 큰 화재를 겪었다던걸요. 마왕군도 본격적으로 행동하기 시작한 거라고 전전긍긍하다가……."

"그곳이라면 괜찮다. 건물은 불탔지만 인명 피해는 거의 없었으니까. 부흥도 아마 빠르겠지."

"어? 그런가요?"

"그래 그래. 우연히 우리도 머물렀는데, 레코가 마을의 방어에 한몫했거든. 그 아이, 무섭게 보여도 꽤 다정한 구석이 있어."

성녀님은 희희낙락해서는 일어나서 주먹을 쥐었다.

"그럼 역시 그 레코라는 소녀형 사룡님은, 인류를 도와 마왕을 쓰러뜨릴 생각이군요?"

"레코는 레코고 사룡이랑은 또 다르니까 같이 취급하지 말고."

하지만 성녀님은 단순히 산 제물에 불과한 도마뱀의 말 따윈 알 바 아니라는 듯,

"그러기로 했으면 그 아이한테 토벌을 부탁할게요! 보아라~! 그 시악한 머리 셋 코끼리 녀석!"

"짚이는 바는 있지만, 그 코끼리라면 이미 고향에 돌아가지

않았을까."

"아, 그런데 도마뱀 씨."

혼자 들떠서 마구 날뛰던 성녀님이 나를 향해 빙글 돌아섰다.

"아까는 제 착각으로 위험한 상황에 빠트려서 죄송했어요. 사과하는 것만으로 넘어갈 일은 아니라고 생각하지만, 그래도 이렇게 사죄드릴게요."

뜻밖이라고도 할 수 있을 만큼 성녀님은 순순히 머리를 숙였다. 머리가 좀 안타까운 아이라고만 생각했기에 이런 기특한 모습에는 당황하고 말았다.

"왜 그러세요?"

"아니, 조금 놀라서. 몬스터라면 흉악한 것들이 많다고만 생각했는데, 너는 인간에게도 무척 호의적인 모양이고."

"그렇지는 않아요. 저도 처음에는 엄청 흉악한 몬스터였으니까요. 마을에 사는 분들 덕에 갱생했어요."

"믿기지 않는구나."

흉악한 모습을 전혀 떠올릴 수가 없었다. 아까 전투도 흉악하다기보다 익숙지 않은 필사적인 모습이 눈에 띄었다.

어쨌든 나와 성녀님 사이에 응어리는 이것으로 사라졌다. 이것으로 만사가 온화하게 해결되었다.

"그럼 언제까지고 이런 곳에 가두어 두면 안 되겠네요. 마을로 돌아가요. 물론 바로 나가 달라는 소리 따위 안 할게요. 천천히 머무르면서 이 마을을 즐겨 주세요. 밥이 무척 맛있으니까요!"

성녀님이 손뼉을 치자 흰 문이 공간에 출현했다. 내 거구로도 지나갈 수 있을 만큼 거대했다. 장엄한 소리를 내며 문이 입을 벌리자 그 너머에는 마을 중앙의 신전이 흐릿하게 떠 있었다.

"여기로 뛰어들면 샘에서 '첨버~엉' 하고 뿜어 나와서 밖으로 나갈 수 있어요."

"좀 더 평범한 출입구는 없나?"

"미안해요. 그런 크기로는 이곳으로밖에 못 나가요."

가령 신전 앞에서 기도하는 사람이 있다면, 나는 굉장히 모독적인 물놀이를 했다고 여겨지는 것은 아닐까. 게다가 지금 사이즈 그대로 마을로 나가면 소란이 벌어질 것 같았다.

"그렇지, 성녀님. 내가 묵고 있는 여관에서 약 항아리를 가져다주지 않겠나?"

"약이라고요?"

"음. 그걸 마시지 않으면 난 눈에 띄어 버리니까. 마을 사람들도 놀라게 만들 테고."

"아, 그렇군요. 그렇다면 바로 가져 올게요."

샌들로 찰박찰박 물을 밟으며 성녀님은 문을 빠져나가려고 했다.

그때, 그보다 먼저 맞은편에서 무언가가 이쪽 공간으로 뛰어들었다.

작은 녹색 메뚜기였다.

문을 통해 이쪽으로 뛰어들자마자 퍼덕이던 날개를 뚝 멈추고 노린 것처럼 성녀님의 어깨에 착지했다.

평범한 벌레인가 했는데 감도는 이상한 냄새에 착각임을 깨달았다.

"이런. 그건 사취(死臭) 메뚜기로군. 빨리 털어내지 않으면 기분 나쁜 냄새가 들러붙을 거야."

본래는 작물에 모여들어 썩은 것 같은 냄새를 배어들게 만드는 저급 몬스터다. 무리 짓지 않으면 흔한 해충과 별반 차이가 없는 수준의 존재로, 나로서도 쓰러뜨릴 수 있는 몇 안 되는 몬스터였다.

"어라? 하지만 결계로 이 마을에 몬스터는 못 들어오는 것 아니었나? 저기 성녀님, 그런 쪽의 관리는 어떻게 되고——."

대답은 없었다.

성녀님은 어깨에 사취 메뚜기를 태운 그대로 가만히 굳어 있었다.

"혹시 벌레는 무서워하나? 힘들면 내가 털어 주겠다만."

느릿느릿 걸어서 성녀 구원에 나섰다. 그 걸음의 진동만으로도 사취 메뚜기는 문 저편으로 날아갔다.

한 건 해결, 그렇게 생각했지만 다음 순간에 고개를 돌린 성녀님을 보고 나는 다리에 힘이 풀려 주저앉았다.

『『——마을을—— 가라앉혀라——』』

얼굴 피부가 보라색으로 물들고 눈이 번쩍번쩍 붉게 빛나고 있었다. 뻬딱해진 밀짚모자가 땅으로 떨어지고 마성의 아인 특유의 뾰족한 귀가 드러났다.

무슨 일이 벌어지는 것인지 알 수 없었다.

하지만 비상사태라는 사실만큼은 확실했다.

성녀님은 그야말로 몬스터의 사악한 아우라를 발하며 문자 그대로 사람이 변해 버렸다.

"나는 수마(水魔)── 깊디깊은 절망으로 사람을 삼켜 양식으로 삼는 자──."

이 돌변은 각성했을 때의 레코를 연상케 했다. 하지만 레코와 달리 원래의 성격이 비교적 멀쩡했던 만큼 언동의 낙차가 컸다.

"서, 성녀님. 대체 갑자기 왜 그러나."

"가라앉혀라…… 진창이여…… 모든 것을 집어삼켜 무로 되돌리는 것이다……."

온통 하얀색이었던 이 공간에도 변화가 생겼다. 마치 성녀님의 변화를 반영하듯 검은색으로 가득해지고 얕게 고여 있던 물이 완전히 질척한 진흙으로 점점 변했다.

"진창의 폭포에 전율하여라."

그런 말과 함께 공간의 진흙이 점점 늘어났다. 내 거구는 반쯤 파묻힐 뻔했지만 어떻게든 배로 기고 발버둥 쳐서 가라앉지 않도록 버텼다.

하지만 노력은 금세 허사가 되었다.

성녀님의 손짓 한 번으로 공간 안의 진흙이 모두 문을 향해 밀려든 것이었다. 당연히 나도 함께 말려들어 눈사람이 아니라 진흙사람 같은 꼴로 신전 정면으로 내던져졌다.

"아야얏!"

철퍽, 데굴데굴. 땅을 굴렀다. 바깥 세계로 돌아왔다는 기쁨은 곤혹으로 뒤덮여서 전혀 겉으로 드러나지 않았다.

게다가 상황은 경악에 더욱 박차를 가했다. 나를 토해낸 샘에서는 아직도 대량의 진흙이 계속 넘쳐 나오고, 거리의 모든 수로와 우물에서조차 엄청난 기세로 진흙이 흘러나왔다.

이건—— 성녀님이 한 일인가?

그냥 진흙이 아니었다. 흘러나온 진흙이 평범한 지면에 닿자, 동화되듯 그 자리의 흙을 새로운 진흙으로 바꾸었다. 평화로웠을 터인 마을은 순식간에 늪지대 같은 참상으로 변했다.

"크크크…… 어리석은 인간들…… 내 늪 속에서 버둥거려라……."

샘에서 솟아나오는 진흙 안에서 변모한 성녀님이 떠올랐다. 그녀의 웃음은 광인의 웃음 그 자체였다.

위험해. 나는 그렇게 생각했다.

조금 전까지 마을 사람들을 생각하는 성녀님의 모습에 거짓은 없었다. 그녀는 진심으로 마을 사람 모두를 사랑하고 있었을 터. 그런데 어떤 이유인지 제정신을 잃고 자신의 손으로 마을을 가라앉히려 하고 있었다.

멈춰야 해.

하지만 어떻게?

레코를 부를 수는 없었다. 부르면 어디서든 금세 날아올 것 같지만, 성녀님의 목숨을 보증할 수 없다.

망설이는 내 시야에 문득 성녀님이 쓰고 있던 모자가 들어왔다. 흘러나온 진흙에 섞여 조금 떨어진 장소에 떨어져 있었다.

어쩌면 모자가 벗겨진 게 원인일까. 저 모자가 성녀님의 흉악한 성격을 봉인하던 특수한 도구는 아닐까?

시도해 볼 가치는 있었다.

진흙에 파묻혀 제대로 움직일 수는 없었다. 움직일 수 있더라도 그리 빠르게 움직이지는 못한다.

나는 남은 체력을 모두 소모해서 발톱에게 명했다.

"뻗어 줘!"

뻗었다. 다만 평소의 배 정도가 되었을 뿐이었다. 전혀 닿지 않았다.

아아, 이젠 더 이상 손쓸 방도가 없다. 마지막 체력을 모두 사용한 나는 완전히 타 버린 재처럼 진흙 속으로 점점 푸욱 파묻혔다.

흐려지는 의식 가운데, 마을이 이변으로 소란스러워진 것이 어렴풋이 들렸다.

여기저기서 종소리가 울리고 있다. 피난을 재촉하는 것이리라.

소라고둥을 부는 장엄한 소리도 울리고 있다. 종이 없는 사람이 대신에 사용하는 것이리라.

하늘을 가를 듯한 함성이 울리고 있다. 너무도 공포스러워 비명도 높아지는 것이리라.

술이네 밥이네 떠드는 소리도 여기저기서 울린다. 최후의 만찬인 것이리라.

얼쑤절쑤, 그런 구호와 함께 타악기를 신명나게 두드리고——
얼쑤?

너무도 엉뚱한 소리의 임팩트에 나는 의식을 되찾고 눈을 떴다.

그곳에는 진창 위를 거대한 썰매 같은 탈것으로 움직이며 타악기를 두드리는, 속옷 한 장만 입은 남자들의 뜨거운 여름이 있었다.

저건 뭐야? 새로운 몬스터 집단?

무척 열중한 듯했다. 짐승 가죽이 덮인 항아리를 나무막대로 열심히 두들기느라, 진흙에 반쯤 파묻혀 있다고는 하지만 내 거구를 알아차리지 못했다. 썰매를 끄는 것은 냄비뚜껑을 뒤집은 것 같은 둥그런 나막신을 신은 남자들이었다. 당연히 이쪽 역시도 반라였다. 그중에는 어제 지나치면서 본 얼굴도 있었으니 몬스터는 아니었다.

엄연한 이 마을의 주민들이었다.

마을이 진흙으로 파묻히는 것이 너무 무서워서 정신이 이상해진 걸까.

하지만 그런 것치고는 썰매도 그렇고 나막신도 그렇고, 진창 대책이 너무나도 완벽했다. 어제오늘 준비할 수 있는 물건은 아니고, 그것을 금세 자유자재로 사용하는 대응도 하루이틀 해서 가능한 기술이 아니었다.

"이봐~. 레코."

영문을 알 수가 없었던 나는 참지 못하고 금단의 카드를 사용했다. 말을 꺼내자마자 마을 바깥쪽 방향에서 거대한 칠흑의 날개가 하늘에 펼쳐졌다.

음속을 아득히 뛰어넘은 비상. 충격파가 만들어낸 구름의 원을 궤도에 끌며 날개의 주인은 몇 초도 안 되어 눈앞에 내려섰다.

"부르셨나요. 사룡님."

"네 등장 방식에는 놀랐지만, 지금은 놀랄 게 너무 많아서 오히려 평범하게 보이는구나."

이것저것 부탁하고 싶은 일은 있었지만, 우선은 최우선으로 질문해야 할 게 있었다.

"일단 말이다. 레코. 내가 없는 동안에 이상한 일은 없었느냐?"

"딱히 없었어요. 아이들과 놀려고 열심히 노력하고 있었어요."

"그렇다면 다행이구나. 어떤 놀이를 하려고 했느냐?"

"도라도라라는 얌전한 드래곤을 찾고 있었어요. 아이들이 먹이를 주고 싶다는 모양이라."

나는 온몸에서 식은땀을 뿜어냈다.

"어, 어어―…… 응. 그래서, 어떻게 됐느냐? 찾을 수 있겠느냐?"

"이미 그것 같은 드래곤을 확보했어요."

대체 어디 사는 드래곤이 억울하게 붙잡히고 말았나. 레코는 말을 멈추지 않고,

"목을 잘라서 머리만을 먹이 주는 놀이에 사용하려고 했는데 ── 그때 마을이 이런 사태가 되어서요. 놀고 있을 때가 아니라고 일단 중지한 참이에요."

"굉장한 놀이구나. 사악한 의식인가."

내 다리는 작은 사슴처럼 부들부들 떨렸다. 목만이 장난감 취급을 당하는 광경은 한 발짝 삐끗했을 경우의 내 미래였다.

"그런데 사룡님. 거기 서 있는 건 성녀인가요?"

성녀님은 지휘관 같은 움직임으로 샘에서 진흙을 계속 뿜어내고 있었다.

"그렇기는 한데. 그 일로 좀 부탁하고 싶은 게 있어서 말이다."

"알겠어요."

"단검은 집어넣고."

전혀 모르잖아. 명백하게 끝장낼 생각이다.

"거기 모자가 있지? 그걸 성녀한테 씌워 주지 않겠느냐?"

"알겠어요."

레코는 진창 위를 척척 걸어갔다. 발이 전혀 빠지지 않는 것이 신기했지만, 자세히 보니 아주 살짝 공중에 떠 있었다. 이젠 싫어.

무사히 모자를 주워 든 레코는 순식간에 성녀의 등 뒤로 접근해서 ──명백하게 암살자 같은 움직임이었지만── 일단은 손

을 대지는 않고 모자만 덮어씌웠다.

성녀님의 모습에 딱히 변화는 없었다.

"……으음, 어떻게 된 거지."

"사룡님. 그래서 이 성녀는 어떻게 할까요. 듣자하니 마왕군의 간부── 마음을 조종하는 몬스터가 성녀에게 씌었다고 해요. 한꺼번에 없애 버리는 것도 방편이라고 생각하는데요."

"어."

조종당하고 있다? 게다가 마왕군 간부?

생각지도 않았던 정보에 나는 당혹스러웠다.

잠깐만. 변해 버리기 직전에 메뚜기 몬스터가 성녀님한테 들러붙었다. 어쩌면 그 메뚜기가 간부를 옮기는 운반책이었던 걸까.

"사룡님께서도 그건 느끼셨을 테죠. 어째서 마왕군 간부가 성녀에게 씌도록 그냥 두셨나요? 역시 일망타진하실 생각으로?"

큰일이다. 확실히 레코 입장에서 보면 이해할 수 없는 일이겠지. 그 사룡 레벤디아가 마왕군 간부의 간계를 간파하지 못하고 마을이 함락당하게 만들어 버리다니, 결코 있어서는 안 되는 추태였다.

참고로 성녀님이 만들던 진흙이 조금 전부터 멈춘 상태인데, 레코가 손을 뻗어 구속하고 있기 때문이었다. 내가 모르는 기술을 차례차례 펼치지는 말아 줬으면 싶은데.

"──이것 참, 그런 것도 모르겠나? 꽤나 둔감한 권속을 두셨군, 레벤디아."

갑작스러운 목소리에 시선을 향하니 근처 민가의 지붕 위에 팔짱을 끼고서 버티고 있는 그림자가 있었다.

갑옷과 투구를 걸친, 하지만 그 무게가 느껴지지 않은 몸놀림.

"네놈은."

"아——알리안테? 어째서 이곳에 있지?"

"어째서냐니. 레벤디아."

알리안테는 지면으로 뛰어내렸다. 어떤 기교인지 갑옷 차림으로 진창에 내려서고도 레코와 마찬가지로 전혀 몸이 가라앉지 않았다.

"이 마을 경비병들이 길드 경유로 '악명 높은 사룡이 왔다, 구원하러 와 달라.' 며 애원했거든. 너희가 무해하다는 건 알지만 전언으로 그렇게 전해 봐야 납득하지 못할 테니까, 페류도나를 대표해 내가 직접 온 거야. 그랬더니 마을이 이런 꼴이 되어 있네."

내 마음속에 빛이 비쳤다. 이 궁지에서 이 어찌나 든든한 원군일까.

"좋은 타이밍이 와 주었구나, 알리안테. 괜찮다면 네가 레코에게 설명해 주지 않겠나. 이번 성녀님 건에 대한 내 생각을."

"어?"

하지만 알리안테가 흘린 한마디는 절망적인 말이었다.

『뭐가 어? 냐. 뭔가 변명거리를 생각해서 도우러 와 준 거 아니었나, 너?』

『어디까지나 우연히 온 거거든? 한순간만이라도 생각할 시간을 벌어 준 것만으로 감사하라고. 지금부터라도 빨리 생각해. 얼른 네놈의 무능함을 얼버무리지 않으면 새로운 사룡이 탄생한다고.』

『무리무리무리. 이미 내 머리 회전은 둔해졌다고.』

한순간 동안에 시선만으로 그런 대화가 전개되었다.

한편 레코의 기분은 점점 눈에 보일 만큼 나빠지고 있었다. 나와 알리안테만 아는 식으로 의사소통하고 있다는 게 마음에 들지 않는 걸지도 모른다.

"사룡님. 괜찮으시다면 제게도 생각을 가르쳐 주셨으면 하는데요——."

알리안테가 온화한 표정으로 엄지를 세웠다. 굿럭이라는 말인가. 원망해 주마.

그때, 갑자기 시끌시끌 떠들던 무리가 우리 눈앞을 척척 통과했다.

하나는 알았다. 그들은 마을을 돌고 있었다.

"……사룡님. 저건?"

이것이 좋은 타이밍이라 판단하여, 나는 건곤일척의 도박에 나섰다.

"그래, 레코. 저게 이번 이유를 이야기하고 있다……."

"진혀 이해가 안 돼요. 저 집단은 대체……?"

나도 신경 쓰여. 그래서 명령했다.

"숙소에서 약을 가져다주지 않겠느냐. 그리고 녀석들을 따라 가면, 스스로 해답을 찾을 수 있겠지."

"예. 알겠어요."

레코는 속박한 상태인 성녀님을 질질 끌면서 여관으로 향했다. 한숨 돌린 나는 알리안테를 돌아보고,

"저 사람들은 뭐지? 너, 알고 있나?"

"다른 마을의 풍습은 잘 몰라. 하지만 어딜 어떻게 봐도 축제 같은 거겠네……."

"이 상황에서? 농작물 피해도 꽤 심각하잖아? 축제 같은 걸 할 상황인가?"

"나한테 묻지 마. 자포자기해서 축제를 벌이는 것뿐일지도 몰라."

"그런 것치고는 꽤나 익숙한 자포자기 아닌가?"

"돌아왔어요."

우왁, 나도 모르게 목소리가 나왔다. 어느샌가 내 곁에 서서 레코가 항아리를 내밀고 있었다. 항아리를 기울여 달라고 해서 한 방울을 입에 넣자 사람들 앞에 나서도 문제없는 사이즈로 줄어들었다.

"그럼 빨리 녀석들을 쫓아가죠, 사룡님. 저 기이한 녀석들의 정체를 파악하는 거예요."

그때 마을을 세 바퀴째 돌던 무리가 나타났다.

하나 더 알았다. 그들은 점점 가속하고 있었다.

우리는 의문을 해결하고자 축축한 진창길을 나아갔다. 길을

가는 도중에 썰매 흔적이 다른 곳에도 잔뜩 있다는 것을 깨달았다. 이 마을에는 진창용 썰매가 잔뜩 있는 모양이었다.

이래서야 마치 성녀님이 이렇게 되리라고 예상했다는 말 아닌가.

그리고 다다른 광장에서 그 해답을 볼 수 있었다.

"자, 여러분! 크게 기뻐하고, 노래하고, 춤추고, 떠들어라! 드디어 성녀님의 은혜가 솟아났다고! 족히 수백 년만의 진흙 축제다!"

"아아! 이걸로 내년부터 한 10년은 풍작이구나!"

"이것 참 마침 잘됐어. 우리는 올해 병충해 때문에 밀 농사를 망쳤거든. 이 진흙이 전부 씻어줄 테고 적립금 보험은 내려갈 테고, 정말로 성녀님 최고야."

썰매나 나막신으로 진창에 대한 대책을 단단히 세운 주민들이 떠들썩하게 갈채를 보내며 연회 준비를 시작하고 있었다.

"······진흙 축제?"

레코의 혼잣말에 나는 대답할 말도 없었다. 대신에 레코가 땅에 질질 끌고 가던 성녀님이 몬스터 모드 그대로 얼굴을 덮으며 눈물을 흘리고 있었다.

"어째서······ 내가 열심히 진흙을 만들었는데····· 주위를 경작하지 마····· 개간하지 마····· 진흙을 멋대로 가지고 가지마····· 사람을 가라앉히기 위한 특제 진흙인데, 밭의 흙으로 최고라든지 그러시 발라고····· 부탁이니까 누군가 좀 가라앉아······."

이 마을이 탄생한 경위와 이 아이가 성녀님으로 정착된 이유를 대충 알 수 있었다.

『이 마을을 만든 것은 몬스터에게 고향을 잃은 개척민 한 무리였습니다. 몬스터가 날뛰는 평원에서 서로를 지키고 안주할 땅을 찾던 끝에── 그들은 평원 한가운데에서 비옥한 진흙이 콸콸 샘솟는 신기한 늪을 발견한 것입니다.』

"너, 평원 한가운데에 함정을 쳐 둔 거냐? 훤히 보여서 아무도 안 빠진다고."

　아직 몬스터 상태인 성녀님은 훌쩍훌쩍 울며 엎드려서 자고 있었다.

　축제에 취한 울보라고 여겨졌기에 마을 사람들은 아무도 신경 쓰지 않았다.

　눈앞에 열리고 있는 것은 이 마을의 내력을 바탕으로 한 역사극이었다. 진행자 역할의 해설에 따라 서툰 연기자들이 어색하게 대사를 낭독했다.

『이야! 참으로 토질이 좋구나! 늪에서 나는 진흙 주제에 물도 잘 빠지고 양분이 풍부하잖아!』

『게다가 이 근처에는 몬스터가 전혀 다가오지 않잖아!』

　아마도 세력권 관계로 하급 몬스터는 다가오지 않았을 테지.

　그보다도 개척민들의 이용 근성이 유별나고 뻔뻔스러웠다. 도착하고 사흘도 안 되는 사이에 늪의 특성을 모두 분석하고 완벽한 활용법을 고안했다.

괴로운 과거를 떠올린 성녀님은 아직 울고 있었다.

"……으에에…… 인간이 다가와서 날 먹이로 삼았어…… 매일 열심히 진흙을 섞었는데 아무도 안 빠지고…… 우연히 빠져도 아무렇지도 않게 나가고……."

"그래 그래. 비율이 농업에 걸맞았던 게 아닐까. 그렇게 침울해지지 마."

뭐, 빠진 사람이 아무렇지도 않게 탈출할 수 있는 시점에서 바닥 없는 늪으로서는 실격이겠지.

그때 극중에서는 첫 수확의 시기가 찾아왔다.

『이 무슨 일이냐! 이제 곧 수확인데 몬스터가 다가오는 건가?!』

『맙소사…… 마침내 새 고향을 찾았다고 생각했는데…….』

아무래도 세력권 침범을 두려워하지 않는 강한 몬스터가 나타난 모양이었다. 어떻게 될지 조마조마한 심정으로 연극을 보는데, 무대 뒤에서 가면을 쓴 남성이 등장했다.

『와하하─. 이 마을을 습격해 주마─.』

그리고 책 읽기에 응한 것은, 마찬가지로 무대 뒤에서 등장한 파란 가발을 뒤집어쓴 여성이었다.

『그렇게 두진 않아요! 이 마을의 사람들은 제가 지키겠어요!』

무대를 향해 우레와 같은 박수가 쏟아졌다. 진행자도 뜨거운 목소리로 이야기했다.

『이때 마을을 지키기 위하여 모습을 드러내신 것이 저희 성녀님이었습니다. 그렇습니다, 그녀는 평원에서 샘솟는 늪의 주인이었던 것입니다. 그리고 멋지게 몬스터를 물리친 그녀에게 개척민들은 신앙을 바치게 되었습니다.』

"……그게, 내 사냥감인걸. 빼앗기면 엄청 분한걸."

"여러모로 엉망이었구나."

하지만 연극 같은 것을 제대로 본 적이 없었기에 아무리 서툴러도 꽤 재미있었다.

『마을이 커지기 시작할 무렵, 늪은 갑자기 청결한 샘이 되었습니다.』

"……반대로 깨끗한 샘이라면 어떨까 했거든."

『마을 사람들은 마침 잘됐다면 수로를 이어서 밭의 개간에 더욱 힘썼습니다.』

성녀님은 데굴데굴 구르며 몸부림쳤다. 최근 수백 년의 기억을 다시 체험하는 모양이었다.

그렇게 오랫동안 연극은 계속되어,

『이리하여 오늘날 이 마을이, 저희가 있는 것입니다. 자 여러분, 성녀님께 감사의 마음을 바칩시다.』

그런 기도의 말로 끝을 맺었다.

"자, 성녀님. 바친다고 하잖아."

성녀님은 중간부터 근처의 자재더미를 향해 쪼그려 앉아 있었다. 부르면서 얼굴을 들여다보고, 가볍게 놀랐다.

몬스터의 침식으로 얼굴이 보라색으로 물들어 있었는데 절반 정도 평소의 피부색으로 돌아와 있었다.

"그, 그런가……. 다들 의지해 준다면 그것도 괜찮을까…….

어쩐지 신기하게 힘도 샘솟았으니까, 먹기 전에 조금만 더 상황을 봐 줄까 봐.”

싱글싱글했다. 아무래도 고비는 넘은 듯했다.

“사룡님. 다녀왔어요.”

그리고 레코가 돌아왔다. 마을 밖에 와 있던 마왕군의 드래곤을 삼두 코끼리와 함께 민 숲으로 놀려보낸 것이었다.

“사룡님 방식의 교육법으로 두 번 다시 사람이 사는 마을을 습격하지 않도록 해 두었어요.”

무슨 교육법?

“그건 그렇고, 굉장히 떠들썩하네요. 사룡님께서 거기 성녀가 굳이 조종당하도록 만드신 건, 이 축제가 열리도록 하기 위해서였나요.”

“어, 그렇지. 떠들썩한 편이 즐거우니.”

“역시 사룡님의 혜안이에요. 성녀의 어리석음조차 계산에 넣으셨던 거군요.”

“……응. 응?”

난처한 대화 가운데, 갑자기 등 뒤에서 무게를 느끼고 돌아보니 성녀님이 내게 기대어 있었다. 안색은 드디어 원래의 상태까지 회복되었다.

“오오, 드디어 돌아왔구나. 그래, 잘됐어. 이걸로 한 건 해결.”

하지만 나는 조금 석연찮았다.

조금씩 세나를 밀어내는 것 같았는데 마지막에는 이렇게나 단숨에 회복이 진행된 걸까?

그렇게 생각했을 때, 내 마음속에 목소리가 울렸다.

『이 수마는 이제 못 쓰겠군. 처음부터 다시. 거기 드래곤, 네 놈의 몸을 받도록 하마. 자, 마음의 어둠을 내보여라.』

당했다. 그렇게 생각한 틈도 없이 의식이 점차 검게 물들었다.

과거의 악행이 기억 밑바닥에서 솟구쳐 올라와서 내 마음을 어둠으로 물들이려고 했다. 그렇다, 몬스터가 썬 것이었다. 성녀님에서 숙주를 옮길 가능성은 고려해야 했다.

『본성을 드러내는 것이다. 마음을 노출하기에 진정한 힘은 태어난다. 나는 네놈의 진정한 바람을 이루어 주는 자. 자, 추한 진심을 고스란히 드러내는 것이다.』

악마의 속삭임이 내 마음을 점점 채운다. ──나는.

──맛있는 잎사귀가 나는 나무를 독점한 적이 있습니다.

"헉."

과거 최대의 악행을 마음속으로 노출한 순간, 나는 의식을 되찾았다.

"역시 대단하세요, 사룡님."

"어라? 지금 나 어떻게 된 거지, 레코? 왜 칭찬하는데?"

너무 겸손하게 그러지 마세요. 그러면서 레코는 기쁜 듯 미소 지었다.

"지금 막 그 정신 몬스터가 사룡님에게로 옮기려고 했지만, 사룡님의 크나큰 어둠의 격류에 삼켜져── 소멸한 것 같아요."

나는 무척 면목 없다는 기분을 느꼈다.

"역시 사룡님이시네. 설마 마왕군 간부를 순식간에 죽일 줄이
야."

"너, 그 발언은 정말 진심으로 하는 건가?"

성녀님을 재우려고 여관에 돌아왔다.

쓴웃음 짓듯이 말하는 알리안테에게 나는 복잡한 심경으로 대
답했다. 혼자서만 그 말을 액면 그대로 받아들이고 기뻐하는 것
은 레코였다.

"당연하지. 사룡님께 걸리면 그런 약은 몬스터 따윈 날벌레나
마찬가지. 어둠을 양식으로 삼는 몬스터일지라도 명계의 심연
에서 태어나신 사룡님의 마음을 들여다보고 무사할 수 있을 리
가 없지."

"음, 굉장하네. 그런데 레벤디아, 전혀 관계없는 이야기지만
더러운 강에 사는 물고기는 깨끗한 물에선 오히려 죽어 버린다
는 이야기는 들은 적이 있나?"

"우연히도 바로 좀 전에 무척 제대로 실감한 참이군."

레코는 "갑자기 무슨 이야기를?" 그렇게 의아해하는 표정을
지은 채, 성녀님의 이마에 차가운 수건을 꽉 짜서 얹었다.

"……알겠느냐, 빨리 일어나도록 해라, 성녀가 아니라 수
마……. 사룡님께서는 내게 몸소 네놈의 간호를 명하셨다…….
네놈도 최선을 다해서 차도의 기대에 응하도록 해라……."

레코가 귓가에 속삭이고 성녀님은 신음했다.

"레코. 그렇게 서두르지 말고. 상냥하게 간병해 줘."

"그럼 물에 담그죠."

"간병의 정의에 대미지 추가는 포함되어 있을까."

"원래 수마니까 물에 절이면 건강해지지 않을까 생각해서."

"선의라는 건 알겠지만, 최대한 평범한 환자를 다루는 느낌으로 부탁해. 혹시라도 문제가 생기지 않게."

"알겠어요. 전력을 다해서 이 수마를 상냥하게 다룰게요."

그렇게 대답한 레코는 바지런하게 성녀님의 머리맡에서 시중에 힘썼다. 어쩐지 꺼림칙한 분위기는 있지만 겉으로는 흐뭇한 광경이었다.

그때 알리안테가 귓속말로 내게 물었다.

"왜 군이 권속한테 간병을 시키지? 그냥 둬도 저 성녀는 금세 회복될 텐데."

"레코가 이상하게 성녀님을 적대시했으니까. 저렇게 하면 관계가 좀 좋아지지 않을까…… 싶어서."

"확실히 겉보기에는 사이좋아 보이지만…… 뭐, 됐어."

한숨을 내쉰 알리안테는 엄지로 여관 밖을 가리켰다.

"조금 이야길 하고 싶어. 시간을 내 주겠나."

"음. 상관없는데. 여기서는 안 되나?"

"가능하다면 권속은 빼놓고 했으면 해."

꿈틀, 레코의 귀가 움직이고 삐걱삐걱 이쪽으로 고개를 돌렸다.

"……호오? 나를 제쳐 놓고 사룡님과 단둘이서 대화를……?"

"네가 들어도 될지 판단하게 곤란한 이야기라서 말이지. 레벤디아가 네게 전달해도 문제없다고 판단하면, 나중에 전하겠지."

"알겠어요. 나중에 기대할게요, 사룡님."

"알리안테. 니는 내 마음고생을 비교적 가볍게 보는 구석이 있구나."

아마도 레코를 빼놓겠다는 것은, 사룡으로서의 내가 아니라 레코를 돌본다는 본래 입장의 내게 할 이야기일 것이다. 듣지 않는다는 선택지는 없었다.

레코와 성녀님을 둘만 남겨 두는 것은 조금 불안하기는 했지만, 통상적인 간병을 엄명해 두었으니 일단은 괜찮겠지. 이러니저러니 해도 시키는 것은 지키는 아이다.

"그럼 잠깐 다녀올 테니까. 얌전히 기다리고 있거라."

앞장서는 알리안테를 따라 복도를 통해 밖으로 향했다. 여관에 돌아왔을 때도 궁금했는데, 어째선지 복도의 창문이 전부 깨져 있었다. 여관 주인한테 경위를 깊이 묻지는 않았다. 물어 봤다가 무언가 죄책감이 솟구칠 염려가 있었으니까.

"그래서, 무슨 이야기지?"

혹시나 싶어 여관에서 건물 몇 채는 거리를 두고, 나와 알리안테는 인기척이 없는 길가에 자리를 잡고 앉았다.

"어. 우선은 이거다."

쿡, 전투용 장갑을 낀 손끝으로 알리안테는 내 미간을 찔렀다.

그리고——.

"우왁!"

내 몸에 전기 같이 저릿한 느낌이 흘렀다. 엎드려 있던 몸이 경련으로 튀어 오르고 나도 모르게 알리안테에게서 뒷걸음질 쳤다.

"가, 갑자기 뭘 하는 거냐?!"

"정말로 그런 웃기지도 않은 이유로 마왕군 간부가 죽었는지 불안했으니까. 너를 그 덜렁이 성녀 가까운 곳에 두면 몬스터가 전이를 노릴 거라고 예상했거든…… 그런 주제에도 일단은 드래곤이니까. 그리고 너는 그 이상으로 덜렁이니까 다루기 쉬울 거라고도 예상했는데—— 설마 그렇게까지 제대로 풀리다니, 반대로 꺼림칙했어."

"그래서, 지금 찌리릿한 건 뭐지?"

"확인을 위해서 가볍게 공격해 봤을 뿐이야. 네 안에 몬스터가 살아 있다면 자기 방어의 반응이 있었을 테지만, 그것도 없었지. 정말로 완전히 정화된 모양이군. 대체 넌 뭐야, 얼마나 독기가 없는 삶을 산 거야?"

"어, 내가 혼이 나는 흐름인가?"

"아니, 딱히 상관없지만 너희를 보면 어쩐지 여러모로 말도 안 되는 상황이 되어 버려서 말이지…….""

나는 이마를 문지르고 아파서 흐른 눈물을 훔쳤다. 나한테 그런 소리를 해도, 생각했다.

"그럼 이야기라는 건 지금 확인으로 끝인가?"

"그것도 있지만 다른 이야기도 또 있어. 저 레코라는 권속의 지인 말인데, 라이엇라는 소년을 혹시 모르나?"

허? 나는 얼빠진 소리를 냈다.

"알고는 있는데, 어째서 네가 그 소년의 이름을 알지?"

"알고 있었나. 그 소년이 너희와 엇갈려서 내 도장으로 왔거든. '사룡을 쓰러뜨리고 레코를 구하겠다.' 면서 다른 이야기를 안 들어. 그러니까 훈련을 시켜 달라──고."

"무, 물론 거절해 준 거겠지?"

"아니, 받아들였는데."

"배신자!"

"멍청이!"

"헤붑."

항의하려 소리 지르려는 나를 요격하듯 엄청나게 강렬한 따귀가 쏟아졌다. 후려친 손바닥은 내 시야에 별님을 반짝이고, 의식을 반 정도 가져갈 뻔했다.

"지레짐작하지 마, 레벤디아. 승낙한 건 너를 노리지 않도록 하려고, 우리 도시에 붙잡아 두려는 거다."

"……붙잡아 둔다고?"

뇌에 받은 대미지에 휘청휘청 흔들리며 나는 되새김질했다.

"그래. 섣불리 거절하면 단독으로 너희를 추적하겠지. 그러다 접촉하기라도 하면 터무니없는 사태가 될 가능성이 있어. 그러니까 제자로 늘이는 형태로 굳이 시간을 낭비하게 만드는 거지."

"아, 그렇구나. 잘됐네. 그럼 훈련은 안 하는 거지?"

"아니, 열심히 하고 있는데."

"어째서? 성장했다가는 내 목숨 등등이 위험해지는데?"

멍청이, 알리안테가 내 정수리에 가볍게 손날을 떨어뜨렸다.

"수련하지 않았다가는 불만을 품고 나가겠지. 그리고 어쨌든 우리 도장에 한번 입문했으니까 어중간한 특훈으로 넘어갈 수는 없어. 죽느냐 죽지 않느냐의 수준으로 밤낮 맹훈련을 받고 있지. 일단 이미 두 번은 심정지를 겪었다. 억지로 소생시켰지만."

"시원스럽게 무시무시한 소리를 하는구나."

"그런가? 전사란 다들 이런 거라고? 미숙할 동안에 두 자릿수 이상은 심장이 멎고 회복 마법으로 그때마다 소생시켜서, 자신의 인간성을 조금 죽인 다음부터가 진짜인 세계지. 자기가 좋아서 몬스터와 맞서는 녀석들의 머리가 멀쩡할 리가 있나."

"그런가. 나, 그런 사람들과 절대로 엮이게 되지 않도록 해야겠네."

이번에는 손날 정도가 아니었다. 알리안테가 내 정수리를 으스러뜨릴 것만 같은 박력으로 손톱을 세웠다.

"무슨 소리야? 그런 수준 낮은 마음가짐으로 어쩌려고. 그 라이엇이라는 소년에게 재능은 없어. 하지만 근성만큼은 있지. 경우에 따라서는 졸업을 인정해야만 하는 날이 올지도 몰라. 그런 날이 오면, 넌 자력으로 그 소년에게 맞서야 하는데?"

나는 사안의 심각함을 이해하고 얼굴에 깊이 주름을 지었다.

확실히 그랬다. 라이엇이 쫓아왔을 때, 내가 자력으로 대응하지 못한다면 레코가 재로 만들어 버린다.

"애당초 네가 그렇게까지 약하다는 게 이해가 안 돼. 지금 모습은 몰라도 약효가 떨어지면 그만한 거구잖아? 동물이라는 건 몸의 크기와 강함이 비례하는 법이야. 그 체중을 지탱하는 완력을 공격으로 돌리는 것만으로도 얼마나 큰 위력이 생겨날까."

"음. 사실 나도 말이야, 열심히 노력하면 멧돼지 정도는 쫓아낼 수 있을 거라고 생각해."

"그런 작은 스케일로 이러쿵저러쿵하지 말고. 애초에 쫓아낸다는 발상이 물러. 짓뭉갤 수 있잖아, 그런 거구라면."

"어어, 상상한 것만으로도 오싹하네."

설령 실행할 베짱이 있더라도, 내 느린 다리에 당할 정도로 느긋한 야생동물은 없다. 하물며 몬스터라면 굳이 말할 것도 없다.

"……아무래도 너는 성격 측면이 성장의 발목을 붙잡는 구석이 있네. 그래도 겁쟁이니까 살아남았을 테지만."

고민스레 알리안테는 머리카락을 쓸어 넘겼다. 면목 없다고는 생각하지만, 원래부터 내게 거친 쪽의 재능은 없었다. 체격은 축복받았지만 그것을 살리기 위한 전의가 결여된 것이다.

"어쨌든 권속에게 너무 한심한 모습을 보이지 말라고. 아무리 덜렁이라고 해도 저 아이한테 너는 마왕조차 능가하는 『사룡』 레벤디아여야만 해. 그 기대를 결코 배신하지 마."

"……노력할게. 응, 노력은 하겠지만 말이야."

패기 없이 어깨를 늘어뜨린 나를 보고 알리안테는 불쌍하다는 듯한 시선을 보냈다. 그리고 어흠 헛기침을 하고,

"마지막으로 하나 더."

"뭐냐……."

"페류도나에서의 공적을 높이 사서, 네 목에 걸린 현상금이 동결되었어."

나는 두 앞발을 들어 올려 성대하게 환희했다. 오늘은 괜찮은 풀을 먹을 수 있을 것 같다.

"그렇게 긴장을 늦출 거 같아서 웬만하면 말하고 싶지 않았는데……."

"아니아니, 그렇지는 않아. 나는 이래 봬도 충분히 긴장하고 있어. 전혀 기뻐하지 않는다고."

"기뻐서 주체 못 하는 표정으로 말하지 마."

기가 막힌다는 분위기의 알리안테를 제쳐 놓고, 내 기분은 완전히 회복되었다. 우울한 이야기도 한바탕 끝나고, 꼬리를 흔들며 여관으로 나란히 돌아갔다.

"여, 레코. 지금 돌아왔다. 성녀님 상태는 어떠냐?"

알리안테가 방문을 열어 준 뒤, 나는 굳어 버렸다.

레코가 침대 위에서 버둥거리는 성녀님 위에 올라타서 억지로 누르고 있었던 것이다. 꺄아꺄아, 그런 비명과 움직이지 말고 닥치라는 협박이 교대로 울렸다.

"돌아오셨나요, 사룡님. 죄송해요. 간병이 좀 거칠어져서."

"저기, 이건 어떻게 된 상황인지 설명해 주겠느냐."

"이 수마가 깨어나자마자 방을 뛰어나가려고 하니까── 이렇게 침대에 눌러 놓고 계속 간병했어요."

"놔! 놔 주세요! 저는 조종당해서 터무니없는 짓을…… 마을을 진흙에 빠뜨려 버렸어요! 이대로라면 마을 여러분이 위험한 지경에……. 빨리! 빨리 밖으로 나가서 모두를 도와야 해요!"

정신 몬스터의 빙의가 완전히 풀리고 자신이 마을을 가라앉히고 말았다는 사실을 새삼스럽게 재인식한 모양이었다.

"움직이지 마 말하지 마. 네놈은 쓸데없는 짓은 일절 안 해도 돼. 모든 감정을 지워. 울지도 웃지도 마. 아무런 생각도 않고 돌이 되어 회복에 매진해라."

이 아이는 어째서 이다지도 배려가 서툴까, 생각했다.

나는 방 창문을 벌컥 열고 흘러드는 삘리리 축제음악을 성녀에게 들려줬다.

"어, 이 소리는……?"

"축제다. 걱정할 것 없어. 네가 일으킨 진흙을 다들 기대하고 있던 모양이야."

성녀님은 진흙이 이용된다는 것은 알고 있었나 보지만, 설마 마을 전체가 진창이 되어도 감사받을 줄은 상상도 못 한 것 같았다. 이렇게 대비한 걸 보면 과거에도 비슷한 일이 몇 번 있었을 것 같지만, 몬스터 시대의 일이라서 기억이 애매모호했을 테지.

하지만 한시름 놓고 기뻐해야 할 상황에서, 성녀님은 어째선지 살짝 불만스러운 표정을 지었다.

"아, 그렇구나……. 흐~응…… 잘됐네!"

이불을 몸에 홱 감고 애벌레처럼 완전히 말아 버렸다. 레코는 그 위에 걸터앉아서 "이제야 얌전해졌나……." 하고 승리의 미소를 지었다. 얼핏 사이가 좋은 것처럼 보이지만 내가 바라던 것과는 무언가가 결정적으로 달랐다.

"레코. 이제 성녀님은 기운을 찾은 모양이니까 간병은 그만해도 된다."

"알겠어요. 그런데 거기 기사랑 무슨 이야기를 하셨나요?"

"으음. 그러네, 인류와 사이좋게 지내자는 느낌의 이야기였다."

내 머릿속에는 현상금이 철회되었다는 내용밖에 거의 남지 않았다.

"훗. 거드름을 피우길래 뭔가 했더니, 역시 사룡님께 아첨하는 내용이었나…… 어차피 그런 이야기일 거라고는 생각했지만……."

알리안테는 언짢은 표정으로 나를 슬쩍 노려봤다. 아니, 달리 어떻게 설명하라는 거냐.

"처음부터 우리는 마왕을 쓰러뜨릴 때까지 인간과는 싸우지 않기로 했다. 한번 정한 약속을 어길 리가 있겠나."

담담하게 이야기하는 레코는 득의양양했다. 나랑 알리안테는 표정을 지우고 그저 흘려들었지만, 혼자 조용히 반응하는 이가 있었다.

뒤집어쓴 모포를 슬쩍 내려 성녀님이 눈 위쪽으로만 살며시 내밀었다.

"……저기, 레코 님?"

"뭐냐, 수마. 간병은 끝났다. 돌아가고 싶으면 돌아가라."

"역시 레코 님은 인류와 한편이 되어 마왕을 치시는 좋은 사룡
님이시군요……?"

천천히 몸을 일으킨 성녀님은 레코의 두 손을 손바닥으로 단
단히 감쌌다.

반면에 레코는 굉장히 기분 나쁜 표정을 지었다.

"착각하지 마라. 나는 사룡님의 권속에 불과해. 사룡님은 저
기 계시는――."

"어? 저건 도마뱀 씨."

"아――악! 아――악! 우와아――악! 그리고 보니 오늘은 날
씨가 좋구나!"

간발의 차이로 말을 가로막았다. 갑자기 알 수 없는 소리를 지
른 나를 보고 성녀님과 레코는 눈을 끔뻑거렸지만, 내가 "신경
쓸 것 없다."라고 덧붙이자 다시 분위기를 잡고 이야기를 계속
했다.

"으음. 어쨌든 말이죠, 사룡님께서 인간에게 조력해 주신다
고 하시면 꼭 부탁드리고 싶은 일이 있어요."

"말해 봐라."

『사룡님』이 누구를 가리키는지는 두 사람 안에서 어긋남이
있는 모양이었지만, 일단 무사히 대화는 성립되는 모습이었다.

침대에서 일어난 성녀님은 머리맡에 놓아둔 밀짚모자를 다시

쓰고 창밖을 가리켰다.

"지금은 아직 얌전히 있는 모양이지만, 마을 밖의 결계에 몬스터 반응이 있어요. 게다가 꽤 강한 녀석이에요. 저런 게 왔다는 걸 마을 사람들이 알면 축제가 중지되어 버려요. 몰래 퇴치해 주지 않겠어요?"

"──흠. 네놈을 위해서 한다는 건 아니꼽지만, 마을을 습격하는 몬스터라면 간과할 수 없군."

허가를 청하듯 레코가 돌아봤기에 나는 고개를 끄덕일 뻔했지만,

"아니, 이건 내가 하지. 출장지에서 단련한다고 생각하면 딱 적당해."

가로막은 것은 알리안테였다.

"부탁받은 건 나와 사룡님이야. 어째서 네가 손을 드는 거지?"

노골적으로 불쾌해하는 레코를 알리안테는 냉정하게 설득했다.

"축제가 중지되지 않았으면 한다──는 게 성녀님의 희망이겠지. 그렇다면 너는 부적격이야. 넌 일단 힘 조절이 서툴러. 몬스터는 단번에 쓰러뜨릴지도 모르지만, 폭음이나 땅울림으로 축제는 틀림없이 중지되겠지. 그렇다고 사룡 레벤디아가 직접 잡무에 나서게 만들 수도 없잖아?"

재치 있는 제안인 듯했지만 아까 '전사는 다들 머리가 이상하다'는 발언을 들은 탓인지 그저 싸우고 싶은 게 아닐까 의심하고 만다.

"──괜찮겠지. 하지만 사룡님 대리는 내 대리야. 꼴사나운 모습을 보이지는 마라."

"노력은 할게."

알리안테는 쓴웃음을 지었다. 교섭 타결이라고 본 성녀님이 얼른 알리안테에게 달려가서 손을 붙잡았다.

"당신은 어디의 누구신지 모르겠지만, 몬스터를 쓰러뜨려 주시는 거죠?! 아, 자세히 보니 꽤 강할 것 같아!"

"그래. 미력하나마 최선을 다하도록 하지."

"그럼 안내할게요. 자, 이쪽으로!"

기운차게 옷자락을 펄럭이며 성녀님은 방을 뛰쳐나갔다.

"저 성녀라는 녀석도 꽤나 강할 것 같이 보이는데 말이지……."

쫓아가며 중얼거리는 알리안테.

"어쩐지, 지키는 건 잘하지만 공격하는 건 서툰 모양이더군. 우리끼리 이야기지만, 나도 살아남았으니까."

뒷부분은 레코에게 들리지 않도록 목소리를 낮췄다.

"그렇다면 확실히 쓸모없을 것 같네……. 어린아이라도 독화살을 쓰면 너 같은 건 간단히 죽일 수 있을 텐데."

"현실적으로 무서운 소리는 하지 말고."

마을 밖으로 가는 길에는 진흙범벅인 밀밭이 펼쳐져 있었다. 성녀님은 기뻐해야 할지 슬퍼해야 할지, 그런 복잡한 표정으로 그것을 바라보았다.

이윽고 마을 경계 옆까지 와서, 그녀는 수로 밖에 자리한 커다란 그림자를 가리켰다.

"저거예요. 저기 결계 옆에 가만히 앉아 있는 게 몬스터예요."

그쪽을 쳐다본 내 시야에 몬스터의 모습이 들어왔다. 그 녀석은 거대하고, 날개를 가졌고, 은색이었다.

어라, 싶었다.

저건 조금 전에 레코가 이야기했던, 마을 침략을 노렸다는 드래곤이 아닐까. 도라도라(나)로 오인당하여 가련하게도 레코의 주먹 일격으로 격침당했다는──.

"질리지도 않고 또 왔나?"

알리안테가 등에 진 칼집에서 대검을 뽑아 들고 다가갔지만, 상태가 이상했다.

은색 드래곤은 대비하는 기색도 없거니와 요만큼의 적의도 발하지 않았다.

이쪽의 모습을 인식하자마자 천천히 이렇게 말했을 뿐이었다.

"내 이름은──도라도라."

그에게 대체 무슨 일이 있었을까.

단번에 비통한 분위기가 감돌기 시작했다. 마치 발톱과 이빨을 모두 뽑힌 맹수를 앞에 둔 것 같았다.

그는 눈에서 빛이 완전 사라지고 헛소리처럼 "도라도라…… 도라도라……."라며 되풀이하고 있었다. 초짜의 눈으로 봐도 위험한 정신 상태였다. 조금만 더 나가면 무너진다.

"일단 할까."

대검을 짊어지고 척척 나아가는 알리안테의 다리에 나는 필사적으로 매달렸다.

"안 돼! 안 된다! 저 지경인데 손을 대다니 너무하잖나!"

"하지만 드래곤과 대결할 수 있는 기회는 드무니까……."

"백 보 양보해서 그 주장을 인정하더라도, 지금 저거랑 싸우는 게 '대결'이 될 것 같지는 않은데."

"그런가?"

이야기가 통하지 않는다.

성녀님은 "가라 가라, 해치워라."라며 응원을 보내고 있었다. 레코는 "온정을 허사로 만들다니 어리석구나……."라며 쓰레기를 보는 것 같은 눈빛이었다. 이곳에는 지독한 이들밖에 없었다.

내 제지도 공허하게, 알리안테는 은색 드래곤을 향해 태연히 돌진했다.

"나는…… 긍지 높은 바람의 폭룡…… 마음까지는 꺾이지 않는다……."

"은색 드래곤이여. 묻겠다만, 나와 싸울 생각은 있나?"

은색 드래곤의 눈앞에서 알리안테는 대검을 정면으로 들었다. 나를 상대했을 때의 비살상용 검이 아니었다. 철마저 갈라버릴 듯한 두꺼운 칼날을 가진 무기였다.

전의는 없겠지, 나는 생각했다.

저런 상태로 싸우려고 하는 쪽이 이상하다. 어찌 봐도 착란 상태가 아닌가.

그때, 움직임이 있었다.

은색 드래곤이 오른팔을 들고, 알리안테를 향해 그 거대한 발톱을 단숨에 휘두른 것이었다.

공격의 풍압이 흙먼지를 일으키고 동시에 굉음이 울려 퍼졌다.

"알리안테!"

"오지 마!"

내 외침에는 금세 대답이 돌아왔다. 알리안테는 대검을 방패로 삼아 거대한 발톱을 받아내고, 드래곤의 거구와 격렬한 힘겨루기를 펼치고 있었다.

균형은 금세 무너졌다. 알리안테가 대검을 회전시키듯 공격을 넘겨 큰 발톱의 궤도를 땅으로 돌렸다. 그리고 크게 백스텝으로 거리를 벌려 중거리에서 상대하는 자세를 취했다.

"역시 그렇군. 아직 완전히 팔팔한 모양이잖아."

씨익, 알리안테가 사나운 인상으로 웃었다. 그 앞에는 은색 드래곤의 비늘이 점점 보라색으로 침식되었다.

저건 성녀님이 세뇌되었을 때와 같은 현상이었다.

"저 도라도라인가 하는 잡룡. 사룡님 방식의 무해화 조교를 받고도 돌아올 수 있을 리가 없다고 생각했는데…… 그런 상태였나."

내 등에서 레코가 감탄한 듯 중얼거렸다. 내 방식의 조교라는 전혀 짚이는 바가 없는 문장은 의식에서 1초 만에 밀어냈다.

몸을 빼앗긴 은색 드래곤의 입에서, 메아리치듯 이질적인 목소리가 흘러나왔다.

『내가 그 정도로 사라질 거라 생각했나. 그런 건 얼마든지 만들어낼 수 있는 분신체에 불과하다. 정말이지, 제대로 얕보였군.』

"그래, 나도 이상하다고는 생각했어. 마왕군의 간부치고는 너무 미적지근하지 않나 싶었거든. ——내 이름은 알리안테 솔드 실비에. 비겁한 기생충 같은 몬스터여. 네놈의 이름을 알려주지 않겠나?"

『들어 봐야 무슨 의미가 있지?』

"묘비 정도는 세워 줄까 해서."

크하하, 억누른 듯한 웃음이 돌아왔다.

『인간 따위가 나를 죽이겠다고 지껄이느냐. 나는 인간의 마음속 어둠 그 자체. 어둠을 꺼뜨리는 것은 어떠한 성인이라도 불가능하지. 그걸 알고서도 내게 도전하겠느냐?』

"자잘한 도덕이니 철학을 생각하는 건 별로 안 좋아하거든. 베어 버리면 그걸로 끝이겠지."

『허. 괜찮겠군. 어리석은 자야말로 내 이름을 알 자격이 있지. 【공허】—— 이 이름에 네놈 인생의 공허를 깨닫고, 여기서 죽어라.』

내 등에서 레코가 무릎을 들썩들썩 움직였다.

"어쩐지 감질나네요. 가볍게 날려 버려도 될까요?"

"안 돼. 지금 네가 나섰다가는 저 은색 드래곤까지 한꺼번에 죽여 버릴 것 같으니까.”

“그러면 안 되나요?”

“내게도 죄책감이라는 게 있어.”

느긋하게 대화를 나누는 사이, 갑작스러운 질풍이 이쪽을 덮쳤다. 몸 표면이 보라색으로 물든 은색 드래곤이 한 쌍의 날개를 퍼덕여서 주위의 바람을 지배하에 두고 있는 것이었다.

『사람의 몸으로는 이걸 받아내지 못한다.』

음습한 비웃음과 함께 공격이 펼쳐졌다. 양쪽 날개에서 펼쳐진 폭풍, 그리고 입에서 펼쳐진 숨결은 뒤섞이며 하나의 소용돌이가 되어 눈으로 볼 수 있을 정도의 밀도를 가진 바람의 창으로 변해 알리안테를 덮쳤다.

“그렇다면.”

그 사선을 가로막는 것이 있었다. 갑자기 공중에 출현한 물의 방패였다. 퍼뜩 놀라서 내가 등 뒤를 돌아보니 성녀님도 양손을 내밀어 임전 태세를 갖추고 있었다.

“사람이 아닌 자의 가호를 빌리면 그만일 뿐—— 수비는 부탁하지, 성녀님.”

마력 사이의 충돌에 불꽃같은 섬광이 튀고 방패가 물보라로 흩어졌다. 하지만 위력이 떨어진 소용돌이는 알리안테의 일격에 산들바람으로 변해 버렸다.

신속(神速)이라 할 수 있을 스텝으로 알리안테는 적의 간격으로 파고들었다. 완전히 의표를 찔린 은색 드래곤에게 일격을 퍼부었다.

딱딱한 충돌음.

대검은 날개에 명중했다. 하지만 날개에까지 침식된 보라색 마력이 그 칼날을 받아 냈다. 다소 찢어져서 전혀 손상이 없다고 할 수는 없었지만 대미지를 대폭으로 경감시켰다.

『네놈…… 기사 주제에 기습으로 동료를 이용하느냐…….』

"기사도라는 건 자기가 유리한 장면을 만드는 방편에 불과해. 이기면 그걸로 충분하지. 이 상태로 서포트는 맡기겠어, 성녀님."

"물론! 수적 우위는 우리에게 있다!"

어느 쪽이 악역인지 모를 지경이었다. 방어 역할을 성녀님, 공격 역할을 알리안테가 맡은 즉흥 콤비 주제에 실로 잘 맞았다. 언제 이렇게 움직임을 맞췄나.

은색 드래곤의 몸을 빼앗은 공허라는 몬스터도 지고 있지는 않았다.

압도적인 마력을 배경으로 한 공격력과 방어력은 더없이 위협적이라 두 사람의 콤비네이션을 앞에 두고서도 이렇다 할 치명타를 입지는 않았다.

"괜찮아! 축제가 계속되는 한 내 마력은 무진장이니까!"

"나도 스태미나에는 자신이 있어."

둘 다 지구전이 되리라는 걸 깨달은 태세였다. 승부의 행방은 아직 전혀 보이지 않지──만.

내 등에서 갑자기 방정맞은 흔들림이 강해지기 시작했다.

"늦어……."

진원은, 전화에 불평을 흘리는 레코였다.

"레코? 혹시 조바심이 나느냐?"

"조바심이라고 할 정도는 아니지만…… 이대로라면 결판이 날 때까지 18시간하고 30분 정도가 걸려요. 일단 저 여기사와 수마가 이긴다고 예상은 되지만 느긋하게 기다리는 건 지루하지 않나요."

이미 거기까지의 전개를 읽었다는 건가. 거의 미래 예지 같은 전황 판단이었다.

"참고로 제게 한 번만 허가를 해주신다면 순식간에 끝나요. 어디까지나 참고로 말씀드리는 거지만요. 녀석들한테 맡기겠다는 사룡님의 결정에 이의를 제기하는 건 아니에요. 결코."

"엄청 자기주장을 하는구나."

"당치도 않아요. 어디까지나 참고로 말씀드렸을 뿐이에요."

부들부들부들부들, 흔들림이 점점 커진다. 기분 탓인지 사악한 마력의 기운까지 흘러나오는 느낌이었다.

"……좋다. 하지만 축제가 중지되지 않도록 위력은 조절해서. 그리고 은색 드래곤도 무사할 수 있도록. 그걸 지킨다면 한 번만 허락하마."

"알겠어요."

레코가 대답함과 거의 동시에, 드래곤이 강렬한 주먹을 얻어맞고 땅에 박혔다. 공격한 것은 어느샌가 드래곤의 머리 위(였던 장소)로 점프한 레코였다.

정리한 뒤에는 척하고 착지.

반쯤 함몰된 안면으로 은색 드래곤은 "아니다…… 내가 도라 도라……."라며 제정신(?)으로 돌아온 모습을 보였다. 씌어 있던 것은 이번에도 분신체였고 지금 일격으로 소멸한 걸까.

하지만, 아니었다.

『이렇게나 간단히 손을 대 주다니. 감쪽같이 걸려들었군. 재능 있는 여자여.』

터무니없는 사태가 되었다. 공허의 존재를 나타내는 보라색 빛이 드래곤을 때린 레코의 왼팔에 휘감겨든 것이었다.

레코가 쓰레기라도 털어내듯 팔을 두드렸지만 그 정도로 떨어질 것이 아니었다.

『헛수고다. 내게 물리적 간섭은 일절 통하지 않아. 경솔하게 건드린 것으로 네 운은 끝이다. 당초부터 내 목표는 네놈의 몸 —— 앞서 보낸 분신체는 묘한 도마뱀한테 정화당했지만 유용한 정보도 넘겨주었다. 네놈이 재능 있는 인간이라는…… 그 정보를 말이다.』

"인간? 무슨 소릴 하는 거지? 나는 사룡님의 권속이다."

『그렇게 생각하는 모양이로군. 부정하지는 않겠다. 나는 그 힘을 빼앗을 수 있다면 그것으로 충분하다.』

휘리릭, 빛이 뱀처럼 꿈틀거리며 레코의 몸 안으로 들어가려고 했다.

"그만두어라, 공허 자식아! 지금 당장 은색 드래곤에게 돌아가서 우리와 평범하게 대결하는 편이 깨끗하게 죽을 수 있다고!"

알리안테가 필사적으로 제지했다. 성녀님도 뒤이어 고개를 끄덕였다. 나도 따랐다.

　"그렇다! 그 아이를 얕봐서는 안 돼! 아마도 섣불리 옮겨 타려고 했다가는 네가 어둠의 격류 같은 것에 삼켜져서 죽어 버린다고!"

　『어, 내 쪽을 걱정하는 흐름인가, 지금……? 보통은 이 아이의 몸을 걱정해야 하는 게 아닌가……?』

　레코가 주로 쓰는 왼팔에서 나온 목소리는 명백하게 동요하고 있었다. 나는 목소리를 짜내어 호소했다.

　"그만둬! 내 예상으로는 넌 '터무니없이 강한 몬스터'에 불과해. 그 아이는…… 좀 더 알 수 없는 정체 모를 무언가야! 설령 몬스터이든 누구든, 이 이상 피해자가 늘어나는 건 참을 수 없어……!"

　"그래. 사룡님도 저렇게 말씀하신다. 돌아가지 않는다면 내 어둠의 격류가 네놈을 덮치겠지."

　『어, 이 상황은 뭐냐. 나한테 주도권은 없는 건가?』

　가려운 듯 팔을 긁는 레코도 집행유예라는 것 같은 말투에 여유로운 표정.

　『아, 아니! 속을까 보냐! 어차피 아까 기사가 그랬던 것처럼 기습을 가할 게 틀림없다! 이렇게까지 양질의 숙주는 두 번 다시 손에 넣을 수 없다! 감언이설에 넘어가서 헛되이 놓칠까 보냐! 여기서 이 여자를 손에 넣어, 나는 마왕에게도 필적하는 힘을 손에 넣는 것이다! 자, 여자, 네놈의 마음을 받아가── 으그아아아아악!』

　예상대로 비명이 터지고, 외야 세 사람은 조용히 눈을 감았다.

『어둠의! 어둠의 격류에 삼켜진다아아아아! 압도적인 어둠이이이이이이이!』

　그러니까 말했잖니.

　한편 레코는 신이 나서 양 주먹을 쥐고 있었다.

　"사룡님께서 먼저 이 녀석을 어떻게 쓰러뜨리는지 시범을 보여 주신 덕분이에요. 이런 느낌으로 해방한 어둠을 가지고 삼켜 버리면 되는 거로군요?"

　"그렇지. 나도 자신의 어둠을 해방해서 쓰러뜨렸다고 못 할 것도 없으니."

　구하지 못했다는 눈물을 훔치며, 나는 힘없이 대답했다.

『우, 웃기지 마라, 이 빌어먹을 잔챙이 도마뱀! 이럴 리가……! 이럴 리가 없다고! 이번에는 만전을 기하고자 분신체가 아니라 본체로 왔다……! 분신체와 달리 빈틈 따윈 없어. 악의가 없더라도 생존할 수 있고, 강력한 몬스터라도 간단히 빼앗을 수 있다. 그런데, 그런데 이 상황은 뭐냐! 이 여자는 마왕이라도 되느냐!』

　목소리뿐인데도 발을 동동 구르는 것 같은 기척마저 전해졌다.

『설명해라, 네놈들! 뭐냐! 부탁이니까 설명해 줘……. 대체 무엇이라는 거냐, 이 여자의 이상하리만치 거대한 어둠은……! 게다가 딱히 근거도 없이 절묘하게 폭신한 느낌의 어둠은……!』

"나도 말이지. 계속 궁금하기는 했는데 말이지."

『시치미 떼지 마라! 뭔가 이렇게…… 있잖아! 이만한 어둠을 품게 된 장절한 과거라든지!』

"음……."

나는 깊이깊이 고개를 끄덕였다. 미안하다는 심정과 막대한 공감을 가슴에 품고서.

『이봐, 여자! 뭐든 말해 봐라! 나도 몬스터이니 강자와의 싸움에서 죽는 것은 각오했지만, 이런 건 결단코 납득할 수 없다! 네 놈, 대체 어디서 이만한 업을 쌓았지?!』

거드름피우는 느낌으로 레코는 희미하게 웃었다.

"그런가. 그렇게나 내 어둠의 원천이 알고 싶나. 그렇다면 가르쳐 주지. 내 어둠의 심연을. 과거에 범한 용서받을 수 없는 죄―― 카르마의 원천을."

레코는 이제까지 사람이라도 계속 죽였던 것만 같은 사악한 미소를 띠고, 이렇게 말했다.

"라이엇이 나를 저택에서 추방하려고 했다는 사실에 분노를 억누르지 못하고, 아침 스프에 녀석이 싫어하는 녹두를 잔뜩 섞어서 준 적이 있어요."

『이 녀석도냐! 이 녀석도 이런 느낌이냐! 빌어먹을! 그러니까 그런 건 그만하라고 말했―― 앗.』

실이 뚝 끊어진 것처럼 공허의 목소리는 끊어지고, 레코에게 위삼겨 있던 보라색 빛은 흔적도 없이 사라졌다.

나는 그의 명복을 빌며 조금이나마 기도를 바쳤다.

"죄송해요, 사룡님. 권속인 제가 몬스터의 도발에 넘어가서, 끝내는 추태를 보이고 말았어요. 인간 시절이라고는 해도──주인집 자제에게 무례를 저지르다니, 긍지 있는 노예로서 실격인 행동이었어요. 후회하지는 않지만요."

"괜찮지 않느냐. 편식을 고쳐 주는 건 좋은 일이라 생각한다."

"그건 그것대로 복잡해요."

라이엇을 위한 일이 되었다고 생각하는 것도 아니꼬운 거겠지. 고개를 갸웃거리며 의아해하는 표정이었다.

"뭐, 이걸로 이 마을을 습격한 몬스터도 퇴치할 수 있었으니 한 건 해결인가?"

"아직 이 녀석이 남아 있는데요."

"그는 놔두면 숲으로 돌아갈 테고. 부탁이니까 이제는 손을 대지 말아 줘."

레코는 나무 막대로 은색 드래곤을 쿡쿡 찌르고 있었다. 정신적, 육체적인 피로 때문인지 공허가 빠져나간 지금도 여전히 정신을 잃은 상태였다.

"그럼 돌아가서 다 같이 축제라도 즐기겠느냐? 애도도 할 겸."

"그게 말인데요, 사룡님."

그때, 레코가 가볍게 상담이라도 하는 듯한 느낌으로 이야기를 꺼냈다.

"응? 왜 그러느냐?"

"적을 쓰러뜨린 참에, 조금 상담을 부탁드리고 싶은 일이 있어서요."

"그래, 무엇이냐."

레코가 이리도 격식을 가리며 상담이라니 별일이었다. 평소에는 제멋대로 척척 이야기를 진행하는데. 적도 사라지고 딱히 급한 용건도 없으니, 모처럼이니까 친근히 대해 주고 싶었다.

"정말로 자잘한 문제라서 이렇게 시간을 들이시는 것도 송구하지만."

"아니 아니. 그렇게 조심할 것 없다."

"감사합니다. 그럼 짧게 말씀드리고자 해요."

레코가 차분하게 고개를 끄덕이는 것과 동시에, 무언가가 쩍 금이 가는 소리가 났다.

소리의 진원을 따라가 보니 레코 바로 아래의 지면이, 맨발이 닿은 위치에서 거미줄처럼 균열이 발생하고 있었다.

땅이 갈라지나?

"레코. 어쩐지 거기 위험하지 않느냐? 이동하는 게 좋지 않을까?"

"괜찮아요, 사룡님."

언제나 사용하는 검은 날개를 등 뒤에 펼치고, 레코는 살짝 발을 띄웠다. 넋이 나가려던 내 귓가에, 이번에는 우르릉 울리는 천둥소리가 들렸다.

상공을 올려다보니 어느샌가 자줏빛 하늘을 뒤덮으며 먹구름이 계속 모여들고 있었다. 생물처럼 똬리를 튼 칠흑의 구름이 저녁 하늘을 점점 잡아먹으려 하고 있었다.

날씨의 급변을 전혀 신경 쓰지 않고, 레코는 담담하게 말을 계속했다.

"알고 계시다시피 저는 사룡님으로부터 막대한 힘을 받고 있지만── 조금 전에 몬스터를 없애기 위해서 제가 마음의 어둠을 해방한 것을 보셨죠?"

"그것도 어둠이라는 거구나. 응, 그래서?"

나는 하늘의 모습을 걱정하며 태연하게 맞장구쳤다. 경우에 따라서는 일단 마을로 돌아가야겠다. 이러다가 소나기가 올지도 모른다.

그렇게 생각했을 때였다.

갑자기 하늘에서 벼락이 치고 레코의 등 뒤로 섬광의 폭발이 되어 작열했다.

"으와악?!"

낙뢰의 충격에 반쯤 날려가듯 나는 후퇴했다. 하지만 레코는 전혀 움직이지 않았다. 한순간의 역광으로 검게 물든 표정 가운데 푸른 두 눈이 이쪽을 지그시 바라보고 있었다.

"레, 레코. 숙소로 돌아가지 않겠느냐? 이래서야 본격적으로 쏟아질 것 같구나."

"괜찮아요, 사룡님── 이건 제가 한 일이니까요."

"어?"

일상대화의 연장처럼 너무도 태연한 느낌으로 말했기에 내용을 제대로 받아들일 수가 없었다.

"저는 조금 전에 마음의 어둠을 해방했어요. 그래서 그 어둠

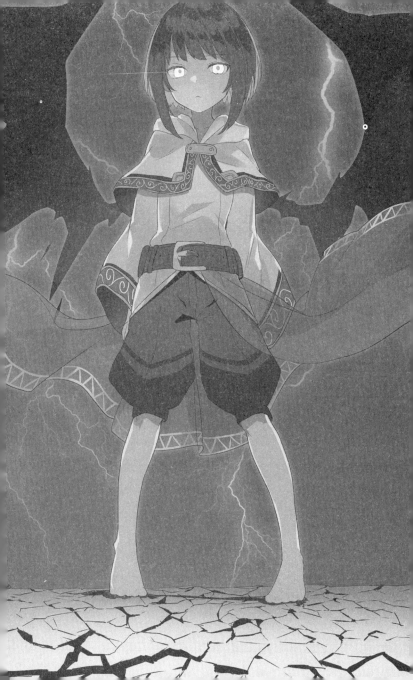

이 사룡님의 힘과 공명해서 평소 이상으로 증폭되고 있어요. 미숙한 저로서는 자력으로 제어할 수 있을 것 같지가 않아요."

레코의 눈이 광채마저 사라질 정도로 푸르게 물들었다.

"그러니, 수고스러우시겠지만 사룡님의 힘으로 저를 제압해 주시지 않겠나요."

"도망쳐!"

우두커니 서 있던 내 몸을 알리안테가 그 순간에 들이받았다.

거의 동시에 레코의 입에서 광선 같은 푸른 화염이 뿜어 나와, 성녀님의 결계를 너무도 간단히 돌파하더니 진흙에 묻힌 밀밭 한구석을 통째로 증발시켰다.

——이거 뭐야?

날아간 기세에 데굴데굴 땅을 구르는 나는 사라진 밀밭을 아연 실색해서 쳐다봤다. 푸른 화염이 핥은 대지는 초토화 정도가 아니라 통째로 푹 파여서 크레이터 같은 상태가 되었다.

게다가 불꽃이 발사된 궤도상으로는 땅 끝까지 갈라졌다. 스친 정도였으니까 밀밭만으로 그쳤지만, 레코가 마을 중심부를 향해 서 있었다면 지금쯤 세렌 사람들은 전멸했을 테지.

"레, 레코?! 이런 위험한 짓을 하면 안 되잖느냐!"

"안 돼, 레벤디아. 실책이었어. 설마 그런 시답잖은 일을 계기로 폭주할 줄이야……."

갑옷에 묻은 흙먼지를 털어 내며 알리안테가 일어섰다. 그녀의 시선은 등 뒤의 검은 날개를 퍼덕이며 하늘로 날아오르는 레코를 응시하고 있었다.

평소와 상태가 다른 것은 이미 눈의 광채만이 아니었다. 팔다리나 얼굴의 피부에는 비늘을 본뜬 것 같은 검은색 문양이 그림자처럼 드리우고, 살짝 열린 입에는 엄니처럼 예리한 이빨이 보였다. 그런 엄청난 덧니는 없었다.

나는 힘이 빠져 그 자리에 주저앉았다.

"으으. 저 아이, 드디어 저질러 버렸나……. 나는 인류 여러분에게 어찌 사죄하면 좋을까……."

틀림없다. 저것이 알리안테가 걱정하던 '레코가 진정한 사룡으로 변한다.'는 최악의 사태가 현현된 것이다.

나는 한탄했다. 이런 형태로 세계를 멸망으로 이끌고 말다니, 처음에 레코가 동굴에 왔을 때에 오해하지 않도록 제대로 설명해 둘 것을 그랬다.

그렇게 했다면 이런 비극은—— 아니, 잘 생각해 보면 충분히 설명했다. 그러고서도 이런 결말이 되었다.

정말로 어떻게 하면 좋았을까, 나는.

"태평하게 있지 마! 다음에 대비해!"

내 엉덩이를 걷어차며 알리안테가 질타했다.

"그, 그렇구나. 일단 지금은 도망을——."

하지만 눈앞의 땅속에서 "촤악~." 하고 간헐천처럼 물이 뿜어 나와 사람의 형태가 되더니 내 목덜미에 단단히 안겨들었다. 물의 화신이 된 성녀님이었다.

"안 돼요──! 그러는 동안에 이 마을은 사라져 버리잖아요! 아까 그거 봤죠?! 저런 게 한 번 더 발사되었다가는 끝이에요!"

그대로 마구잡이로 내 머리를 흔들었다.

"어떻게든 해결해 주세요! 어떻게든 해결해 주세요! 부탁드려요, 도마뱀 씨!"

"진정, 성녀님, 진정하고."

달래자마자 손을 뗀 성녀님은 무릎을 털썩 꿇고는 얼굴을 손으로 덮었다. 완전히 정서불안정 상태였다.

"으으…… 설마 레코 님이 저렇게 되어 버리다니. 이럴 거라면 축제로 뛰어들어서 정체를 밝히고 실컷 찬양이나 받을걸 그랬어요……."

"그런 속된 소리를 하는 사람은 성녀님으로 인정 못 받지 않을까."

오히려 혼이 날 것 같다.

그리고 역시나 마을 사람들도 지금 불꽃으로 이변을 깨달았을 테지. 축제 음악이 완전히 사라지고 멀리서 혼란으로 술렁거리는 소리가 들렸다. 등 뒤를 보니 말을 몰아 이쪽을 향해 다가오는 경비병 집단이 있었다.

"어떻게 된 겁니까, 알리안테 경! 지금 공격은 대체──."

그렇게 물으려던 경비병들의 움직임은 하늘에 떠 있는 레코를 보고 완전히 멈췄다. 악명 높은 사룡의 권속이 꺼림칙한 문양을 피부에 드리우고, 이 역시도 무시무시한 검은 날개를 퍼덕이고 있다. 그리고 입가에서는 엄청난 불꽃의 잔재인 연기가 흘러나왔다.

"철수!"

멋들어질 정도의 퇴각. 저마다 "괜찮아! 우리에게는 성녀님이 있다!"라고 외치며 마을로 도망쳤다. 그 성녀님은 내 발밑에서 부들부들 떨고 있었다.

"큭. 이게 대체 무슨 일이냐. 이리 되었다면 알리안테, 이제 너밖에 의지할──."

절그럭절그럭 갑옷과 대검 소리를 울리며 알리안테는 이미 저 멀리 지평선을 향해 달리고 있었다.

"너는 또 뭘 하는 거냐────!"

내 역사상 가장 빨리 다리가 움직였다. 알리안테 앞으로 돌아들어가서 생각을 고스란히 퍼부었다.

"어. 하지만, 아까 네가 도망치자고 제안했으니까."

"말은 했지만! 내가 말은 했지만, 너는 좀 더 이렇게…… 노력해 봐야지 않겠나?"

"패배하는 길밖에 안 보이는 자를 상대로 노력하는 건 그저 허세에 불과한 자살 행위라고."

"그건 그렇지만 말이지……."

"하지만 역부족인 건 사과하지. 미안하다."

"그런 시리어스한 태도로 사과하지 말고. 더욱더 심각한 느낌이 드니까."

"아니, 실제로 저건 어떻게 할 방법이 없다고. 저게 마왕이라고 그래도 놀랍지 않을 정도야."

마왕의 간판이 참 저렴하네. 이 세상에 마왕이 넘쳐날 기세로 저렴하다.

"게다가 현실적으로 생각하면, 이 마을을 버리고서라도 사후 대책을 세워야만 하니까. 시급히 페류도나로 돌아가서 토벌대를 편성하지. 이대로 힘을 전부 소모하고 원래대로 돌아가 준다면 최고겠지만, 최악의 경우에는 그대로 사룡의 마력에 사로잡힐 가능성도 있으니까."

토벌대. 그래서야 정말로 몬스터 취급이지 않나.

그건 그렇고, 라며 알리안테는 이야기를 계속했다.

"첫 번째 공격 뒤로는 묘하게 조용하네. 의외로 자제심이 아직 남아 있는 건가?"

"어? 정말? 레코 대단하네. 지지 않고서 열심히 노력하고 있구나."

소리도 없이 공중에 부유한 채, 레코는 가만히 지상을 내려다보고 있었다. 그리고 자세히 보니 입을 뻐끔뻐끔 움직이고 있었다.

내게 들리는 거리가 아니었다.

하지만 알리안테가 입술의 움직임을 읽어 단편적으로 이렇게 전했다.

"성녀. 수마. 멸한다. 용서하지 않는다. 채소 부스러기. 애완동물이라 부르고. 이 원한을 갚고자. 산산이 찢고. 화형시키고.

모든 형벌을. 이런 느낌의 말을 되풀이하고 있어.”

이 대체 무슨 일이냐. 이제까지 성녀님이 저지른 자폭 행위가 돌고 돌아서, 처형법의 심사숙고라는 시간 벌이로 이어진 것이었다. 자기희생을 해서라도 마을을 지키려 하다니, 그야말로 수호신의 귀감이다.

하지만 어째서일까, 내 눈물이 그치지 않는다.

이 대화를 들은 성녀님은 얼른 뛰어와서는 내 다리를 단단히 붙잡았다.

“저기. 성녀님? 가능하다면 다리를 놔 주지 않겠나? 이대로는 도망갈 수 없으니까.”

“안 돼요! 저를 두고 가지 말아요!”

“알겠나, 성녀님? 인생, 비관적으로 살아서는 안 돼. 어떤 상황에서라도 반드시 희망은 있지. 그러니까 내 다리를 놓고, 서로 각자의 길을 나아가야만 하지 않겠나.”

“반대 방향으로 도망치겠다는 건가요?! 안 돼요, 죽을 때는 같이 가는 거예요! 싫다면 레코 님을 어떻게든 해결하라고요!”

알리안테는 우리의 문답을 제쳐놓고 조금 떨어진 곳에서 대검으로 참호를 파고 있었다. 혼자서만 살아남을 생각인가.

나와 성녀님은 서로 시선을 마주하며 고개를 끄덕이고, 참호로 달려갔다.

“우왁! 이쪽으로 오지 마!”

“너 혼자만 살아남으려고 하다니 그런 치사한 짓을 가만히 보지는 않겠다!”

"우리는 동료인걸!"

추악한 다툼이 발발했다. 목숨의 위기에 맞닥뜨려 내 악한 마음도 살짝 비대해지고 있었다.

그런 속세의 추한 모습에 분노했는지 레코가 포효를 내질렀다. 우리가 느긋하게 놀랄 틈도 없이, 조금 전 마을의 한구석을 증발시킨 작열의 불꽃이 시야를 새파랗게 물들였다.

성녀님의 물의 방패를 띄웠다. 알리안테가 대검을 휘둘러 바람의 참격을 발사했다. 그중 어느 쪽도 헛된 노력이라고 하듯, 불꽃은 모든 것을 튕겨냈다.

나로서는 아무것도 할 수 있는 게 없었다.

하지만 두 사람보다 한 걸음 앞으로 나서서,

"그만 두지 못하겠느냐! 레코!"

그저 소리쳤다. 업화 앞에서 소리마저도 점점 증발한다.

미친 듯이 날뛰는 불꽃이 내 몸을 감싼다. 아픔도 열기도 없다. 작열은 의외로 상냥한 죽음을 초래하고──.

"어라."

부들부들 몸을 떨며 고개를 들었다. 레코가 발사한 불꽃은 형태도 흔적도 없이 땅에 그을린 자국 하나 남기지 않았다. 등 뒤의 알리안테와 성녀님도 무사했다.

"어? 무슨 일이 일어난 거야? 혹시 레코가 직전에 멈춰 준 건가?"

"아니, 저 아이는 마지막까지 공격을 멈추지 않았다."

그 자리에서 부정한 것은 알리안테였다. 검을 칼집에 넣고 일찍이 없던 진지한 눈빛으로 나를 응시하고 있었다.

"그럼 어째서."

"네 덕분이야. 희망이 보였어. 레벤디아."

"큰 공을 세웠어요, 도마뱀 씨!"

그렇게 말하자마자, 알리안테는 내 꼬리를 양손으로 단단히 붙잡았다.

"저기, 뭐라고? 큰 공이라는 건 뭔데? 그리고 왜 내 꼬리를 붙잡는데? 안 좋은 예감밖에 안 드는데?"

"잘 들어. 저 아이의 공격은 네게 닿자마자 완전히 소멸했어. 이게 의미하는 바를 알겠지?"

"모르겠어. 모르겠다고, 나는."

드디어 레코도 본격적으로 엄니를 드러내기 시작했다. 비늘 문양으로 뒤덮인 팔에 검 같은 용의 발톱이 한꺼번에 자라나더니, 적이라고 판단된 나를 향해 크게 휘둘렀다.

첫 마을에서 늑대를 전멸시켰을 때보다 더 강한 빛의 충격이 다섯 손가락의 형태로 우리에게 덮쳐들었다.

"이 악물어!"

알리안테가 외치는 것과 동시에, 내 몸이 원운동을 하며 하늘로 떠올랐다.

"허억!"

참격에 맞서 내 몸이 내던져졌다. 곧 유리가 깨지듯 새된 소리가 울리고 빛의 참격은 산산이 흩어져 무효화되었다.

"이렇다는 거다──. 저 아이의 공격은, 너한테만큼은 효과가 없어. 주인이자 힘을 준 근원인 『사룡님』한테는 말이야."

"으갸아아━━━━━악!!"

설명해 주었지만 그걸 들을 겨를이 없었다.

반원을 그린 스윙의 종착점은 잔혹한 땅바닥이었다. 사포로 밀리는 것처럼 온몸이 바드득바드득 깎여 나가며, 바닥과의 마찰로 내 선회는 간신히 정지했다.

나는 통증에 몸을 웅크리고,

"으으…… 안 돼, 이건 안 된다고 알리안테. 난 철구가 아니니까. 휘둘릴 때마다 이런 취급이어서야 내 몸이 못 버텨. 꼬리도 틀림없이 떨어질 거고. ━━그러니까 아무런 주저도 없이 또 꼬리를 고쳐 잡는 거 정말로 그만해."

"힘내. 지지 마. 너야말로 진정한 사룡이야."

"응원이 너무 잡스럽지 않나, 너? 그리고 나는 사룡 같은 거 되고 싶지도 않으니까."

타개책 출현과 동시에 나는 벌써부터 마음이 꺾여 버릴 것만 같았지만, 어째선지 호흡을 몇 번 하는 사이에 점점 통증이 가셨다.

자세히 보니 알리안테의 손이 어렴풋이 빛나고 있었다.

"아, 너."

"나는 이래 보여도 마도사가 본업이거든. 하물며 도장은 맡은 몸. 제자의 심장을 강제 재기동시키는 기술조차 필수 기능이야. 이 정도 회복 마법은 당연히 쓸 수 있지."

이때 나는 한층 더 묘한 한기를 느꼈다.

본래는 다정하고 신성할 터인 회복 마법에서 사악한 용도의 기척을 느꼈기 때문이었다.

"자, 이걸로 꼬리는 떨어지지 않고 스윙 후에 땅바닥과 격돌해도 문제없겠군."

사악함의 정체가 순식간에 드러났다. 그야말로 무간지옥이었다. 그건 그렇고, 몰아붙이는 것과 회복을 조합하는 수법에 전혀 망설임이 없었다. 이건 상당히 익숙한 거겠지. 라이엇은 무사할까.

"간다!"

"잠깐만 아직 마음의 준비갸아아아아──악!"

알리안테가 달려 나갔다. 나는 땅바닥에 등을 마구 긁히며 끌려갔다.

레코가 비처럼 퍼붓는 참격을 연이어 튕겨내며 알리안테는 소리쳤다.

"내가 널 저 아이한테까지 옮길게! 틈을 봐서 뛰어들어! 네가 들러붙으면 마력을 억누를 수 있을 거다!"

"레, 레코는 하늘을 날고 있는데."

"알고 있어!"

알고 있는 알리안테는 최선의 수단을 취했다. 나를 세차게 휘두르며 레코를 향해 있는 힘껏 투척한 것이었다.

"아아아아아아악?!"

내가 고속으로 허공을 가른다.

레코가 요격으로 날린 불꽃이나 참격은 모두 안개로 변했다.

당황하면서도 레코가 바로 앞으로 들이닥쳤다. 손을 뻗어 끌어안으려고——.

풍압.

직접적인 마력 공격은 막히더라도 검은 날개가 만들어낸 바람의 벽은 무효화할 수 없었다. 지금의 작은 내 체구는 가볍게 밀려나서 땅으로 곤두박질쳤다.

"안 돼!"

낙하점에 물웅덩이를 출현시켜 나를 받아낸 것은 성녀님이었다. 콜록콜록 물을 토해 내며 지상으로 기어 올라오자 알리안테도 곧바로 달려왔다.

"젠장, 역시 바람까지는 못 막나. 지금은 역시 성녀님을 미끼로 해서, 그 틈에 등 뒤에서 너를 던질 수밖에 없겠군."

"싫은데요오!"

"그런 잔학무도한 발상은 그만둬."

"말이야 그렇겠지만, 이러쿵저러쿵 따지고 있을 때가 아니라고. 봐."

공중에 있는 레코의 상태가 이상했다. 빈틈투성이인 우리에게 공격도 하지 않고 그저 짐승처럼 으르렁거리고 있었다.

아니, 그것만이 아니었다.

자세히 쳐다보고 알았다. 날개가 점점 커지는 것이었다. 게다가 피부를 뒤덮은 문양은 어느샌가 진짜 발톱과 비늘이 되어, 하얗고 가느다란 팔을 갑옷 장갑처럼 변형시키고 있었다.

"원래대로 돌아가기는커녕 더더욱 용에 가까워지고 있어. 다소 희생을 치르더라도 여기서 쓰러뜨리지 못하면 더는 손쓸 도리가 없을 거야."

"저 아이는 정말로 이제……."

권속을 자칭한다고 해도 설마 진짜 사룡이 되어 버릴 것까지야 없을 텐데.

나는 길게 한숨을 내쉬었다. 그리고 조용히 알리안테를 돌아봤다.

"저기, 알리안테. 너, 원래 사이즈의 나를 날려 버린 적이 있었지. 던질 수도 있을까."

"불가능할 건 없지만, 네 약효가 떨어질 때까지는 아직 시간이 남았잖아."

"괜찮아. 성녀님이 협력해 준다면 원래 크기로 돌아갈 방법이 있어. 평소 신체라면 바람에 좀 버틸 수 있을지도 모르지."

어리둥절한 표정으로 알리안테가 나를 봤다.

"뭐냐. 희한한 거라도 보는 표정으로."

"무슨 일이야. 아니, 협력적인 건 좋은 일이지만, 너답지 않다고 생각해서."

"저런 느낌이라면, 늦어지면 늦어질수록 레코는 진짜 드래곤이 된다는 말이잖아? 그냥 놔둘 수 없으니까."

"이유로 말한다면 지당하지만—— 어쩐 일이야? 너답지 않다고? 머리라도 맞았나?"

실례로군. 말해 두겠는데 나도 좋아서 이런 소리를 하는 것이 아니다. 잔뜩 겁먹어서, 평생의 용기를 쥐어짜내서 간신히 꺼낸 발언이었다.

본래라면 그만큼 쥐어짜내도 도저히 부족하지만——.

"처음에 이 아이가 마을 한구석만 불태운 것도, 이렇게 우리를 상대로 공격을 하면서도 애를 먹는 것도, 역시 어딘가에 제정신이 남아 있으니까 이런 거라고 생각해. 그리고 무엇보다도 내게는 공격이 안 통하잖아? 저리 되었어도 역시 레코는 레코야."

그렇게 생각했을 때, 두려움이 단숨에 희미해진 것이었다.

나는 최대한 노력하면 멧돼지와 싸울 수 있다. 지금 내가 느끼는 압박감은 고작해야 그 정도 수준까지 떨어져 있었다.

"희박한 근거로군."

"뭐, 어떠냐. 그걸로 어떻게든 의욕을 낼 수 있으니까."

"그래, 그건 그것대로 괜찮다고 생각해. 내게는 이미 흉악한 몬스터로밖에 안 보이지만—— 그런가, 네게는 아직 그렇게 보이는구나."

알리안테는 든든한 표정으로 웃었다.

"들었나, 성녀! 레벤디아의 체구를 원래대로 되돌려! 한번 도박을 해 보자고!"

"예!"

성녀님이 힘을 흡수하는 물을 내 몸에 끼얹고 약의 마력을 빼냈다.

하지만 레코도 가만히 지켜보고 있지는 않았다. 손톱을 뻗고 날개를 퍼덕여, 마치 풀이라도 베듯 저공으로 내 목을 노렸다.

"방해하게 둘까 봐!"

그 궤도 대검을 뽑은 알리안테가 버티고 섰다. 레코가 양팔로 펼친 참격과 알리안테가 혼신을 다해 휘두른 검격이, 섬광이 되어 전장에서 터졌다.

"큭······!"

발뒤꿈치로 후퇴의 모래 먼지를 피워 올리며 알리안테가 밀려났다. 번 것은 1초. 이어진 손톱의 두 번째 공격은 흘려내지 못한다── 그때.

전혀 경계하지 않았던 레코의 머리 위로 강렬한 바람의 브레스가 직격했다.

이렇다 할 대미지가 되지는 않았다. 하지만 추가 공격을 펼치려던 자세는 무너졌다.

"무대는 갖추어졌다."

대체 누가. 그 의문에 대답한 자는, 모두가 올려다보는 시선을 받으며 당당하게 하늘에서 위풍을 떨치고 있었다.

"지금이야말로 다시 싸우지 않겠나, 여자! 네놈에게서 어쩔 수 없이 받은 내 이름은 도라도라! 이곳에서 승리하여 진정한 이름을 되찾을 것을── 으각!"

참견꾼이 어지간히도 거슬린 거겠지. 레코는 알리안테를 제쳐 놓고 은색 드래곤에게 덤벼들어, 퍼버벅 주먹으로 구타하기 시작했다.

은색 드래곤은 맥없이 추락했다.

하지만 덕분에 시간은 벌었다. 성녀님이 엄지를 세우고, 내 곁으로 다시 돌아온 알리안테가 꼬리를 붙잡았다. 삼위일체의 대포 자세.

"부탁한다, 레벤디아. 권속에게 예의범절을 가르치는 것은 네 책무야."

내 몸이 원심력으로 허공에 둥실 떴다. 이번에는 목표에서 빗나가면 틀림없이 필살의 푸른 화염이 발사된다. 궤도상에 우리와 마을 중심부까지도 노리고서.

믿어 주는 것이었다.

나라면── 사룡 레벤디아라면 틀림없이 막아낸다, 고.

서늘한 물의 감촉이 가시고 거대한 신체 감각이 돌아왔다. 꼬리에 걸리는 부하는 엄청나서 알리안테가 이를 악무는 소리가 들렸다.

"가라!"

아슬아슬할 만큼 끌어 모은 푸른 화염의 소용돌이에 내 거구가 똑바로 날아갔다. 바람의 저항도 열기의 통증도 없이, 그곳에는 그저 산산이 흩어지는 빛만이 존재했다.

천상.

화염을 빠져나간 그곳에서 내가 본 것은 바로 눈앞에서 날개를 펼친 레코의 모습이었다.

"사룡……님."

레코는 한순간 제정신을 되찾은 기색이었지만 폭주는 멈추지 않았다. 불꽃이 통하지 않는 나를 상대로, 검은 날개로 만든 폭풍을 부딪쳤다. 날아가는 기세는 점점 줄어들고 레코의 그림자는 점차 멀어졌다.

안면이 변형될 정도의 압력을 받으며 필사적으로 나는 외쳤다.

"이 녀석! 나를 모르겠느냐!"

움찔. 찰나였지만 날개의 움직임이 완전히 멈췄다.

나는 이 자리에는 어울리지 않은 웃음을 띠었다. 레코는 열심히 하고 있다. 그렇다면 이 기회에 내가 열심히 해야 하겠지.

내 발톱이 검게 물들었다. 한쪽의 네 개뿐만이 아니라 양팔의 도합 여덟 개가.

"레코를—— 붙잡아 줘!"

적을 찢어발기는 발톱이 아니다. 딱 적당하게 덜 날카로운 발톱이 여덟 개, 기세 좋게 뻗어——.

날개까지 통째로 꽉 껴안은 레코를, 나는 품속으로 끌어들였다.

"——응. 이제, 괜찮을……까?"

같은 시간. 먼 평원의 지하 유적 안. 동굴 천장을 꿰뚫어보듯 하늘을 올려다본 수신은 남몰래 그렇게 중얼거렸다.

에필로그

그리고 피해자가 또 하나 }

하얀색으로 가득한 공간에 물방울이 떨어지는 소리만이 울렸다.

착지점에 성녀님이 만들어낸 샘은 나와 레코를 격리 공간으로 보내 주었다.

"있잖느냐, 레코. 내가 누군지 알겠느냐?"

"……예. 사룡님."

나는 안도의 한숨을 내쉬었다. 살짝 물이 깔린 바닥에 눕힌 레코의 몸을 두 앞발 사이에 살며시 끼고 있었다. 발톱으로 붙잡은 뒤에는 계속 이 자세를 유지했지만 지금은 날개도 사라지고 피부의 문양도 옅어지고 있었다.

"이제 괜찮으냐? 떨어지겠느냐?"

내가 의사소통의 회복에 마음을 놓고 양손을 놓으려 했을 때였다.

접촉이 떨어지자 또다시 검은 비늘 문양이 피부에 퍼져 나는 황급히 손을 고쳐 잡았다.

"레, 레코? 이건 대체……?"

"사룡님 앞에서 추태를 보이고 말아 죄송해요. 전부 제가 미숙한 탓이에요.”

어쩐지 달관한 듯한 태도로 레코가 말했다.

“사룡님께서 지니신 힘의 일부를 받은 것은 분에 넘칠 정도의 영광이었어요. 하지만 일개 일간에 불과했던 제게 이 힘은 너무도 컸어요. 사룡님께서 억눌러 주시지 않는다면 이제는 제어할 수도 없어요. 이렇게 접촉하고 있지 않고서는 당장에라도 이 몸은 분별없이 사악한 몬스터가 되어 버리겠죠.”

그렇게 말은 하지만, 지금 이렇게 침식을 막고 있는 것도 실제로는 내가 아니라 레코 본인이 무의식중에 발휘하는 힘이었다. 누차 말하지만 내게 그런 힘은 없는 것이다.

“있잖느냐, 레코. 가볍게 포기해서는 안 돼. 노력해 보면 의외로 간단히 억누를 수 있을지도 모른다고?”

“아뇨. 그보다도 저는 좀 더 좋은 방법을 떠올렸어요.”

이상하게도 비통하게 이야기해야 할 상황에서, 레코는 묘하게 환한 표정을 짓고 있었다.

게다가 어쩐지 본 적이 있는 표정을.

레코는 내 손안에서 평온하게 미소 짓고, 언젠가와 완전히 똑같은 대사를 말했다.

“부디 저를 드셔 주.”

“안 돼.”

다만 이번에는 예측하고 있던 내가 얼른 거부의 의사를 전했다.

말을 꺼내기 전에 내가 거절했기에 레코는 입술을 삐죽 내밀었다.

"아직 전부 말하지도 않았어요, 사룡님."

"거기까지 말했다면 이미 전부 말한 거나 마찬가지야. 있잖느냐, 레코. 내가 몇 번이나 말했잖느냐? 나는 초식이니까 너는 안 먹는다고."

"하지만 영혼은 드실 수 있을 거예요. 실제로 저는 영혼을 먹힌 덕분에 권속이 될 수 있었어요."

"그렇구나……. 음…… 그 부분은 말이지……."

전적으로 경솔한 발언이었기에 내 수난이 시작되었다. 레코에게 이상한 재능이 없었다면 이야기는 단순했을 테지만, 이 아이는 천재라고 할 수 있을 만큼 재능으로 충만한 소녀였다.

하지만 그렇다고 레코가 없었다면 좋았을 거라고 생각하지는 않는다.

처음 마을도, 도적에게 붙잡힌 사람들도, 페류도나도, 성녀님(?)도. 레코가 없었다면 어떻게 되었을지 모른다.

내가 골몰히 생각에 빠진 동안 레코는 항변하고 나섰다.

"저는 사룡님의 권속으로서 역부족이에요. 하지만 이 짧은 여정으로 깨달은 게 있어요. 아무래도 제게는 아주 조금이지만 제 것인 마력도 있는 모양이라."

"그건 알고 있다."

아주 싫을 정도로.

"역시 사룡님. 알고 계셨나요. 그렇다면 이야기는 단순해요.

사룡님께서 제 영혼을 드신다면, 권속으로 받은 마력을 돌려드리는 것만이 아니라 조금뿐이지만 제 힘을 사룡님의 피와 살로 드릴 수 있어요. 제 몸은 여기서 끝나겠지만, 부디 힘만이라도 사룡님의 여행에 바치게 해 주세요."

"이 녀석."

나는 손가락 하나만 써서 가볍게 레코의 이마를 찔렀다.

"너는 내 안력을 깔보는 것이냐? 레코. 나 사룡 레벤디아. 권속의 소양이 없는 자에게 가볍게 힘을 주지 않는다."

"하지만── 저는."

"못 하겠다고 한다면, 할 수 있게 될 때까지 느긋이 어울릴 터이니. 1년이든 2년이든, 10년이든 20년이든 괜찮다. 네게는 짧은 시간이니까. 이 손을 놓으면 네가 폭주한다면, 폭주하지 않을 때까지 계속 기다리면 그만이지 않으냐. 너는 뭘 그리 어렵게 생각하는 거냐."

"하지만 사룡님…… 양손이 묶여 있다면 불편하지 않으신가요……?"

"뭐, 불편하지만 너를 계속 기다리는 것으로 마왕 퇴치 건을 얼버무릴 수 있다면 어흠."

하마터면 새어 나올 뻔했던 본심을 헛기침으로 얼버무렸다. 다행히도 레코는 듣지 못한 모양이지만, 대신에 골똘히 다른 생각에 잠겨 있었다.

"……모르겠어요, 사룡님. 저는 얼마든지 교체할 수 있는 권속에 불과할 거예요. 사룡님께서 그렇게까지 공을 들이시는 이유가 대체 어디에 있을까요?"

"레코."

이름을 불렀다. 이러니저러니 해도 며칠은 침식을 함께했다. 이러고도 친애의 정이 샘솟지도 않을 만큼 나는 박정하진 않다.

그런 지극히 평범한 이유마저 『사룡』이라는 색안경을 통하면 평범하지 않게 받아들여진다. 사룡에게 평범한 생각 따윈 불필요한 것일 테니까.

그럼에도 나는 마음에서 우러나오는 진심으로 레코에게 이야기했다.

"너로서는 상상도 못 할 테지만, 내게도 어리고 약하던 시절이라는 게 있었다."

"사룡님께? 세상에 설마."

"됐으니까 들어 다오. 나는 거짓말은 안 해. 그렇게 약하던 시절, 인간들과 함께 살던 시기가 있었다. 뭐, 좋은 추억도 나쁜 추억도 있지만, 그때의 경험을 바탕으로 생각했다."

나는 수천 년 동안 거의 혼자서 살았다. 인간과 살던 때도 취급은 거의 비상식량이거나 구경거리 동물이거나, 그다지 변변찮은 것이 아니었다.

그렇기에—— 어떤 오해가 바탕이었든 레코처럼 친근하게 대해 준 소녀를, 이렇게 여기게 되는 것이었다.

"어쩐지…… 그게, 자식이나 손자 같다고나 할까. 그런 가족이 생긴 기분이라서 말이다. 어마어마하게 손이 가는 아이지만, 사라져 버린다면 당연히 슬프지 않겠느냐."

"슬프다고요?"

레코의 눈이 점으로 변했다.

"뭘 놀라는 거냐. 나도 평범하게 기쁘거나 슬프거나 하는 일은 있으니까. 나는 네가 죽으면 슬프다. 그러니까 먹는다든지 그러지 않아. 자, 그걸 알고서도 나는 내게 '드셔 주세요.' 같은 소리를 하겠느냐?"

어리둥절한 표정으로 나를 보며 레코는 천천히 고개를 갸웃거렸다.

"그러니까 그건, 너도 드래곤이 되어서 사룡님의 손녀답게 되라는……?"

"매번 굉장히 각이 날카로운 곡해를 하는구나, 너는."

"아닌가요? 바라신다면 최선을 다해서 뿔 같은 건 만들어 볼 생각인데요."

"뿔이라는 게 최선을 다하면 만들어지는 건가."

세계에는 내가 모르는 일들이 넘쳐나는가 보다. 점점 상식이 무너진다.

하지만 그것이 우스워져서 나는 느닷없이 웃음을 터뜨렸다.

"그 기세다. 뿔을 만들 수 있다면 반대로 없앨 수도 있는 것처럼. 알겠느냐, 어떤 일도 불가능은 없어. 여하튼 너는 내가 기대한 권속이니까."

"……알겠어요."

레코가 양손으로 내 발톱을 건드렸다. 그리고 살며시 힘을 실어 내 손을 점점 벌렸다.

"노력해 볼게요. 저도 아직 사룽님과 함께 있고 싶어요. 지금부터── 이 힘을 제어해 보이겠어요."

"음음. 그래, 긍정적인 게 제일이다. 혹시 위험할 것 같다면 내가 멈춰 줄 테니 안심하고."

"예. 오늘만큼은 잔뜩 응석을 부릴게요."

내 손에서 떨어진 레코의 피부에는 또다시 비늘의 문양이 나타나고, 그녀의 몸에서도 아득히 큰 검은 날개가 펼쳐졌다. 하지만 푸른 눈동자 안에는 아직 레코의 의지를 머금은 광채가 있고 엄니도 뻗어 나오지 않았다.

"후후…… 그런가요……. 가족인가요……. 사룽님께서는 저를 그렇게까지 소중하게 생각해 주시는 거로군요……."

다만 어쩐지 상태가 이상했다. 이상하게 히죽거렸다. 조금 전까지와는 또 다른 의미로 무서웠다.

"레코? 상태는 어떤 느낌이냐?"

"예, 사룽님. 격려해 주신 덕분에 만사형통하게……."

움찔, 그때 레코의 표정이 굳어졌다. 입술을 다물고 무언가 생각에 잠겼다.

"죄송해요. 역시 혼자서는 힘들 것 같으니까 사룽님께서 도와주셨으면 좋겠는데요."

"정말? 어쩐지 나를 추어올리려고 이상하게 마음을 쓰는 건 아니냐?"

"마음을 쓰다니 당치도 않아요. 단순히 제가 사룽님의 멋진 모습을 보고 싶을 뿐이에요."

더욱 악질적인 본심을 레코는 시원스럽게 털어 놓았다.

　그 순간, 상당히 엷어져 있던 비늘 문양이 다시 칠흑으로 바뀌고 레코의 입가에 불쑥 엄니가 돋아났다. 게다가 살짝 짧은 뿔도 났다.

　그리고 온몸에서 시커먼 아우라를 분출하며 어흠, 가슴을 폈다.

　"자, 부디 저를 멈춰 주세요. 사룡님."

　"그래. 이러면 되겠느냐?"

　툭, 레코의 머리에 발끝을 가볍게 댔다. 그것만으로도 사룡 느낌의 특징은 전부 해제되었다.

　"그럼 만족했느냐? 슬슬 돌아갈까. 이제 곧 저녁시간이야."

　"안 돼요. 아직 전혀 제어할 수 없어요."

　입술을 삐죽 내밀고서 레코는 나를 노려봤다. 변화해도 평범하게 대화가 가능해진 것을 보기에는, 이제는 컨트롤할 수 있을 것 같은데.

　"정말이냐? 손을 봐도 이젠 괜찮지 않느냐?"

　그러면서 내가 발을 떼려고 하자, 레코는 그것을 막으려는 듯 양손으로 단단히 붙잡았다. 마력은 무효화되고 있을 텐데 어째선지 힘이 강했다.

　"아직 불안정하니까 한동안 손을 떼지 말아 주셨으면 좋겠어요. 그대로 쓰다듬어 주시면 효과적이지 않을까 해요."

　"나는 이미 위기감이 전혀 느껴지지 않는다만."

　시키는 대로 발끝으로 머리를 쓰다듬자 레코는 어쩐지 만족스럽다는 표정을 지었다. 하지만 그것만으로는 끝날 것 같지 않았다. 지금이라는 듯 다음 요구를 생각하고 있었다.

"그러네요. 역시 제가 폭주한다는 형태로 하면, 사룡님께서는 제 몸을 걱정하셔서 다이내믹한 리액션을 꺼리게 되시는군요. 이건 중대한 문제예요. 그럼—— 저 말고 다른 자를 폭주시키면, 유감없이 힘을 발휘해 주시나요?"

"주된 취지가 엇나가지 않았나? 네가 폭주하지 않으면 그걸로 충분하다고? 어째서 굳이 너 말고 다른 자를 적극적으로 폭주하게 만들 필요가 있느냐?"

"잠깐만 기다리세요."

완전 무시. 사룡 모드 그대로 진지한 표정으로 생각에 잠긴 레코는, 갑자기 퍼뜩 놀란 표정으로 바닥의 물을 건드렸다.

"뭘 하는 거냐?"

"이 물을 매개체로 제 잉여 마력을 물질화할까 해서요."

"……무슨 소리야?"

"보고 계세요."

레코의 손바닥에서 마치 먹을 흘린 것처럼 검은 물이 바닥으로 퍼졌다. 그림자처럼 퍼진 검은색 마력은 이윽고 생물처럼 꿈틀대기 시작해서는 거대한 드래곤의 모습을 모방했다.

"저기, 레코. 이건?"

"폭주의 원인이 되는 잉여 마력을 외부로 떼어낸 거예요. 말하자면 마력으로 만든 꼭두각시겠네요. 이걸 처리하면 저는 평소처럼 당신의 권속으로 부활할 수 있겠죠."

"이미 부활했다고 생각하는데 말이지. 과연 이 과정은 필요한 걸까."

그런 능수능란한 재주를 부릴 수 있다면 틀림없이 평범하게 제어할 수 있다.

식은땀을 줄줄 흘리며 검은 드래곤을 보는 내 등으로 레코가 척 뛰어올랐다. 이미 날개도 비늘 문양도 완전히 사라진 상태였다.

"그건 그렇고, 시원해졌어요. 역시 사룡님의 판단에 착오는 없었어요. 무든 일이든 하면 된다. 저도 기대하신 만큼의 능력은 있다고요."

어흠, 숙취 중에 구토라도 한 것처럼 상쾌한 모습으로 말했다.

"어, 응. 그런데 말이지, 저걸 처리한다는 건 구체적으로 어떤——."

그렇게 물으려던 내 등에서 '퍼덕' 하고 날개가 전개되었다. 물론 자력이 아니었다. 레코의 소행이었다.

앞으로의 전개를 순식간에 예상한 내 표정이 죽었다. 가라앉았던 위기감이 일제히 끓어오르고 온몸에서 단숨에 핏기가 가셨다.

"그럼 조력을 부탁드릴게요. 간단하게 저걸 날려 버리죠."

레코의 선언과 함께 마력 접속이 중단되고 완전히 독립된 폭주 드래곤이 엄청난 포효를 내질렀다. 조금 전까지 지상에서 날뛰던 레코 그 자체의 위압감.

거동 하나로 결계 공간을 붕괴시키고 토해내는 숨결은 세계를

증발시킬 정도의 고음. 그곳에는 틀림없는 진정한 사룡의 모습이 있었지만,

　

"으갸아아아아아━━━━━━━━━━악!!"

　

단검을 높이 치켜든 레코가 날개를 움직여, 무자비하며 무자각으로 나를 고속으로 돌격 비상하게 만들었다.

알리안테가 던졌을 때와는 비교도 되지 않았다. 그야말로 살아있는 포탄 취급이었다.

조준은 빗나가지 않고 폭주 드래곤의 흉부에 직격. 하지만 그러고도 속도는 줄어들지 않고 시체에 채찍질을 가하듯 더더욱 가속은 이어졌다. 브레이크는 어디에도 없었다.

　

그리고 그대로, 호쾌하게 결계 천장을 박살냈다.

　

＊

　

울먹이는 레벤디아가 날개를 달고 결계에서 튀어나왔다.

무언가 새로이 나타난 거대 드래곤에게 머리부터 돌격한 모양인데, 지상으로 나오자마자 그쪽은 안개처럼 흩어졌다.

그 광경만으로도 결계 안에서 무슨 일이 있었는지 어찌어찌 헤아릴 수 있었다.

"여전히 불쌍하네……."

알리안테는 미소 지으며 혼잣말하고,

"저렇게 됐으니 이제는 평생 도망치지는 못하겠네."

권속 소녀가 휘두르는 대로 하늘을 나는 레벤디아는 오래토록 그 놀이에 어울리게 되고──── 착지했을 때에는 이미 기절한 상태였다.

*

다음 날 아침.

만 하룻밤을 정신없이 잤다가 깼더니 마을에서는 출입금지를 당했다.

생각해 보면 당연했다. 마을 경비병들 앞에서 레코가 폭주, 아무도 없는 쪽이라고는 해도 마을 밀밭을 초토화도 아니고 크레이터로 바꿔 버린 것이다.

일단은 일어난 뒤, 마을 경계에 있는 병사들의 대기소에 들러서 레코 일을 사과하려고 했는데───.

"아무 문제도 없습니다, 저희는 신경 안 쓰니까요. 하지만 마을이 진흙투성이라서 사룡님과 권속님을 대접하는 건 이제 어렵겠네요. 다음 마을로 가시는 건 어떠신지요."

"짐은 이미 정리해 두었으니."

"이것 참, 살아있는 동안에 진짜 사룡 레벤디아를 볼 수 있었다니 감격했습니다. 저. 엄청 레어한 체험이네요. 이런 변경의 마을에 이제 용건은 없으실 테니, 두 번 다시 만날 일은 없겠지요. 자, 마왕 토벌의 여정을 서둘러 주시기를."

　이러했다. 단호하게 마을로 들이지 않겠다는 강한 의지를 느꼈다.

　그것을 굳이 거절할 수 있을 만한 배짱은 내게 없었기에, 작아지는 약을 마시고 대기소를 뒤로했을 때에는 짐 일체를 등에 동여매고 언제라도 여행을 떠날 태세가 되어 있었다.

　"그럼 갈까요. 사룡님."

　아직 출발하겠다고는 한마디도 안 했는데, 대기소 앞에서 기다리던 레코는 의기양양하게 나를 맞이했다. 마왕 토벌 쪽에 대해서만큼은 묘하게 통찰이 빠른 건 좀 자제해 줬으면. 좀 더 진짜 내 기분을 헤아려 줬으면.

　그만한 일이 있었음에도 본인은 평소 그대로였다. 한편 나는 아직 육체적으로도 정신적으로도 피로가 짙게 남아 있었다.

　"잠깐만 기다려라, 레코. 나는 아직 할 일이 남아서."

　"예. 죄송해요. 어떤 용건이신가요."

　"으음…… 그게 말이다……."

　진심은 적어도 앞으로 5000년 정도는 이 부근에서 풀을 먹고 싶었다.

　그런 소리를 했다가는 레코가 어떻게 될지 알 수 없으니 숨겨 두고, 적당한 시간벌이를 애써 생각해냈다.

"음. 알리안테와 성녀님에게 인사를 해 두어야겠구나. 여러모로 신세를 진 건 틀림없으니까."

어째선지 깨어났을 때에는 둘 다 없었던 것이다. 가까이 있던 것은 내 등에서 마찬가지로 정신없이 잠든 레코와, 기절한 채로 근처에 굴러다니던 은색 드래곤뿐이었다.

"그 여기사라면 사룡님께서 휴식을 취하시고 얼마 안 있어서, 재개된 축제에 불려갔어요. 아무래도 '마을을 습격한 터무니없이 강한 몬스터'를 퇴치한 공적을 치하한다는 모양인데, 언제 그런 걸 쓰러뜨렸을까요."

너 말이야.

그것을 수습한 것은 알리안테의 공적으로 되어 있나 보다. 뭐, 그렇겠지. 나는 레코 측에 있는 입장이라 까딱 잘못하면 흑막으로 취급될지도 모른다.

"그런가. 하지만 의외구나. 알리안테는 그런 화려한 분위기는 거북해 할 것 같았는데."

"마을의 속옷 바람 녀석들 수십 명이 가마에 태워서 연행해 갔어요. "성녀님의 재래다! 성녀님의 재래다!"라면서요. 여기사는 싫어했지만 그 열기에 그만 졌나 봐요."

"아아…… 그 사람들은 좀 말을 안 들어먹을 것 같구나."

마을 경계 밖에서 아직 두두둥 울리는 타악기 소리를 쓸쓸하게 들었다. 하룻밤을 새고 얼른 재개하다니 터프한 근성이었다.

"축제의 주역으로 취급되어서야 만나러 가기는 어려울 것 같구나. 마을로 들어가지는 못하니까. 그럼 성녀님은? 수로에 대고 부르면 와 주지 않을까?"

"그쪽은 더 심각해요. 저걸 보세요."

레코가 가리킨 곳에는 어제 전투로 파인 마을 한구석이 있었다. 깊은 크레이터로 변했을 터인 그곳은—— 진흙으로 가득 메워져서 거의 복구되어 있었다.

"저건 뭐야."

레코는 무표정하게 고개를 끄덕이고,

"여기사가 '성녀님의 재래다!' 라면서 칭송을 받으며 축제로 끌려가는 바람에 완전히 삐쳐서 나오지를 않게 됐어요. 대신에 저기 크레이터의 진흙이 엄청난 기세로 늘어났고요. 틀림없이 울분을 모두 진흙 생산으로 돌린 거겠죠…… 어리석기는."

틀림없이 역효과로, 마을 사람들은 기뻐하고 있겠지.

"어떻게 할까요? 필요하시다면 결계에서 끄집어낼 수 있는데요."

"아니. 그런 상황이라면 조용히 놔두는 편이 나을지도 모르고——."

쏴아, 갑자기 지면에서 물이 뿜어 나오더니 그대로 성녀님의 모습으로 바뀌었다. 조용히 놔두는 것이 마음에 안 들었는지 날 붙잡고 궁상스럽게 호소했다.

"너무하지 않나요, 격려 하나 없다니! 뭔가요?! 어째서 내 공적이 아닌 건데요?! 나도 열심히 노력했는데……."

"나한테 그런 소리를 해도 말이지."

이유는 전적으로 강자의 아우라가 전혀 없기 때문이겠지. 그 럭저럭 강할 테지만 어쩐지 나랑 비슷하게 분위기가 있는 것이었다.

"그렇게나 불만이라면 축제에 들어가면 되잖나. 알리안테라면 틀림없이 너를 진짜 성녀님이라고 설명해 줄 거야."

"됐어요. 그런 건 부끄러운걸……."

뺨을 붉게 물들이고 성녀님은 꺄아꺄아 부끄러워했다.

"그게 말이죠, 나는 칭찬을 받고 싶은 거예요. 칭찬을 받으면 힘이 나는 타입이니까요. 하지만 직접 칭찬을 받으면 부끄러우니까 신전이나 축제처럼 간접적으로 칭찬을 받고 싶어요. 물론 다른 사람이 성녀님 취급을 받다니 용서할 수 없어요. 알겠나요. 소녀의 이 마음을?"

"복잡한 욕구 불만을 품고 있구나. 하지만 나한테 그러지 말라고. 정말로 어떻게 할 방법도 없으니까."

"그래, 사룡님께 폐 끼치지 마라."

날이 선 목소리로 말하면서도 어째선지 레코는 성녀님을 두 팔로 안아들었다.

정도를 넘어선 예상 밖의 행동에 나는 깜짝 놀랐다. 마을에 온 당시에는 이런저런 일이 있었지만, 격전이나 간병을 거쳐서 마침내 레코도 성녀님에게 우정을 느끼기 시작했나. 그런 인간적인 감정을 레코가 가지게 되었다면 그것만으로도 이 마을에서의 수확은 충분히 있었다.

"어? 레코 님? 세상에, 끌어안다니 저를 격려해 주시는 건가요? 진정한 사롱이신 레코 님께서 그렇게까지 마음을 써 주시다니, 저도 몬스터 나부랭이로서 긍지로 생각."

"──성가시네. 좀알좀알대지 말고 내키는 만큼 칭찬을 받으면 돼."

마치 갓난아기를 하늘 높이 들고 달래듯, 레코의 손이 성녀님의 몸을 들어 올렸다.

그리고 피리소리가 울리는 마을 중심부를 향해 내던졌다.

그 어떤 가감도 주저도 없는 투척. 그것은 이미 반짝이는 별이 되어 버릴 기세라서.

잠시 후, 멀리서 비명이 울렸다. 갑자기 인간(같은 것)이 날아왔으니 당연했다. 까딱 잘못하면 새로운 몬스터 취급을 당할지도 모른다. 알리안테가 제대로 변호해 준다면 좋겠는데.

"자, 이걸로 인사도 마무리되었네요."

레코는 손뼉을 치며 털어냈고.

"나 이제 두 번 다시 성녀님 얼굴을 못 보겠어."

"그때는 제가 녀석의 목덜미를 붙잡고 얼굴을 보여 드릴게요."

"그런 부분이 얼굴을 볼 수 없는 가장 큰 원인인데 말이다."

나는 어깨를 떨어뜨리고, 그만 단념하고 초원 끝으로 시선을 보냈다. 아무튼 이제 이 마을에서 편안히 오래 머무른다는 선택지는 사라지고 만 듯했다.

어디로 가야 할지 정처도 없이, 천천히 길로 걸음을 옮겼다.

레코도 내 등에 타고 온몸을 찰싹 달라붙었다.

"사룡님. 앞으로도 잘 부탁드려요."

조금은 거리낌이 사라진 느낌의 응석에, 나는 가볍게 쓴웃음 지었다. 앞으로도 이 아이 때문에 계속 마음고생을 하게 되겠지.

적어도 마왕이라는 녀석을 쓰러뜨릴 때까지는, 계속.

＊

"큰일이네. 마을 녀석들도 참, 전혀 남의 이야기를 안 들어."

간신히 축제의 군중에서 빠져나온 알리안테는 마을 밖에 묶어 두었던 애마에 올라타 페류도나로의 귀로를 서둘렀다.

진짜 성녀님은 따로 있고 활약도 했다고 이야기했지만 아무도 듣지를 않았다. 축제의 열광이라는 것은 그렇게까지 무서운 것인가, 알리안테는 마음속 깊이 감탄했다.

그건 그렇고, 축제를 빠져나올 수 있었던 계기── 하늘에서 날아온 의문의 물체는 무엇이었을까.

그 낙하물이 축제 무대를 운석처럼 박살내 준 덕분에 포위에서 빠져나와 도망칠 틈을 발견했다. 기적을 보면 사악한 존재는 아니었고 부상자도 나오지 않은 모양이지만, 이상한 상황이 되지는 않았는지 조금 걱정이었다.

뭐, 여차하면 성녀님이 있으니까 괜찮을 것이라고는 생각하지만──.

"······그래서, 너는 어째서 따라오는 거지?"

애마를 몰면서 상공을 올려다봤다. 그곳에는 날개를 펼치고 이쪽을 따라오는 은색 드래곤의 모습이 있었다.

"너, 가 아니다. 도라도라라고 불러라."

"무엇이 널 그렇게까지 비굴하게 만든 거냐. 어찌 봐도 그런 사랑스러운 생물이 아니잖아."

"그런가. 듣고 싶나. 내가 도라도라를 자칭하는 이유를······."

"아니, 딱히."

알리안테는 말에게 명령해서 속도를 한 단계 올렸지만, 자칭 도라도라도 비행 속도를 높여서 태연하게 따라왔다.

"나는 그 여자에게 졌다. 완벽할 정도로. 물론 나도 이제까지 패배를 맛본 적은 있다. 하지만 그렇게 나이도 얼마 안 되는 어린아이한테── 털끝만큼의 저항도 허락되지 않고 패배한 것은 첫 경험이었다."

"젠장. 이 자식, 듣고 싶지도 않은 이야기를 시작했잖아. 야, 좀 더 빨리 달려서 이 녀석을 떨쳐내 줘."

박차를 가했지만 말도 역시나 드래곤을 상대로는 포기한 기색이었다. 말은 나누지 못하더라도 기척으로 알 수 있었다. 오랫동안 함께한 애마인 만큼 어느 정도 의사소통은 가능했다.

"그리고 나는 도라도라라고 불렸다. 그때 느낀 감정은── 그야말로 굴욕이라는 한마디뿐이었다. 바람의 폭룡인 내게 완전히 무해한 애완동물 같은 애칭이 붙어 버린 것이다. 게다가 그 어떠한 악의도 느껴지지 않았다. 그 여자에게 나는 야유의 의미도 비아냥거리는 의미도 아닌, 정말 그 정도의 존재에 불과했던 거겠지."

"그 정도로 한탄하지 마. 세상에는 더더욱 비참한 신세인 드래곤도 있어."

"그런가…… 설마 그 드래곤도 그 여자한테 당했나?"

"어떤 의미로는 그렇지."

"그렇다면 나와 똑같은가. 남 일로 여겨지진 않는군."

도라도라는 활공하며 기도하듯 눈을 감았다. 그리고 천천히 눈을 떴다.

"나는 맹세한 것이다. 그 굴욕을 잊지 않겠노라고. 언젠가 그 여자도 내 진짜 이름을 부르도록 만들겠다고. 그것을 이루는 날까지, 나는 도라도라를 자칭하기로 결심했다."

"그런가. 힘내. 잘해 봐. 너라면 할 수 있을 거야."

"잠깐만."

"거절한다. 너, 성가시다고."

계속해서 따라붙는 은색 드래곤을 상대로 알리안테는 나쁜 예감을 금할 수 없었다. 이런 전개는 전에도 한 번 경험한 적이 있는 기분이었다.

"그 여자가 다시 돌아보게 만드는 건 간단한 이야기가 아니야. 앞선 전투의 자초지종을 봤는데, 설마 그 작은 드래곤──본래 도라도라라고 불렸을 터인 자의 정체가, 바로 그 사룡 레벤디아였을 줄이야. 나를 일방적으로 때려눕힌 여자의 폭주를 간단히 수습했지. 그만한 드래곤을 바로 곁에서 느낄 수 있는 자가 날 인정하게 만드는 건 가시밭길이겠지……."

"너, 의식이 몽롱해서 엄청 그럴싸한 부분밖에 안 봤겠지? 정말로 자초지종을 봤다면 무어라 형용할 수 없는 기분이었을 거라고."

실제로 알리안테는 그런 기분이었다. 하지만 도라도라는 완전히 자신의 세계에 빠져서는 더 이상 듣고 있지 않았다.

"인간 전사여. 너는 나보다 어느 정도 강하다. 인간의 몸으로 드래곤인 나를 능가하다니, 무척 엄격한 훈련을 쌓았을 테지. 애석하게도 나는 천성적으로 이렇듯 강했기에 단련해서 힘을 기른다는 인간의 방식을 잘 모른다. 그래서 말인데, 나를 강하게 만들어 줄 수 없겠나?"

그것 봐. 아니나 다를까 그쪽 타입인 녀석이었다.

머릿속으로 금발 소년의 얼굴을 떠올린 알리안테는 쌀쌀맞게 거절했다.

"우리는 피해자 모임이 아니거든. 그런 건 한 사람이면 이미 충분해."

그럼에도 은색 드래곤은 단호하게 계속 따라왔다.

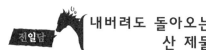

내버려도 돌아오는
산 제물 소녀의 이야기

그 녀석이 온 것은 1년 전의 화창한 날이었다.

보물이라도 옮기는 것처럼 호위가 딸린 마차에서 당당하게 내려선 모습은 지금도 또렷이 기억한다.

"레코라고 합니다. 오늘부터 이곳에서 일하게 되었습니다. 모쪼록 잘 부탁드려요."

자신을 레코라고 한 그 소녀는 주름 하나 없이 반짝반짝한 급사복을 입고 있었다.

새로운 고용인이다——라며 아버지는 간단하게 설명했지만 라이엇은 금세 그것을 의심했다.

확실히 이 집은 대대로 마을의 제사를 책임지고 있기에 그럭저럭 유복한 편이었다.

하지만 봉납금도 무한히 솟아나오는 것은 아니다. 덧붙여서 최근에는 계속 흉작이라 마을 사람들의 주머니도 얇아졌다. 고용하더라도 마을 안의 가난한 사람에게 우선적으로 직업을 주는 것이 사리에 맞는 일이었다.

집으로 맞아들인 뒤로 며칠이 지나는 동안, 이 의심은 더욱 깊어졌다.

조리도구를 보고 말하기를 "이건 무엇에 쓰는 건가요".

청소도구를 보고 말하기를 "이건 무엇에 쓰는 건가요".

설령 견습일지라도 고용인으로서는 말도 안 되는 지식의 결여였다. 사용 방법을 가르쳐 주면 금세 능숙해졌지만 고용인으로 데려온 것치고는 너무도 서투르다고밖에 표현할 방도가 없었다.

"저기, 아버지. 무슨 생각으로 저 아이를 고용했어? 일손이라면 충분하잖아?"

점점 심해진 의심을 솔직히 털어놓은 것은, 레코가 온 뒤로 일주일 정도가 지난 아침식사 자리였다. 널찍한 식당에서 아버지와 둘이서만 얼굴을 마주하고서.

"어릴 적에 부모를 잃은 불쌍한 여자애라고 들어서 말이다. 구빈원에서 데려왔지. 게다가 세상 물정은 모르지만 일을 꽤 잘하잖아. 이 스프 맛이 불만이냐?"

며칠 만에 요리를 배운 레코는, 최근에는 자기가 나서서 아침식사를 만들게 되었다. 맛은 베테랑 고용인에게도 뒤처지지 않았다.

하지만 문제는 그 부분이 아니었다.

"있잖아, 아버지. 언제까지고 날 너무 꼬맹이 취급하진 말라고. 저 아이가 타고 온 마차, 그게 불쌍한 고아를 데려오는 마차라고?"

게다가 일일이 강아지를 주워 오는 기분으로 고아를 기를 만큼 아버지는 독지가가 아니었다. 라이엇은 포크로 찍은 소시지를 베어 물며 아버지를 노려봤다.

이윽고 아버지는 한숨을 푹 내쉬었다.

"그러냐. 그렇구나. 너도 언제까지고 어린애가 아니지. 장래에는 이 가문을 이을 몸이야. 언젠가는 알아야만 한다고 생각했지만……."

남들의 시선을 신경 쓰듯 주위를 살펴본 뒤, 아버지는 조용히 이야기했다.

"알겠느냐, 라이엇. 잘 들어라. 지금 이 세계는 위기에 빠져 있어. 몬스터 활동이 과거와는 차원이 다를 만큼 격렬해지고 마을을 습격하는 경우도 늘어났지. 이 원흉이 무엇인지, 너도 알고 있겠지?"

"그야 마왕이겠지. 전 세계의 강한 몬스터를 모아서 수하로 부리고 있다는……."

"그래. 마왕이라는 강력한 존재가 지휘하며, 몬스터는 더더욱 흉악해지고 있지. 이 마을을, 이 세계를 평화롭게 만들기 위해서는 녀석을 쳐 죽일 필요가 있어."

"갑자기 장대한 이야기로 얼버무리지 말고. 지금은 그 아이 이야기를 하는 거잖아?"

"그 이야기다. 있잖느냐 라이엇, 이 세상에서 유일하게—— 마왕을 무찌를 수 있는 존재라면, 너도 짚이는 바가 있을 텐데?"

그 지적에 라이엇은 펄쩍 튕기듯 일어섰다.

모를 리가 없었다. 애당초 라이엇의 일족이 사제로서 이 땅에 뿌리를 내린 것은 그 녀석을 진정시키기 위한 것이기도 했다.

"우리 일족이 이제껏 모시며 계속 진정시켰던 사룡 레벤디아. 녀석을 마왕에게 보낸다."

"아니, 잠깐만. 그 아이가 그거랑 무슨 상관이 있다는 건데."

"사룡은 재능 있고 젊은 인간의 피와 살을 무엇보다도 좋아한다고 하지. 불쌍하지만, 인류를 구하기 위하여 존귀한 희생과 ____."

라이엇은 양손으로 테이블을 두들겼다.

"웃기지 마! 애당초 그 사룡이야말로 마왕군의 대간부라고 그러잖아! 그런 녀석한테 산 제물을 바친다고 무슨 의미가 있겠냐고!"

"하지만 그 사룡은 최근 수백 년 동안 인간을 습격한 적이 없지. 게다가 일찍이는 천지를 지배했다는 대괴물이야. 잠자코 마왕을 따르기만 할 존재로 여겨지진 않아."

그렇게 말한 아버지는 허리춤에서 보석 장식이 달린 단검을 뽑았다.

"우리 일족의 초대는 이 보검으로 그 사룡에게 상처를 입혔다. 사룡은 그것에서 인간의 가능성을 보고, 이후로는 살육을 기피하게 되었다고 하지. 녀석이 초대의 용모를 아직 기억한다면, 교섭해 볼 가치는 있어."

이제 더 이상 들으려고도 하지 않았다. 라이엇은 식당을 뛰쳐나가, 레코를 찾아 쏜살같이 복도를 달려갔다.

뭐가 교섭이냐. 뭐가 세계를 구한다는 거냐.

아버지한테 그런 고상한 취미가 없다는 것은 아들인 라이엇이 가장 잘 알고 있었다. 어차피 지저분한 사정이 있을 것이 틀림없다.

여하튼 그런 사정 때문에 여자아이의 목숨을 희생할 수 있겠느냐.

"레코!"

간신히 발견한 레코는 뒤뜰에서 열심히 장작을 패고 있었다.

"무슨 일인가요. 아침식사에 부족한 점이 있었나요."

"아니야. 그런 게 아냐. 됐으니까 이쪽으로 와."

서둘러 레코의 손을 붙잡고 저택 마구간으로 달려갔다. 당연히 아버지도 잠자코 있지 않았다. 고용인 몇 명을 데리고 저택 뒷문으로 뛰어나왔다.

"기다려라! 그 아이를 어쩔 셈이냐!"

"당연히 도망치게 해 줘야지, 멍청한 아버지!"

가장 빠른 말을 골라서 레코와 함께 탔다. 고삐를 당겨, 마구간 바로 앞까지 와 있던 추격자 무리를 억지로 돌파했다.

"알겠느냐, 라이엇! 그 아이가 사라진다면 네가 산 제물이 될지도 모른다고!"

"멋대로 해!"

그렇게 된다면 그것도 사제의 집안에서 태어난 운명이다.

"……산 제물? 내가?"

단숨에 달려서 마을 문을 빠져나갔을 때, 앞에 앉혀 둔 레코가 문득 돌아봤다.

"그래, 너는 속은 거야. 우리 아버지는 널 사룡의 산 제물로 삼을 생각에 이 집으로 불렀어."

"사룡의 산 제물."

꿈틀, 레코의 귀가 움직인 것 같았다. 뒤숭숭한 말에 겁을 먹고 말았을까.

"그래, 미안해. 하지만 이제 괜찮아. 도시에 도착하면 이 말을 팔아서 돈을 마련해서, 너는 좀 더 먼 곳으로 도망치면——."

"과연. 고용인 일만으로는 부족하다고 생각했는데, 그런 큰 역할을 준비해 주신 건가요. 그렇다면 좀 더 빨리 말씀해 주셨다면 좋았을 텐데."

응?

분위기가 이상했다. 레코의 입에서 후후후, 소리 죽인 웃음이 흘러나왔다.

"……저기 너, 산 제물이 무슨 뜻인지 알고 있어?"

"먹히면 되는 거겠죠? 맡겨 주세요. 지금부터 맛있어지도록 확실하게 노력할게요."

"아니 아니, 넌 대체 무슨 소릴 하는 거야? 왜 오히려 의욕이 넘치는데?"

말한 뒤에, 퍼뜩 깨달았다. 아마도 레코는 지금 들은 사실의 충격이 너무 커서 일시적으로 착란에 빠진 것이리라. 그런 것이 틀림없다. 그렇지 않으면 이런 발언을 하지는 않는다.

"……무서웠구나. 하지만 이제 걱정하지 마. 제대로 안전한 곳까지 바래다줄 테니까."

"그때가 오는 게 기대 되네요……."

어쩐지 레코는 붕 떠서는 대답했다. 그 후로도 그녀는 중얼중얼 혼잣말을 했지만, 말을 전력으로 모느라 제대로 들을 여유가 없었다.

그날, 결국 날이 저물 무렵이 되어서야 레코를 안전한 도시까지 바래다줄 수 있었다.

며칠 뒤. 라이엇의 눈가에는 얻어맞은 멍이 생겼다. 하지만 그는 상쾌한 기분을 가득 드리우고서 아침을 맞이했다.

레코와 먼 도시에서 헤어진 뒤에는 지인의 합승마차에 외상을 부탁해서 돌아왔다. 돌아오자마자 아버지와 몸싸움을 벌이고 아무리 그래도 어른에게 이기지는 못해서 실컷 두들겨 맞았지만, 정신적으로는 이겼다고 단언할 수 있었다.

나중에 들은 이야기에 따르면, 산 제물을 떠올린 것은 라이엇의 집안과 반목 중인 촌장 일파였다고 한다. 눈에 보이는 성과도 없이 매년 봉납금을 가로채는 사기꾼―― 마을 회의에서 그렇게 매도당하고 조급히 실적을 강요당했다나.

그곳에서 산 제물의 대상으로 언급된 것이 라이엇이고, 그를 대신해서 부른 것이 레코였다는 이야기였다.

시시하다. 산 제물로 삼으려면 삼아라, 그렇게 생각했다.

사제 일족은 그걸 위해 있다. 초대와 달리 사룡에게 도전할 정도의 힘이 없다면 봉납금의 대가로 산 제물 정도는 되어야 한다. 그러지 않고서야 마을 사람들에게 체면이 서지 않는다.

물론 두렵기는 하다. 하지만 그렇다고 아무 관계도 없는 여자아이를 대신 산 제물로 삼다니 용서받을 수 없는 일이다.

　저택 성당에 병설된 징계방에서 라이엇은 조용히 각오를 다졌다.

　집으로 돌아온 뒤로는 이곳에 계속 감금되어, 매일 약간의 빵과 물만이 주어졌다. 죽음에 대한 공포는 제쳐 놓고 지금은 배가 꼬르륵거리는 것이 큰 문제였다.

　"정말이지, 이런 꼴로는 사룡한테 먹히기 전에 뼈랑 가죽만 남을 지경이라고── 잠깐만, 설마 그걸 노리는 건 아니겠지. 산 제물 실격이 될 만큼 삐쩍 마르게 해서 촌장한테 변명거리로 삼을 생각이라든지……."

　좋지 않은 예감에 잠시 불안이 격해졌지만, 기우였다.

　문 아래쪽에 있는 배식구에서 소리도 없이 아침식사 그릇이 미끄러져 들어온 것이었다. 게다가 오늘은 빵 말고 스프 그릇도 있었다.

　라이엇은 희희낙락해서 달려들었지만, 접시를 들여다보고 굳었다.

　풍성한 건더기 가운데 눈에 띄게 자신의 존재를 주장하는 녹색 알갱이. 풀 같은 풋내를 도저히 받아들일 수 없는, 라이엇이 유일하게 싫어하는 재료── 녹두가 이것 보라는 듯이 대량으로 들어 있었다.

　"라이엇. 이건 벌이라고 생각해 줘. 나를 큰 역할에서 제외시키려고 한 벌."

문 너머에서 들린 목소리에 소름이 돋았다. 배식구를 통해 밖으로 시선을 향하자 그곳에는 정좌하고 있는 레코가 있었다.

"레, 레코?! 어째서 여기 있는 거야?! 설마 아버지한테 붙잡혔어?!"

"스스로 돌아왔어. 말 타는 방법을 익히느라 고생했지. 큰일이었어."

배식구 너머의 레코가 원망스러운 시선으로 이쪽을 봤다.

"라이엇. 결단코 나를 방해하지 않겠다고 맹세해 줘. 산 제물이 된다는 전례 없을 큰 역할에 나는 굉장히 흥분하고 있어. 그 명예로운 자리를 빼앗으려 한다니 용서하지 않아."

상대는 천진난만한 소녀인데도 어째선지 강렬한 프레셔를 느끼고 반론도 못 했다. 못을 박아 두고 만족했는지 레코는 후다닥 떠났다.

라이엇은 한동안 넋을 놓고 있었지만, 이윽고 식사에 손을 댔다.

어쨌든 우선은 체력을 붙여야 한다.

아마도 레코는 홀로 추격자로부터 도망친다는 사실에 공포를 느껴 이러지도 저러지도 못하고, 결국은 이곳으로 돌아오고 말았을 테지. 그렇다면 다음에는 신뢰할 수 있는 인간을 찾아서 그곳에 보호를 의뢰하는 수준까지 해야만 한다.

도망칠 틈은 언젠가 또 찾을 수 있을 터. 그때를 위해서라도 쇠약해져서는 안 된다.

숟가락을 들고, 각오를 다지고 건더기를 입에 퍼 넣었다.

최대한 숨을 쉬지 않도록 주의하며 입안 가득 채워 넣고, 문득 라이엇은 깨달았다.

　"……맛있네, 이거."

　그 후에는 맛을 보며 천천히 먹었다.

후기

무척 예전부터 '언젠가 내 작품이 책으로 나온다면 후기는 어떻게 할까 으헤헤.' 같은 식으로 망상하는 버릇이 있었는데, 막상 그 상황에 이른 지금은 '애당초 후기라는 게 필요한가?' 라며 다시금 생각하고 있습니다. 어쨌든 여기까지 쓰는 데 세 시간이나 걸렸습니다.

처음 뵙겠습니다. 에노모토 카이세이입니다.

본 작품은 투고 사이트 『소설가가 되자』에 개제 중인 같은 작품에 가필 수정을 더한 것입니다. 감상이나 리뷰로 응원해 주신 여러분께는 정말로 무어라 감사하다는 말밖에는 드릴 말이 없습니다.

인터넷 연재본도 계속 갱신 중이오나, 이 서적판에는 가필 부분에 더하여 슈가오 선생님의 귀여운 삽화도 있사오니, 인터넷 연재본을 이미 읽으신 분께서도 즐기실 수 있는 내용이지 않을까 생각합니다.

또한 현재 발매 중인 월간 강강 JOKER 2월호부터 본 작품의 코미컬라이즈 연재가 시작됩니다. 무로코이치 선생님께서 그리는 화려한 액션을 꼭 봐 주시기를.

허둥지둥하고 말았습니다만, 마지막으로 본 작품을 읽어 주셔서 정말 감사드립니다. 바라건대 또 다른 후기로 여러분과 만날 수 있기를…….

……어쩐지 그렇게 생각하니 갑자기 후기가 좋은 것으로 여겨지니, 인간이라는 것은 참으로 타산적인 존재로군요.

에노모토 카이세이

역자 후기

안녕하십니까, 본 작품의 역자입니다.

사람은 언제, 어느 때이든 자신을 중심으로 생각하는 법입니다. 어떠한 일이든, 어떠한 사물이든 결국에는 자신이 필요한 방향과 방법으로 이해하기 마련이지요. 그것은 당연하게도 사람마다 다르기에, 그 차이가 때로는 현저하게 드러나는 경우가 있습니다. 그런 인식의 차이를 가리키는 말 중 하나가 바로 착각입니다.

공식적인 장르는 아니지만 이른바 '착각물'이라는 카테고리가 있습니다. 특정 캐릭터의 용모나 우연한 행동을 다른 이들이 완전히 다른 방향으로 착각하고, 그를 바탕으로 이야기가 진행되는 소설/만화 등을 가리키죠. 그런 오해가 겹치며 이야기를 구성하는 터라, 대부분의 착각물은 코미디 테이스트를 띠는 경우가 많습니다. 이 작품 역시 그런 '착각물 코미디' 소설이라 할 수 있겠지요.

그런 컨텐츠에는 아무래도 인위적인 느낌이 강해서 호불호가 무척 갈리기 마련이지요. 이야기의 재미를 위해서라면 그런 착각이 비현실적인 수준으로 과장되기 마련이라 어쩔 수 없는 측면이 있으니까요. 그 과장을 장르적 재미로서 즐기실 수 있는 분이시라면, 이 작품에 무척 큰 재미를 느끼시지 않을까. 본 작품을 번역하면서 그런 생각을 무척 많이 했습니다. 아무래도 작중에서 그런 과장이 무척 많다고 느꼈기에 그런 것 같습니다.

그럼 다음에 뵙기를 기도하며 이만 마치도록 하겠습니다.

5000살 먹은 초식 드래곤, 억울한 사룡 낙인 1

2019년 09월 25일 제1판 인쇄
2019년 10월 01일 제1판 발행

지음 에노모토 카이세이 | **일러스트** 슈가오 | **옮김** 손종근

펴낸이 임광순
제작 디자인팀장 오태철
편집부 황건수 · 신채윤 · 이병건 · 이홍재 · 김호민
디자인팀 한혜빈 · 김태원
국제팀 노석진 · 엄태진

펴낸곳 영상출판미디어(주)
등록번호 제 2002-000003호
주소 21311 인천광역시 부평구 평천로 132 (청천동)
전화 032-505-2973(代) | **FAX** 032-505-2982

ISBN 979-11-6466-642-3
ISBN 979-11-6466-641-6 (세트)

YOWAI 5000 NEN NO SOUSHOKU DORAGON, IWARENAKI JARYUU NINTEI~YADA KONO
IKENIE, HITO NO HANASHI WO KIITE KURENAI~
ⓒ2018 Kaisei Enomoto, Syugao
First published in Japan in 2018 by KADOKAWA CORPORATION, Tokyo.
Korean translation rights arranged with KADOKAWA CORPORATION, Tokyo.

 노블엔진(NOVEL ENGINE)은 영상출판미디어 (주)의 라이트노벨 및 관련서적 브랜드입니다.

NOVEL ENGINE

에노모토 카이세이
작품리스트

◆

5000살 먹은 초식 드래곤, 억울한 사룡 낙인 1

NOVEL
ENGINE

청춘의 상상, 시동을 걸어라!

어떤 어려운 의뢰도 '눈에 띄지 않게' 해결하는 길드의 마스터
그 정체는 마왕 토벌 파티의 마지막 멤버였다?!

마왕 토벌이 끝나고, 눈에 띄기 싫어서 길드 마스터가 되었다.

1

SSS랭크의 초월적인 힘을 지닌 기적의 다섯 용사, 그 일원인 딕 실버는 마을 토벌이 끝나고 길드 마스터가 됐다. 최대한 눈에 띄지 않고 조용히 살아가기 위해서……

토벌했는데도 메이드가 되어 찾아와 틈만 나면 농락하려 드는 마왕을 데리고 딕이 경영하는 길드 『은의 물병』. 이곳에는 다른 길드에는 상의할 수 없는 의뢰를 가져오는 왕녀 같은 특수한 고객이나 딕에게 남몰래 연심을 품고 있는 옛 동료들이 찾아온다. 딕 자신은 어떻게든 눈에 띄지 않게 의뢰를 해결해 나가지만, 어째선지 여자 의뢰인들의 호감을 하나둘씩 사기 시작하는데——?!

받은 의뢰는 무슨 수를 써서라도 해결한다!
전직 영웅의 길드 의뢰 해결 판타지!

아카츠키 토와 지음 | 나루세 히로후미 일러스트 | 2019년 10월 출간
청춘의 상상,시동을 걸어라!

대마왕에게서는 도망칠 수 없다?!
평범함을 추구한 대마왕의 두 번째 인생, 스타트!

사상 최강의 대마왕, 마을 사람 A로 전생하다

1

♦

신화에 이름을 새긴 사상 최강의 대마왕, 바르바토스. 왕으로 인생을 다한 그는 평범한 인생에 동경해 수천 년 후, 마을 사람 아드로 전생하지만……

"에, 에인션트 울프를 일격에?! 게다가 무영창으로?!"

마법의 힘이 쇠퇴한 현대에서는 아드가 힘을 빼도 상식을 아득히 뛰어넘는 존재?! 소문이 퍼져 신부로 삼아달라고 말하는 여자, 다음 왕으로 삼으려는 왕족, 나아가 목숨을 노리는 예전 부하가 학원으로 들이닥치지만, 그런 자들을 일축한 대마왕은 자신의 길에 매진한다……!

다시 태어나도 최강?! 그래도 평범함을 추구하는 대마왕의 두 번째 인생기!!

카토 묘진 지음 | **미즈노 사오** 일러스트 | **2019년 10월 출간**

청춘의 상상,시동을 걸어라!

몬스터 팩토리

1
~좌천기사가 시작하는 마물 목장 이야기~

모든 인종이 태어나면서 신에게 【가호】를 받는 세계. 【강건】의 재능을 지닌 왕국 기사 코타스 리버틴은 전투에는 맞지 않는 가호라는 이유로 변경의 목장 마을로 좌천되는데──

"그건, 아주 목장에 잘 맞는 【가호】잖아요!"

마을에서 만난 마물 목장 처녀 레스카. 우여곡절 끝에 한 지붕 아래에서 살게 된 그녀와 지내는 생활은 놀라움이 가득했다! 물을 정화하는 슬라임 통에 물 넣기, 걸어 다니는 버섯 수확, 밤에는 마물 재료가 듬뿍 들어간 요리. 튼튼한 몸만이 자랑거리였던 남자는 어느새 소녀에게, 그리고 이 변경 마을에서 점점 인정받게 되는데……. 그런 느낌의 세컨드 라이프 in 마물 목장 이야기가 시작됩니다.

아로하자초 지음 | 야노 미츠키 일러스트 | 2019년 9월 출간

청춘의 상상, 시동을 걸어라!

최강 태그로 라미아 탈피 장면을 남김없이
그려낸 '몬스터 아가씨' 진찰 분투기, 제4탄!!

몬스터 아가씨의 의사 선생님

4

◆

드래곤의 대수술이 끝나도 그렌의 업무는 끝나지 않는다.

켄타우로스 소녀의 등에 탄 채로 그녀를 진찰하기도 하고, 플레시 골렘의 아슬아슬한 경혈을 자극하기도 하고.

결국 일에 치이다가 사페한테 야단맞고, 중앙병원으로 입원하는 그렌.

그곳에서 스승인 크툴리프의 촉수에 감겨서 들은 이야기는, 스카디의 심장에 둥지를 틀고 있던 종양이 병원에서 사라졌다는 정보. 아무래도 그냥 종양이 아니었던 모양인데……?

그러는 가운데, 도시에서는 친한 친구나 목격자 자신의 모습으로 나타나는 생물 '도플갱어'의 소문이 돌고 있었다——.

오리구치 요시노 지음 | Z톤 일러스트 | 2019년 9월 출간
청춘의 상상, 시동을 걸어라!

출산 러시 속에서도 전쟁은 계속된다?
인기 미궁 운영 판타지, 신대륙 활약이 끝나지 않는 제9탄!

필승 던전 운영방법

9

세라리아와 루루아가 출산할 때 무사히 곁을 지킬 수 있었던 유키는 상황이 안정된 다음 신대륙에서 활동을 재개한다.

그때, 에나리아 성국이 던전에 갇힌 부대에 원군을 파병한 것을 파악한 질바 제국은 유키 일행에게 왈가닥 공주를 파견한다. 두 군이 맞부딪히는 타이밍에 또다시 유키의 책략이 작렬하고!?

한편, 유키의 딸아이들도 차례차례 태어나는데──!

**인기 미궁 운영 판타지 제9탄!
추가 번외편 ' 호위가 하는 일' 수록!**

유키다루마 지음 │ 파루마로 일러스트 │ 2019년 9월 출간
청춘의 상상,시동을 걸어라!